妖国の剣士

新装版

知野みさき

角川春樹事務所

目次

Contents

安良国全図

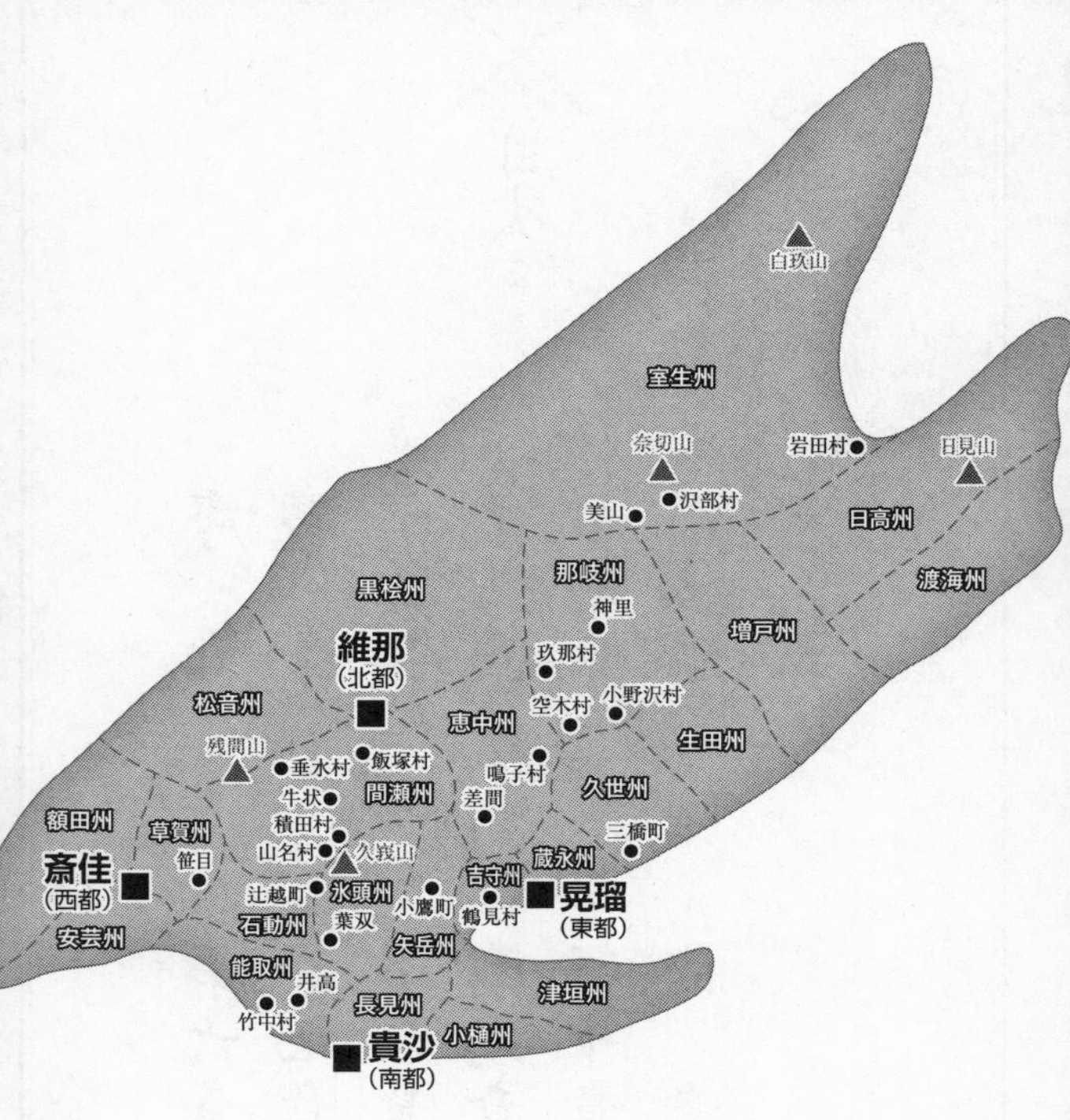

安良国は、四都と大小二十三の州からなる島国である。滑空する燕のような形をしていることから「飛燕の国」と称されることもあり、紋にも燕があしらわれている。東は「晃瑠」、西は「斎佳」、南は「貴沙」、北は「維那」が、安良四都の名だ。

東都・晃瑠（あける）地図

日雀大路　日雀堀川　水主大路　水主堀川　久金大路　久金堀川　月越大路　月越堀川　火宮大路　火宮堀川　塩木大路　塩木堀川　土筆大路　土筆堀川　天美大路　天美堀川　忍海大路

一条大路
一条堀川
二条大路
二条堀川
三条大路
三条堀川
四条大路
四条堀川
五条大路
五条堀川
六条大路
六条堀川
七条大路
七条堀川
八条大路
八条堀川
九条大路

北門
今久町
二入神社
一条大橋
一笠神社
布引町
三吹神社
姿名女町
二条梓橋
三条大橋
氷頭州屋敷
西片町
本町
細井町
四条梓橋
柿崎道場
志伊神社
戸越家
向井町
和泉屋
御城
笹川町
西門
相良家
駒木町
香具山橋
石渡町
東門
八束神社
蔦田屋
五条大橋
富長
五条梓橋
神月家
幸町
要町
恭一郎の長屋
神月道場
七倉神社
七条佐竹橋
大川
糸橋
梓川
瀬川町
千寿堂
六実神社
稲葉町
五和神社
佐竹川
南門

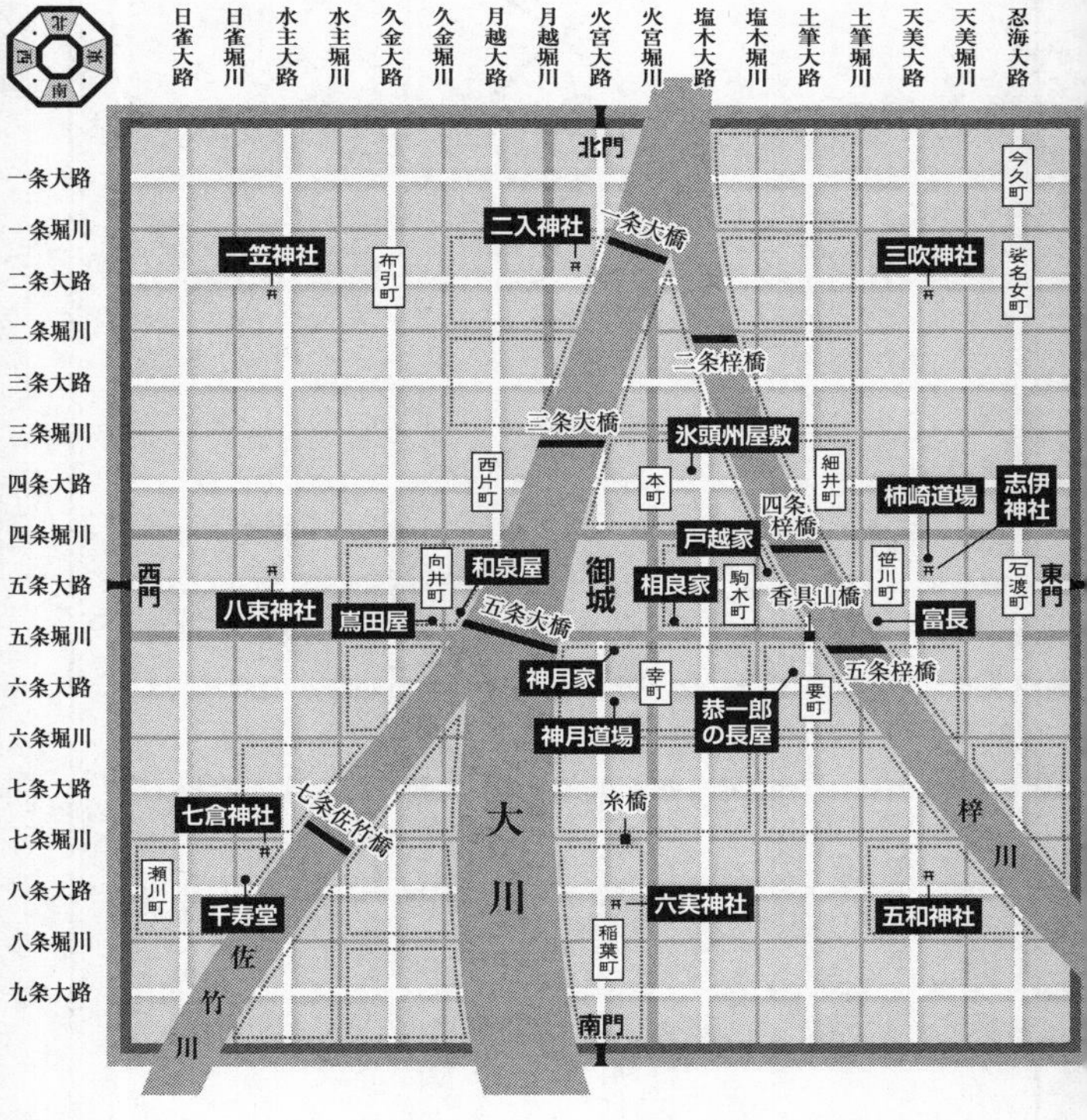

本国一の都である晃瑠は、川に隣するところ以外、碁盤のごとく整然と区画されている。東西南北を縦横する大路は十八、その間を走る堀川は十六、御城を囲む町の数は六十三である。三里四方の都は大きく、妖魔を防ぐ防壁に囲まれており、政治と経済を担う場である。

登場人物
Character

黒川夏野　攫われた弟を探して、氷頭州から晃瑠へやって来た男装の女剣士。

蒼太　恭一郎と暮らす片目の少年。「山幽」という妖魔。

鷺沢恭一郎　天才剣士。晃瑠で高利貸の取立人を生業としている。

真木馨　恭一郎が通う剣術道場の、友人にして師範。

樋口伊織　恭一郎の友人にして指折りの理術師。那岐州住まいで、偽名は筧伊織。

椎名由岐彦　夏野の兄の幼馴染み。晃瑠で氷頭州の州司代を務める。

伊紗　幻術を使う「仄魅」という妖魔。女に化けて晃瑠で暮らしている。

安良　現人神にして国皇。現在は二十五代目。

妖国の剣士

Sword Fighters Of Yasura

【新装版】

序章 Prologue

町外れの太鼓橋を、絣（かすり）を着た子供が渡って行く。

躊躇（ためら）わずに、振り向かずに、足早に渡って行く。

子供を追いながら名を呼ぶも、「私」の声はかすれて風に紛れてゆくばかり。

橋は「外」に通じる道だ。

——橋を渡ってはいけない——

大人たちはいつだって、子供たちにそう言い聞かせてきた。

——橋の向こうには、怖いものがおる——

——怖いもの？——

——人を攫（さら）い、喰（く）らう、妖魔（ようま）がおる——

そう言って、「雨引（あまびき）のおきねばあさん」はよく子供たちを脅した。

にたりと、まるで老婆（ろうば）自身が人喰いであるかのごとく唇の端を上げて。

「……朗」

届かぬ手を前に突き出し、「私」は子供を追って走る。

走っているのだが進まない。

重い足を引きずるように前に出す間に、子供の後ろ姿はずんずん小さくなっていく。

駄目だ。

そっちへ行ってはいけない。

橋の向こうには、怖いものが潜んでいる。

お前を攫って喰らおうと、闇に目を光らせて待っている。

橋を渡ってはいけない……

†

「螢太朗！」

短く叫んだ己の声に、黒川夏野は目を覚ました。

ほんの一休みのつもりが、思ったより長く眠り込んでしまったようだ。

文月も半ばとなり、ようやく残暑が終わって爽秋を迎えつつあるというのに、首筋に嫌な汗をかいている。

寝転んでいた草むらから川辺まで下りて手拭いを湿らせていると、生き物の気配を背中に感じて、夏野はゆっくりと振り返った。

左手は腰の刀の鯉口に、右手は柄を握っている。

五間ほど離れた草むらに佇む女がくすりとした。

「おお、こわ」

真っ赤な唇に手をやってから、女は優美に会釈して、束ねた髪を揺らした。人の姿を認めて柄は放したものの、農村に似つかわしくない垢抜けた女臭さが、夏野に別の警戒心を抱かせる。

低いが、艶のある声で女は問うた。

「こんなところで何をしている？　じきに日が暮れるというのに」

「……あなたにはかかわりのないことだ」

「子供を一人、夕暮れの川辺に放っておくほど、人でなしじゃあないんでね」

「子供ではない」

「子供じゃないか。ひどいなりをしているね。どこかから逃げて来たのかい？」

「……旅の道中だ」

着物や行李は、追い剝ぎに狙われぬようわざと古いものを選んできた。足元が汚れているのは、朝から歩き詰めだったからだ。

「私はそこの家の伊紗という者だ。大したもてなしはできないが、寝床と何か腹の足しになるものをあげよう。その代わり」

「金ならない」

遮って言った夏野を、伊紗は興味深そうに見やった。

「──金なんていらないさ。ちょいと手伝って欲しいことがあるんだよ」

先を急ぐ旅だが、どのみち今夜はこの村で過ごすつもりだった。

夏野は黙って己が寝ていたところまで戻ると、旅の荷物を取り上げた。

伊紗は満足気に頷いて、夏野を先導して歩き始める。

川辺から見えていた家は百姓家だが、伊紗が百姓でないことは一目瞭然だ。百姓にしては華やかな着物を着ている上に、袖や裾から覗く白磁のような手足は、とても土仕事を生業とする者のそれではない。

伊紗は飯と汁物を振る舞い、夏野が人心地ついたところを見計らって切り出した。

「ところで、お前さんに手伝ってもらいたいことなんだけどね」

「ああ」

媚を含んだ、おもねるような物言いの伊紗を、夏野はにこりともせずに見つめた。

悪事に加担するつもりはない。

「盗みや人斬りなら、やらないよ」

真面目にそっけなく言うと、伊紗は笑った。

無邪気とは言い難い、どうも嫌な笑みである。

「そんなんじゃあない。むしろその反対さ。盗まれたものを取り返す手伝いをして欲しいんだよ」

近所の悪餓鬼たちがいたずらに、伊紗の大切な宝珠を盗んで村の神社に隠したという。

「隠し場所が判っているのなら、自分で取りにゆけばよいではないか」

「ちょいとね、一人で行くには気後れするところなのさ」

今夜のうちに取り戻したいと伊紗が言うのへ、明朝一番に発ちたい夏野は腰を上げた。

提灯に火を入れた伊紗に続いて、再び表へ出る。

星が空に瞬き始めている。

もう少し闇が深まれば妖魔たちが跳梁し出すだろうが、夏野に恐れはなかった。

どんな小さな村にも、周囲には妖魔除けの結界が施されている。また、目指すところはたとえ村の結界の外にあっても、妖魔には禁域の神社であった。

伊紗は田畑を抜け、丘へと続く小道に足を踏み入れる。道はやがて石段となり、夏野は伊紗の後ろから黙々と石段を上り続けた。

百段ほど上っただろうか。

振り向いた伊紗が、夏野に微笑んだ。

石段を上りきった三間ほど先に、社へ続く鳥居が提灯に照らされて浮かび上がった。

「あの社さね。——ああ、疲れた」

そう言って伊紗は、石段の上に腰を下ろした。

「ちょっと見て来ておくれ。社の中に、餓鬼どもが隠した竹筒がある筈だ」

座り込んで草履の鼻緒を確かめる伊紗を尻目に、夏野は鳥居をくぐって社に近付いた。

小さな村に合わせたような、簡素でこぢんまりとした神社だ。

社の前に立つと、いつも通り夏野はまず鈴緒を揺らした。

しゃらん！　と思いの外、大きく透き通った音が辺りに響く。

「何すんだい！　びっくりするじゃないか」

振り向くと、腰を浮かせた伊紗が夏野を睨んでいる。

「何って、参拝の儀だ。盗賊ではないのだから当然だろう」

一礼して手を合わせ、今一度一礼してから、夏野は社の格子戸に手をかけた。鍵はかかっておらず、引き戸はすっと容易く開く。

「どうだい？」と、腰を浮かせたまま伊紗が問うた。

「箱がある」

あちこちに点在するどの神社にも、赤い紐で括られた箱が奉られている。箱には妖魔除けの御神体が収められており、神職にしか紐を解くことはおろか、持ち出すことさえできぬといわれている。それが本当かどうか、確かめてみるほど夏野は不敬ではない。

箱に触れぬようやや緊張しながら、夏野は提灯を掲げて社の中を照らした。

「見当たらないかい？」

早くも落胆を露わにした声で伊紗が問うた。

「そうだな……」

諦めて格子戸に手をかけた夏野の目が、戸のすぐ内側に転がっていた竹筒を認めた。

「あった」

「本当か？」

「ああ。これだろう？」

竹筒を取り上げて伊紗に見せると、宝珠が転がったのか、中でからりと音がした。

「おお」

伊紗が喜びの声を上げた。

夏野は伊紗の方に歩みかけ——ふと足を止めた。

「どうした？　早く返しておくれよ」

鳥居の向こうで、待ちきれぬ様子の伊紗が手を伸ばす。

「……あなたも参拝されてはどうだ？」

「何を」

笑い飛ばそうとして、伊紗はそうし損ねた。

「いいから、筒をこちらへ」

「——取りに来い」

ざっと風が通り抜け、木々がざわめいた。

昇ってきたばかりの満月が木々の合間に覗き、凍りついた伊紗の顔を青白く照らし出す。

鳥居を挟んで夏野は伊紗と対峙した。

「……取りに来られぬのか？」

少しばかり困った目で伊紗が見つめる。

「そうか。だから私が必要だったのか」

応える代わりに、伊紗はうっすらと笑みを浮かべた。

ぞくりと背筋を冷たいものが下りていく。

夏野が生きている妖魔を見たのは、これが初めてだった。

しかも、これほどまでに人に似た。

話には聞いたことがある。妖魔の中には人語を解し、人に化けるのが得意な「妖かし」と呼ばれる種がいくつかいる。

だが、夏野が今までに目にした妖魔は全て、人語を解すどころか、人に似つかぬ四足獣だった。

三月ほど前、瓜畑で喰い殺された農夫の亡骸が夏野の脳裏をよぎった。

妖魔狩りに呼び出された夏野とすれ違うように運ばれて行った亡骸は、筵の上からでも人の姿をとどめておらぬほど無残なことが判った。

襲ったのは狗鬼と呼ばれる妖魔で、敏捷かつ獰猛、狼を一回り大きくしたような図体をしている。中には熊ほど大きなものもいて、前肢の三本指にそれぞれ大きな鉤爪を持つ。

この時はどう結界を破ったものか、農夫を襲った後、更に近隣の家で幼子とその母親を喰らっているところを、剣士が三人がかりで仕留めたという。

首を飛ばされた狗鬼の屍を夏野はのちに役場で見たが、血にまみれた剝き出しの牙と鉤爪に、襲われた者の恐怖と痛みを感じて身がすくんだ。

動揺を悟られぬよう、きっと睨んだ夏野を、伊紗は鼻で笑った。

「黙って渡してもらえないかねぇ？　そうだね。ただとは言わない。十両あげよう」

「妖かしを信じるほど、世間知らずではない」

「世間知らずさ。全ての妖かしが人を害するとでも？　お前を殺したところで、こっちは一文の得にもなりゃしない」

手にした竹筒を夏野は見つめた。

手のひらで転がすと、からりと乾いた音が鳴る。

「宝珠、か」

「お前には用のないものさね」

「そうだな」

己を落ち着かせるべく、夏野は再び筒を転がした。

「だが、お前が十両出すと言うのだ。一見の価値はあろう」

神社の周りには御神体を護る特有の結界がある。常人の夏野には、町村を囲む結界も神社を囲むそれも見えぬが、鳥居の内側にいる限り、伊紗に——妖かしに——襲われることはない筈だ。

だが、いつまでもここにいる訳にはゆかぬ……

これからどうすべきか、思案する時を稼ぐつもりで、夏野は竹筒を塞いでいる木片を抜いた。筒を逆さにしてみたものの、宝珠どころか何も出てこない。

伊紗が落胆の溜息を漏らした。

——音がしていたのに何故だ？

訝りながら、夏野は竹筒を覗き込む。

と、月明かりが一条、筒底を照らした。

鈍く光を映した「それ」は、次の瞬間、閃光と共に夏野の左目に飛び込んで来た。

「――っっ！」

矢で射抜かれたかのごとき激痛に、夏野は左目を押さえてよろけた。

落とした竹筒が足下に転がる音を聞きながら、とっさに右手を柄にかける。

「なんと」

伊紗の驚いた声が、随分遠くに聞こえた。

膝が折れた。

左目から入ってきた「それ」が、頭の中を焼き尽くしていくような感覚に夏野は呻いた。

「くくく」

倒れ伏した夏野を見て、鳥居の向こうで伊紗が笑った。

「入ってしまったとはな……面白い」

痛みに気を失った夏野に、伊紗のつぶやきは届かなかった。

第一章 Chapter 1

東都・晃瑠（あける）のそびえる防壁の石垣は高く、夏野はただ圧倒された。

堀の向こうにある防壁の上には、ちらちらと警邏（けいら）の影が窺（うかが）える。

都の門は全（すべ）て、時の鐘にかかわらず、卯刻（うのこく）三ツに開き、酉刻（とりのこく）三ツに閉まる。夏野の背丈の三倍はあろうかという鉄扉（てっぴ）は、酉刻三ツを過ぎた今、固く閉ざされていた。

防壁の門前の宿場町は俗に「堀前（ほりまえ）」と呼ばれていて、小鷺町（こさぎちょう）は四方にある晃瑠の門の中でも、一番大きな西門の前にあった。

都を出て行く者は堀前で最後の支度を整えて旅立ち、都に入る者は旅の疲れと汚れを落として入都に備える。通行手形があればおよその者は入都できるが、入都の審査は出都のそれより多分に厳しい。都へ入る者のほとんどは堀前の宿で一晩過ごし、小綺麗（こぎれい）に身なりを整えた上で入都するのが慣わしだ。

連なる宿屋の看板を見ながら、高くも安くもない、中ほどの宿屋を見込んで入ると、番頭が訝（いぶか）しげな目を向けた。一人旅の用心に、わざとぼろをまとう旅人は多い。番頭もそういった旅人に慣れているとはいえ、夏野の若さを懸念したようだ。だが、夏野がさりげなくいくばくかの心付を握らせると、すぐに仲居を呼んで足を洗わせた。

「長旅お疲れさまでした。ごゆるりとおくつろぎくださいまし」

湯を使わせてもらって着替えると、軽く身なりを整えて、夏野は夕暮れの街に出た。

宿屋でも頼めば夕餉を出してもらえただろうが、久しぶりに街の活気を楽しみたい。街道に続く大通りには宿屋を始め、傘屋や古着屋など旅人のための店が並んでいるが、脇道は茶屋や居酒屋、飯屋、蕎麦屋などの他、屋台の数々で賑わっている。

少し迷って、夏野は飯屋ではなく居酒屋の暖簾をくぐった。

店の中は旅人でごったがえしていて、あちこちから酒の注文や笑い声が飛ぶ。入れ込みの縁台にぽっかり空いたところを見つけて腰を下ろすと、手際よく注文を取りに来た、夏野と同い年くらいの少女に膳を頼む。

ふと左目に影が差し、夏野は己の左側の、入り口の方を振り向いた。

暖簾越しに見える通りでは、一人、または数人が連れ立って、飲み食い処を物色していて、己の視界を遮るようなものは何もない。

まただ——

二日前の朝、社の傍らで目を覚まして以来、左目が陰ったのはこれで三度目だ。

あの出来事がもとに違いなかった。

——気を失った夏野が目覚めたのは陽が昇ってからだった。痛みは既に去っていて、むしろ五感は冴え渡り、身体は活力で満ちていた。一人旅ゆえに道中は昼夜共に気を張り詰めていたのだが、気を失ったことでかえってぐっすり眠れたようだ。

刀の刃で左目を確かめたが、特に異変は見られず夏野は胸を撫で下ろした。

辺りを見回すも、伊紗の姿はどこにもなかった。

急いで石段を下りると、伊紗の家にそっと近寄り、音を立てずに引き戸を開いた。

家はもぬけの殻だった。

夕餉に使われた器も、夏野の荷物も座敷に置かれたままだったが、生き物の気配は感ぜられない。荷物を確かめたが盗られたものは何もなかった。

念には念をと、納戸を検めて夏野は息を呑んだ。

空の納戸には二つ、骨と化した亡骸が転がっていた。以前、ここに住んでいた百姓たちのものと思われた。

そっと二つの骨に手を合わせ、夏野は百姓家を後にした。

神社での出来事が夢とは思えなかった。

後は東都への道を駆けるように急ぎ、今日、ようやく堀前までたどり着いたのだ。

「どうぞ」と、少女が運んで来た折敷には、菜飯に焼き茄子、そして汁物が載っている。

「ありがとう」

夏野が礼を言うと、少女ははにかんで顔を赤らめた。

「あの、お酒は？」

「結構だ。空きっ腹だし、明日は早いので」

賑やかさに惹かれて、大人ぶって居酒屋に入っただけで、夏野は酒に慣れていない。

「では、お茶をお持ちしましょう」

少女が奥に引っ込むと、隣りの茶筅髷に無精髭を生やした浪人と思しき大男が、夏野に向かって顎をしゃくった。

「小僧。どうやらあの娘は、お前が気に入ったみたいだな」

「そんな。あの子に失礼だ」

「酒も飲まねぇ小僧が、何を気取ってやがる」と、男は豪快に笑った。

「よせよせ。小僧だけに、まだ女を知らんのだろう。というより、こいつの方が女みてぇな顔をしてるぜ。どこぞの殿の小姓にでもなれば、一躍出世間違いなしだ」

向かいに座っているこれまた浪人と思しき男が、そう言って嘲りの笑みを浮かべた。

「おい」と、太い声で隣りの大男が向かいの男を小さく睨んだ。「小僧とはいえ、剣士を侮辱するのは俺が許さん。こいつはかなり遣うぞ。お前と違って、剣でも立派に立身できるだろう。――なぁ、小僧？」

同意を求めるように、夏野を見下ろした大男こそ、柔和な笑みの向こうに強さが見え隠れしている。

六尺を超えるいかつい身体。腰の大小も身体に見合った大振りのものだ。

「……私の剣など、まだまだです」

向かいの――気分を害した男を煽らぬように、かしこまって夏野は応えた。

「にしては、随分立派なものを差してるな」

夏野の剣は一刀で、二尺二寸と小振りだが物は良い。黒漆を時雨塗りした鞘も、茶革菱巻きの柄も、地味だが丁寧な拵えだ。それを一目で見抜いたこの男はやはり、ひとかどの剣士に違いない――と夏野は思った。

「祖父の形見です」

「どこから来た？」

「葉双です」

「氷頭か。一人か？」

「ええ」

「よく来たな」

短いが、労りの心が感ぜられた。

「俺は真木馨」

「黒川夏野と申します」

二人が名乗り合うのを聞いて、隣りの縁台の端にいた若い男が忍び笑いを漏らした。馨の身体つきに似合わぬ愛らしい名が可笑しかったようである。

「なんだ？　何が可笑しい？」

馨はじろりと男を見たが、このような冷やかしには慣れているのだろう。口元には笑みを浮かべている。

「いえ、何も可笑しいことなどございません」

　馨より若い男はおどけて肩をすくめた。

「氷頭から来たと言ったな？」

　今度は向かいの男の隣り——夏野の斜向かいに座っている男が話しかけてきた。

「ええ」

「道中、火田を通ったか？」

「はい」

　どきりとしながら夏野は応えた。火田村は伊紗に出会った村である。

「あそこには、男をたぶらかす美しい妖かしがいるそうだが、おぬしは見たか？」

「えっ？」

「なあ？」と、ほろ酔いの男は、隣りの男の肩を叩いた。

　どうやら二人は連れらしい。馨に睨まれて膨れ面だった男も、和んできた語らいに機嫌を直したようだ。馨を窺いつつ、穏やかな口調で話し出した。

「いや、その、先日西から来た浪人が言っておったのだ。道中、火田を通った折に、美しい女に声をかけられてな。餓鬼どもが隠した宝珠を、丘の上の神社から取り戻して欲しいと、甘くねだられたそうな」

「……それで？」

　内心の狼狽を悟られぬよう、努めて平静に夏野は訊ねた。

「そいつが女と連れ立って丘に上がると、小さな神社があったそうな。女に促されて社の中を探ると、宝珠を入れていたという竹筒が見つかったのだが、中は空だった」

「空……だった？」

つい声が高くなったが、夏野も中身は見ていない。

「さよう」と、男は続けた。

馨を含む周りの男たちや店の者たちも、興味深げに男の言葉に耳を傾けている。

「そいつは自惚れもいいところ、女が己と神社で二人きりになりたいがために嘘をついたのだと思ったそうな。だが、『からかったのだな』と笑って竹筒にもと通り封をして、振り返ったところ、女の姿は既になかった……」

女は伊紗だろう。

だが、何も起こらなかったのはどうしてだ？

「そいつは諦め切れずにな、辺りをあちこち探し回ったらしい。慌てた男の頭上で風が吹き、女の声が囁いたそうな。『この役立たずめ』……」

「役立たず？」

問い返した夏野へ、男はくすりとして付け足した。

「俺たちが思うに、竹筒だの宝珠だのというのはその男の方便で、男は妖かしの女と試みてみたものの、最後までいたせなかったのではなかろうかと――」

男たちがどっと笑い、女たちは忍び笑いを漏らした。一瞬遅れて話を解した夏野も曖昧に笑みを浮かべたが、心中は複雑だった。

「成程なぁ。筒が空の男は役立たずかな」

酔いもあってか、男たちはそれぞれに砕けたことを口にした。

「……そのような妖かしがいるのですか？」

こっそり問うたのに、馨はからからと笑って応えた。

「おう。おそらく仄魅という妖魔だろう。生き物の精気――殊に人の男の精が好物らしい。だから綺麗どころに化けちゃあ、男をたぶらかすんだとさ。精気を吸い取るだけで命までは取らねぇらしいから、一度手合わせ願いたいと思っている男は少なくねぇだろう……会えなくて残念だったな」

「私は、そのような」

うろたえた夏野を、男たちはからかい交じりに笑った。頰を火照らせながら、夏野は馨を小さく睨む。

「あの……」

か細い声がして夏野が振り返ると、先ほどの少女が頰を染めて茶碗を差し出した。

「ああ、どうもありがとう」

気を取り直して夏野が礼を言うと、少女の頰はますます赤くなる。

「いえ。どうかごゆっくり」

そそくさと立ち去る少女を夏野と一緒に見送って、馨は夏野の肩を小突いた。

「初々しいねぇ」

にやりとした馨に、夏野は苦笑するしかなかった。

黒川夏野、十七歳。

安良国氷頭州葉双出身の夏野は、少年の振りをした、だがれっきとした少女であったからだ。

†

安良国は、四都と大小二十三の州からなる島国だ。

学者たちの測量が正しければ、国土は飛行する燕のような形をしているらしい。

ゆえに「飛燕の国」とも称されていて、紋にも燕があしらわれている。

現人神にして国皇、俗に「御上」と呼ばれる現「安良」は二十五代目。東西南北に築かれた四つの都の内、最も大きい東都に城を構えている。

東は「晃瑠」、西は「斎佳」、南は「貴沙」、北は「維那」が、安良四都の名称だ。

国史によれば、妖魔から人を守るために、安良がこの世に生まれ出でたのはおよそ千百年前。初代国皇即位を元年とした新暦が始まったのはその十数年後で、今年は千八十二年である。

安良が生まれる遥か前から、人は妖魔と戦ってきた。

知恵を絞りに絞っても人には不利な戦いだった。妖魔には様々な種があり、その多くが人より敏捷で、不老不死ともいえる生命力を持っていた。不作の年はもとより野山が潤っている時でさえ、妖魔たちは容赦なく人を襲った。

安良が神として人前に現れたのは、大凶作が三年続き、集落が次々と妖魔に襲われ、人が激減した翌年のことだったという。

当時、夏野と変わらぬ年頃の少年だった安良は、人に二つのものをもたらした。

一つは術。

もう一つは剣。

今日「理術」と呼ばれる安良の伝えた術によって、人は護りの楯を得た。

理術の「理」は「ことわり」の意。

それまでのまじないじみた気休めの術とは比べものにならぬ効果を、理術は妖魔に対して発揮した。自然の理を力に変えるというこの独特の術を学び、使いこなせる者は限られていた。だが、やがてそれらの者が使命を帯びて各地に赴き、要所に神社を造営し、集落ごとに地の利を活かした妖魔除けの結界を張り巡らせるまで長くを要しなかった。

結界によって人はおよその平安を取り戻した。時折、妖魔たちの小賢しい手管で結界が破られることはあっても、妖魔の襲撃に怯え暮らす日々に、ひとまず終止符が打たれたといっていい。

術という楯と一対に、文字通りの「剣」が与えられたことによって、人の暮らしは更に好転した。

安良が現れる前にも刀は存在していたが、数は少なく、切れ味も強度も今一つだった。鉱石や砂鉄を求めて妖魔の横行する山々へ入るのは命懸(いのちが)けであり、鍛刀はおろか、製鉄の技術さえまだおぼつかなかった時代である。
手足を切り落としたくらいでは、妖魔は殺せぬ。人なら出血死に至るような傷でも、治癒力に秀でている妖魔の身体はしばらくすると再生してしまうのだ。致命傷を与えるためには、心臓を一突きにするか、首を飛ばすがよいと知れてはいたものの、鈍刀(なまくら)では到底成し得なかった。

身を護る術を得た人間は、鉱石を始めとする山の恵みを手に入れられるようになり、安良が伝えた新しい製錬方法によって、より強靱(きょうじん)な鋼(はがね)――刀――を作り出すことができるようになった。

人は急速に勢力を取り戻していった。

人口が増え、集落は村や町へと発展した。

安良の指揮のもと、東都建設が始まり、地方豪族をもとにした州が制定された。

初代安良が身罷(みまか)ったのは五十代半ばだった。

国史に死因は記されていない。

だが、身罷る前に本人が予言した通り、新たな生を受け安良は再び世に現れた。

首筋に前安良と同じく、国土に似た形の痣(あざ)を持つ子供が東都北門の前に立ったのは、初代安良の死から七年後だ。生前の安良の記憶をよどみなく口述し、まだ建設中だった東都の設計図をそらで描いて見せたという。

四都が揃う頃には国も落ち着いて、豪族は士族として政権の中枢を担うようになった。

代々の安良が国を統治するうちに人の暮らし向きは良くなっていったものの、妖魔が脅威であることは今日でも変わらない。

隙あらば容赦なく襲って来る妖魔から、身を挺して人々を守るのが士分の役目で、なればこそ与えられている権力も大きく、民人の信頼も篤い。

刀の質と共に、剣士の地位も上がった。

国に認可された道場で五段になると、侃士号が与えられる。侃士をどれだけ家中に抱えているかで、武家の格や家禄が左右されることも多かった。

腕のある剣士の多くは大名家抱えの剣術指南役か、国の承認を得た道場の主を目指す。

今は亡き夏野の祖父の弥一は、道場主であった。

女でありながらも祖父に手ほどきを受け、幼い頃から剣に親しんできた夏野は、今年の春に五段への昇段を果たし、侃士号を賜った。

侃士なら女でも通行手形を得るのは容易い。東都行きを渋る母親に有無を言わせず、夏野は生まれて初めての一人旅で晃瑠を目指した。

†

「これが晃瑠か……」

無事に入都を果たして門を抜けた夏野は、その他大勢と共に立ち尽くした。

噂に聞いた東都の西門は想像以上に大きく、門自体が一つの要塞のようであった。朝も早くから行列に並び、諸々の手続きを経て門の反対側へ吐き出されると、これまた想像を超えた大通りが、それこそ抜けるような青空のもとに広がっていた。

堀前と同じく旅人のための店の他、土産物屋が通りの両端に連なっている。茶屋や飯屋、屋台はあるものの、宿屋や居酒屋は見当たらない。そのせいか、堀前よりも一層明るく賑やかだ。

晃瑠に慣れている者たちは、夏野を含めた東都に驚く者たちを、何やら微笑ましげにちらりと見やってそれぞれの道へ散って行く。

「黒川」

名を呼ばれて振り向くと、馨が立っていた。

「晃瑠は初めてでらしいな」

「ええ。想像以上です」

「皆、そう言う」と、馨は微笑んだ。

「真木殿は、東都のご出身で？」

「いや、俺は西だ。斎佳もよいぞ」

「いずれ訪ねる機会があればよいのですが」

「黒川はこれからどこへ？」

「州屋敷へ行きます」

「ふうん。お前、実はなかなかの身分なのだな」

そう言いながらも言葉も振る舞いも変わらぬ馨に、夏野は好感を抱いた。

「真木殿はどちらへ？」

「笹川だ。――と言っても、お前には判らぬか。東門がある石渡町の一つ手前の町だ。暇があったら、笹川の柿崎道場へ来い。一手交えてみようではないか」

「笹川の、柿崎道場ですね？」

「そうだ。志伊神社の隣りだ」

ばん、と夏野の背中を一つ叩くと、馨は大股に歩き出す。

「じゃあな」

「お達者で」

手を振って馨を見送ると、夏野はまずは土産物屋で晃瑠の絵図を買い求めた。

結界の外を旅するには相応の覚悟がいるものの、一目都を――殊に安良の御城がある晃瑠を――観てみたいと訪れる者は少なくない。絵図は四色刷りで一枚百文。大路と堀川の他、都内の町名が記されていて、手頃な土産にもなるようだ。御城は大川の東側で、東都の真ん中にあった。

絵図を頼りに昼を挟んで一刻ほど歩き、夏野は州屋敷にたどり着いた。

慣れぬ街、しかも本国一の都ゆえに、迷うかもしれぬと案じたのは杞憂に終わった。川に隣する土地の他は、都は碁盤のごとく整然と区画されている。東西南北を縦横する大路は十八、その間を走る堀川は十六、御城を囲む町の数は六十三である。氷頭州の州屋敷は大川を渡って、御城の北にあたる本町にあった。

氷頭州は二十三州のうち六番目に裕福で、州屋敷もそれなりに大きいが、出入りする者は限られている。馨が夏野を「なかなかの身分」と言ったのはそのためだ。

三里四方の晃瑠は広く、各州の屋敷には武士が詰めているものの、人口の比からすれば町人の方が圧倒的に多い。

防壁に囲まれている都で、妖魔狩りに武士が呼集されることはまずない。晃瑠を始めとする四都は政と経済を担う場であった。

州屋敷の門番は無愛想だが仕事は速やかで、夏野が差し出した通行手形を見てすぐに門内に通してくれた。

「ここで待つように」と、指示された控えの間で待つことしばし。聞き覚えのある声が夏野の名を呼んだ。

「夏野殿」

「椎名様」

「堅苦しいな」と、男が微笑んだ。「そのようにかしこまることはない。以前のように名前で呼んでもらいたいものだが」

「それでは、お言葉に甘えて、由岐彦殿」と、夏野も笑みをこぼした。

椎名由岐彦は、氷頭州の州司にして夏野の腹違いの兄・卯月義忠の幼馴染であり、州司代を務める政務上の右腕でもある。由岐彦が都詰めになる前は、祖父の剣術道場でよく顔を合わせた。

「文(ふみ)が届いた時はまさかと思ったが、本当に一人で来たのだな」

「文が？」

「義忠が飛ばしたのだ。夏野殿が旅立った後に」

急ぎの通信には「颯(はやて)」という鳩(はと)を使った文が主流だ。人なら日の出から日の入りまでかかるだろう十里の道のりを、颯はたった四半刻(しはんとき)で飛ぶ。

「まったく兄上ときたら」

「妹思いなのだ。夏野殿を案ずればこそだ」

「私の腕を信用していないのです、兄上は」

むくれた夏野に、由岐彦はただ苦笑した。州の腕試しで常に上位に入っていた由岐彦は氷頭州では高名な剣士だが、そのすらりとした容姿には剣より政務の方がずっと似合う。

「部屋に案内させよう」

「ありがとうございます」

「一通り支度はしておいた。足りないものがあれば遠慮なく言いなさい。——お紀世(きよ)」

次の間に控えていた女中が、襖(ふすま)を開けて手をついた。

「紀世と申します」

紀世はおそらく夏野より一つ二つ年下の、まだあどけなさの残る少女だった。

「疲れておろうから、少し休むといい。夕餉は一緒に取ろう。道中の土産話でも聞かせてもらおうか」

紀世に案内された部屋は六畳間でそう広くはないが、家具はあつらえものばかりのようで、由岐彦の心遣いを感じた。

「あの、お召し物を」

男装の夏野に、恥じらうように紀世は女物の着物を差し出した。

「致し方ないか……由岐彦殿に恥をかかせてはならぬからな」

湯で身を拭ってから、久方ぶりに女物の着物をまとった。女としては短めの、少年を模した総髪を下ろした夏野を見て、紀世はやっと安堵の表情を浮かべる。

「……お似合いです」

「世辞はいらぬ」

「お世辞ではありませぬ。こちらの着物は全て椎名様がお選びになりました。黒川様のご到着を、それは楽しみにしておられたのです」

「夏野でよい」

そう告げてから、探るような眼差しを向けた紀世に夏野は微笑んだ。

「由岐彦殿は私の兄の幼馴染みなのだ。さすれば、私のことも妹のように可愛がってくれている。他意はないよ」

「し、しかし、夏野様は、遠路はるばるお一人で、剣士を装ってまで、椎名様に会いにいらしたのでしょう？」

「違うな」と、夏野は今度は苦笑した。「装ったのではなく、私は剣士なのだ。晃瑠へ来たのは弟を探すためで、成りゆきで由岐彦殿にお世話になることになっただけだ」

「弟様を……」

「うん。——そうだ、お紀世。明日は、少し都を案内してくれないだろうか？　まずは五条大橋に行ってみたい」

「五条大橋、ですか」

「そうだ」

†

——晃瑠の五条大橋で、絣を着た、幼き義忠様にそっくりの子を見かけたよ——

——年の頃はそうじゃなぁ、六つか七つか……——

二月前に晃瑠から戻って来た大野保次はそう言った。

保次は還暦をいくつか越えた隠居で、夏野の兄・義忠が幼き頃、子守役を務めていた。

卯月家の後に黒川家に立ち寄った保次は、夏野と話したその足で、更に西の石動州へと旅立って行った。

夏野の胸中に、一つの希望を灯して。

夏野の弟・螢太朗が行方知れずとなったのは、まだ二歳にもならぬうちだ。赤子が一人で家を出て行く筈はないから、行方知れずというよりも攫われたというのが正しい。

黒川家は祖父の弥一の死後、母親のいすゞと、女中の春江、螢太朗、夏野の四人暮らしだった。

夏野に刀を遺した弥一はその昔、氷頭一と謳われた剣士だったが、夏野が十一歳になってまもなく、ふいに眠るようにして亡くなった。享年七十二。老衰である。

弥一は三十代半ばにして、氷頭州の州府である葉双に黒川剣術道場を興した。還暦を迎えた後に隠居したものの、老いても日々の鍛錬は欠かさず、亡くなる前日も庭で夏野に稽古をつけるなど、生涯を剣に捧げた人物だった。

母親のいすゞは義忠の父親・卯月慶介の従妹であり、妾でもあった。両者の年の差は二十。慶介の正妻の八重は、夏野が生まれる少し前に病でこの世を去っていた。

正妻が亡くなったのち、慶介は溺愛するいすゞを屋敷に迎え入れようとしたが、これはいすゞの方が拒んだ。慣れた家を離れるのは嫌だというのがいすゞの言い分だった。州司としての世間体を慮ってか、慶介も無理強いはしなかったという。

その慶介も一昨年義忠に家督を譲り、そのまま寝込んで、昨年の暮れに亡くなった。まだ還暦前だったにもかかわらず、肝臓が随分弱っていたようである。月に数回訪ねて来るだけで、同じ家屋敷に住んだことのなかった慶介は、父親といえども、夏野にはどこか遠い存在だった。

——夢の中で橋を渡って行ったのは螢太朗だったが、螢太朗がいなくなったその日、実際に橋を渡ったのは夏野だった。

その頃、葉双の子供の間では肝試しが流行っていた。

夏野は弟思いで面倒見のよい姉だったが、まだ子供だった。いすゞと春江が連れ立って出かけ、夕刻まで帰らぬことを知りながら、夏野はつい子供同士の遊びに誘惑されてしまった。

螢太朗を急ぎあやし、寝かしつけ、夏野は誘いに来た幼馴染みの杉本信児と共に、太鼓橋の袂へと急いだ。

一旦寝かしつけた螢太朗は、一刻は目を覚まさぬ筈だった。橋を渡って戻るだけなら半刻もあればこと足りる。

太鼓橋の架かる葉双の大川には、常に霧が立ち込めていて向こう岸が見えない。川は結界として使われることが多く、橋には妖魔除けの術が施されており、むやみに橋向こうに渡ることは禁じられていた。ゆえに肝試しといっても、橋の上を折り返して来るだけなのだが、先が見えない霧の中を歩いて行くのは、それだけで子供には勇気がいることであった。

肝試しには、七人集まった子供の内、夏野を含む四人が参加することになった。

皆で手をつなぎ、そろっと少しずつ橋を渡って行く。

――こうして、皆でつながっていれば安心ぞ――

――いや、そうでもないぞ――

――どうしてだ？――

——おきねばあさんが言っておった。つないでいたと思っていた友の手が、いつの間にやら妖かしのものになっているやもしれぬ、と——

子供たちは慌てて円陣を組み、仲間の顔を確かめる。

橋の半分を過ぎ、霧が深くなるにつれて、夏野は言うに言われぬ不安に駆られた。

肝試しのせいではなかった。

恐怖ではなく、ただ嫌な予感が、ひたひたと夏野の胸を満たしていった。

不安に急かされ、皆を引っ張るようにして向こう岸の袂の前まで来ると、夏野は手を放して身を返した。

——もうよいな？——

そして、一目散に来た道を走り出した。

——夏野！——

——こら待て！——

夏野の突然の振る舞いに恐怖心を煽られ、残りの子供たちも一斉に駆け出した。

袂で待っていた三人も、駆け戻って来た夏野に仰天した。

——なんだ？——

——どうした？——

口々に問いかけるが、夏野は応えず、そのまま家に向かってただ走った。

息を切らせて引き戸を開くと、夏野は弟の名を呼んだ。

――螢太！　螢太朗！――

草履を脱ぎ、螢太朗を寝かせた奥の間に入った夏野が目にしたのは、空の布団だった。

とっさに伸ばした手に触れた布団は、まだ温かい。

――夏野？――

夏野を追って来た信児が、大事を察したのか、躊躇(ためら)いがちに呼んだ。

――どうした、夏野？――

――……螢太が――

声が震え、涙が溢(あふ)れてきた。

――螢太朗が、いなくなった――

†

夕餉に呼ばれて行くと、由岐彦は既に待っていた。

恐縮して膳の前に座った夏野を見て、由岐彦は微笑んだ。

「見違えた」

「お蔭様(かげさま)で。久しぶりです。こんな格好をするのは」

「だろうな……義忠にも見せてやりたいくらいだ」

「どうかご勘弁を。近頃いろいろとうるさいのです」

「当然だろう。年頃の妹を持つ兄としては」

笑みを浮かべてからかう由岐彦へ、夏野は大仰に溜息(ためいき)をついて見せた。

十七歳ともなれば、もう嫁いでいる娘も少なくない。

卯月家は代々氷頭州の州司を務めてきた大名家だ。ゆえに腹違いとはいえ、義忠の妹である夏野にも掃いて捨てるほどの縁談がくる。

一回り年が離れている義忠は、夏野が物心ついた頃には既に元服を済ませた「大人」だった。毎日のように道場で見かける若者が、腹違いの兄だと夏野に教えたのは祖父の弥一だ。夏野が七歳で正式に門人となった時である。

隠し立てることはない。だが身分をわきまえよ、と厳として告げられた。

縁故であっても、卯月家と黒川家では格が違う。

昔も今も、義忠が頼もしき兄であることに変わりはない。しかし、世間の兄妹(きょうだい)とは違う一線が二人の間にあることを、夏野は忘れたことがなかった。

螢太朗が生まれた時、夏野は手放しで「本当の兄弟」の誕生を喜んだ。

黒川家にとっても大切な跡継ぎである。弥一は微塵(みじん)もそんな素振りは見せなかったが、跡継ぎに男子を望むのは世の常だ。

ましてや、剣の世界では。

法で禁じられてこそいないものの、女で剣を嗜(たしな)む者はごく僅(わず)かだ。男を中心に政が動いてきた安良国では、剣術もまた男のものであった。加えて、剣術は理術よりもずっと体格の差が枷(かせ)となる。二百年ほど前に北都を中心に暗躍したと伝えられる桂(かつら)という女の他、公の文献に女剣士の名は見られない。理術よりも剣術は女に対してずっと閉鎖的だ。

世の在りようには異論があるが、武家生まれゆえに、幼いながらも夏野は己が女であることを心苦しく思っていた。

ゆえに夏野は女中の春江に代わり、螢太朗の子守を買って出た。母親似の螢太朗は、家の事情を差し置いても愛しい赤子であった。

――なればこそ、ひとときでも目を離した己が悔やまれてならない。

他愛ない遊びのためとあっては尚更だった。

螢太朗が攫われてこのかた、夏野は以前にも増して剣に打ち込んできた。

弥一は螢太朗がいなくなる前に他界しており、それが唯一の救いといえなくもなかったが、螢太朗を抱きながら相好を崩す弥一の姿は今でもありありと思い出される。

剣への純粋な思いの前に、弥一に申し訳ないという気持ちが夏野を稽古に駆り立てた。

弥一の――氷頭一と謳われた剣士の――孫だという自負もある。

男ばかりの道場で、夏野はめきめきと腕を上げた。

「私には、祖父のように剣に身を捧げる覚悟があります。けして兄の恥にはなりませぬ」

膨れて言うと、由岐彦はくすりと笑みをこぼした。

「自慢こそすれ、義忠が夏野殿を恥じたことなど、かつてないぞ。それに、あの黒川先生とて妻帯しておられた。――奥方は早くに亡くなられたそうだが」

「それはそうなのですが……」

剣一筋に生きてきた夏野には、世の女子が夢中になる多くのものが理解し難い。

同じ年頃の娘たちの、着物や帯、簪に紅など、身を飾るものに始まり、どこぞの殿方の噂や、誰ぞの嫁入りに至る話が、夏野には退屈極まりない。なまじ剣の腕が立ち、男勝りなゆえに、そこらの男にはまったくといっていいほど興を覚えぬ。恋も知らぬのだから、縁談など煩わしいばかりであった。

「……私は、剣を捨ててまでして、身を固めるつもりはありませぬ」

「何も、剣を捨てることはなかろう」

「ですが、多くの殿方は、妻が剣を嗜むのを好みません」

「まあ、男の多くはそうであろうな」

そう言って由岐彦は苦笑した。

「とにかく私には、成すべきことがあるのです」

「成すべきこと？」

「螢太朗を探し出す、という」

由岐彦が労りの目を夏野へ向ける。

「見間違いだろうと、義忠は言っておったが」

「見間違いとは思えませぬ。あの、兄を育てた大野殿が見たのですから。腹違いとはいえ、それほどまでに兄の幼少の頃に似ているのであれば、螢太朗に違いありません」

「他人の空似ということもある」

「だとしても、確かめずにはおれませぬ」

「まあ、気の済むようにするがよい。とはいえ、あまり家を離れていると義忠が心配するだろう。十日ほどで帰せと、文にはあったが？」

「まずは一月」と、夏野は手をついて頭を下げた。「どうか一月、私に時をください」

「一月探して見つからねば、諦めるのだね？」

「……お約束はできません」

「困った子だ」

再び苦笑を漏らした由岐彦が手酌するのを見て、夏野は慌てて腰を浮かせた。

「私が酌を。気が利かず、どうもすみませぬ」

「構わんよ。夏野殿に酌をさせたとあっては、私が義忠に叱られる」

「そんな」

「いいのだ。ところであてはあるのか？」

「まずは、大野殿が言っていた五条大橋に行ってみようかと」

「五条大橋か」

「明日、お紀世に案内してもらうつもりです」

「そうか」

由岐彦に勧められて夏野は箸を上げた。遠慮なく箸を動かす夏野を、由岐彦は微笑ましげに見やる。由岐彦の視線に気付いて、そこは年頃の娘らしく顔を熱くした。

「――柿崎という道場をご存じですか？」

気恥ずかしさを紛らわせるべく、夏野は話を変えた。

「柿崎というと、笹川町の？」

「そうです。由岐彦殿がご存じということは、名のある道場なのですね？」

「そうだな。そう大きくはないのだが、あそこには気になる剣士がいる」

「真木馨という方ですか？」

「真木……？　ああ、いや、あの男ではない。夏野殿はどうして真木を？」

「堀前で出会ったのです」

馨とのいきさつを、夏野は手短に由岐彦に語った。

「一手交えてみようと言われました。ですから、晃瑠にいるうちに一度訪ねてみようかと思います。由岐彦殿が気になると仰る方は、何という名の剣士ですか？　機会あらば、その方とも剣を交えてみたいものです」

「頼もしいな」

目を輝かせて問う夏野を見やり、由岐彦は杯を口に運んだ。

薄く静かな笑みを浮かべて、つぶやくように由岐彦は続けた。

「だが、あの男からは一本も取れまいよ。あの——鷺沢恭一郎からは」

†

陽が落ちた。

表はまだ明るいが、暦の上ではもう秋とあって、夕闇の足は速い。

俗にいう「逢魔ヶ時」に急ぐ人々に紛れて、鷺沢恭一郎はいつも通り、ゆったりとした足取りで家路に就いた。

土筆大路を南へ歩いて行くと、橙色に染まった空に、五条堀川にかかる香具山橋が浮かんで見える。

欄干に腰かけている子供の影も。

子供は恭一郎を認めると、欄干から下りて、恭一郎が近付くのをじっと待った。

「蒼太」

通りすがりに恭一郎が微笑みかけると、蒼太は一つ頷き、黙って隣りを歩き始める。

見た目は十歳かそこら。色白で赤みがかった鳶色の髪をしている。左目が不自由で、長い前髪の下には鍔で作った眼帯が見え隠れしていた。

「今日はどこへ行っていたのだ？」

恭一郎が問いかけると、蒼太は顔を上げて応えた。

「みな、み、もん」

港に直につながっている南門が、今のところ蒼太のお気に入りだった。

「そうか」

よくも飽きぬな――と恭一郎は思うが、口には出さぬ。

香具山橋から要町の長屋までの五町ほどの道のりを、二人は並んで帰ることが多い。要町は都の中心にある御城から半里ほど南東に位置している。町の北東には大川から分かれた梓川が走り、五条梓橋がかかっていて往来の便がいいことから、町を縦横する土筆大路と六条大路に表店の賑わう商人の町だ。

長屋の近くまで来ると、時折見かける陽気な振り売りとすれ違った。

「白玉～。白くて甘い、白玉でござ～い」

ちろっと蒼太が振り売りを見やり、気付いた振り売りが恭一郎に微笑みかける。

名前は知らぬが、同じ要町に住む者と思われる。夕刻に互いの家路ですれ違うことが多く、売れ残りだからと、おまけしてくれることもしばしばだ。

「まだ白玉を商っているのか？」

「今日は晴れていたんでね。白玉はそろそろ仕舞いですや」

振り売りが言うと、蒼太の顔が曇った。

「買ってやるから、椀を取って来い」

恭一郎が言うが否や、蒼太は駆け出した。

白玉は蒼太の大好物だ。

「ほんに、足の速い」

もう見えなくなった蒼太に呆れ、振り売りが笑う。

「餓鬼だからな」と、恭一郎も笑った。

しばらくすると、長屋の方から「泥棒！」と、覚えのある怒鳴り声が聞こえ、血相を変えた蒼太が角を転げるように折れて戻って来た。

手にはしっかり椀を握っている。

「待ちやがれ、この餓鬼！」

蒼太の後ろから躍り出たのは、六尺超えの大男だ。

一目散に駆け戻った蒼太は、珍しく、しがみつくようにして恭一郎の後ろに隠れた。

蒼太を追ってきた男は、恭一郎を見ると足を止める。

「久しぶりだな、馨」

己より拳一つ分は背の高い剣友の真木馨を見上げて、恭一郎は言った。

「恭一郎」

「いつ帰って来たのだ？」

「今日だ。——それよりその餓鬼はなんだ？　お前の子か？」

「遠縁の子だ。両親共に他界したので、俺が引き取った」

「そうか。お前を待っていたところへ勝手に入り込んで来たから、盗人かと思ったぞ」

「お前の方こそ、勝手に人の家に上がり込んでいたのではないか」

振り売りに金を払いながら、恭一郎は苦笑した。

蒼太と馨を促して、長屋へ足を向ける。

売れ残りをたっぷりおまけしてもらった蒼太は、椀を庇うようにして恭一郎の後ろに隠れながら続いた。九尺二間の引き戸をくぐると、さっと部屋の奥に上がって椀を置く。

「酒を買って来た。何はさておき、お前と飲もうと思ってな」

「ありがたい。ちょうど切らしていたところだ」

上がりかまちに腰を下ろした馨の後ろから、そろっと、蒼太が土間の方に足を伸ばした。が、気付いた馨が笑いながら振り向いた。

「小僧、悪かったな。盗人呼ばわりして」

頭を撫でようと馨が伸ばした手を、蒼太は右手を振り上げ、瞬時に払った。敵意に満ちた幼い瞳に睨まれて、馨が驚きに目を見張る。

とりなすように、恭一郎は馨の肩を叩いた。

「許せ。人見知りなのだ。知らぬ者に触れられるのをひどく嫌がる」

土間の棚に手を伸ばすと、恭一郎は木匙を取って蒼太に差し出した。蒼太はそっと恭一郎の手から匙を取り、馨を睨んだまま部屋の奥へと後じさる。

「外に出ぬか?」と、恭一郎は馨の手土産の酒瓶を持ち上げた。

椀を抱きかかえるようにして白玉を一つ口に運ぶと、ようやく顔から険が引いた。

「ああ」

馨の応えを聞いて、恭一郎は奥で一心不乱に白玉を食べている蒼太に声をかける。

「出かけて来る。遅くなるだろうから、先に休んでろ」

顔を上げると、蒼太はこくんと一つ頷いた。

戸を閉めて外に出ると、気遣わしい顔で馨が訊ねた。

「よいのか、一人で? 飯もまだだろう?」

「構わんよ。白玉で腹は膨れるだろう」

「白玉は飯にはならんだろう？」

「どうしてだ？　うどんと変わらんぞ」

「お前の目は節穴か。まったく似ておらんではないか」

「どうもお前の子育てには不安があるな。――本当にお前の子ではないのだな？」

「そうだが……いや、似ておらんこともないぞ」

「そうか？」

「そうだ」と、馨はにやりとして付け足した。「見目良いのに、可愛げのないところなんぞ、そっくりだ」

　恭一郎も笑った。

「成程。ところで、どこで飲む？　鏑屋にでも行くか？」

　鏑屋は二人の行きつけの飯屋で、座敷もあり、酒も持ち込める。

「それとも、久しぶりに晃瑠の白粉でも嗅ぎに行くか？」

「女はいいが、久しぶりの晃瑠でお前ばかりがもてる様は見たくねぇ」

　恭一郎を見やって、馨は鼻を鳴らした。

　恭一郎は馨より一つ年下の三十一歳。剣士にして五尺九寸ほどと並より背丈はあるものの、いかにも「剛の者」といった馨と比べれば、無骨な印象はずっと薄い。

　顔立ちも整っている方ではあるが、花街の女たちには顔立ちそのものよりも、酸いも甘いも知り尽くしたような瞳がよいといわれている。

「ならいいさ。俺は女より酒がいい」

「ふん。鏑屋だ。肴はお前の奢りだ」

「いいとも。見合うだけの土産話が聞けるならな」

「おう。高いぞ、俺の土産話は」

にんまりとして、先導するように馨は歩き出した。

†

一刻余り飲み食いしたのち、恭一郎は長屋へ帰った。

旅の疲れが出たのか、馨はほどよく酔い、眠り込んで軽くいびきをかき始めたため、心付を渡して鏑屋に置いてきた。

音を立てぬよう引き戸を開くと、鏑屋で借りた提灯を上がりかまちに置く。九尺二間の狭い家の奥に、ぼうっと小さな塊が浮かんだ。

掻巻に包まって寝ている蒼太だ。

「う……」

喉を詰まらせたような声と共に、蒼太が身体を起こした。

「すまん。起こすつもりはなかったのだが」

蒼太の横に夜具を広げながら、恭一郎は問うた。

「それとも、嫌な夢でも見たか？」

「ゆめ……」

眼帯を外した左目をこする蒼太の手を、恭一郎はそっと押さえた。

そう大きくない提灯の灯りが、恭一郎を見上げた蒼太の顔を仄かに照らす。

蒼太の見えぬ左目は青白く濁ったままだ。髪と揃いの鳶色の右目は、恭一郎だけでなく、その先にある何かを見ているようだった。

「痛むのか？」

恭一郎の問いに、蒼太は小さく首を振った。

「ゆめ」

瞬きをして、蒼太は言った。

「は、し。こど、も、か、はし、わた……る」

ぱしぱしと瞬きを繰り返すと、ふっと右目の焦点が恭一郎に合った。

「く、る。……わる、い、も、の」

「ありがたくない予言だな」

にやりとすると、手早く寝間着に着替えて、恭一郎は提灯の蝋燭を吹き消した。

「寝るぞ」

蒼太を促して、夜具に横になる。

悪いもの……

蒼太の予言は莫迦にできぬ。

馨の話では、「そいつ」は既に晃瑠に来てしばらく経っているらしい。

ここが突き止められるまで、そう猶予はないと思われる。

「仇、か」

闇夜に、恭一郎は不敵な笑みを漏らした。

†

橋の袂にたどり着き、その大きさに夏野は改めて驚いた。

「夏野様」

往来の邪魔にならぬよう、紀世がそっと夏野の袖を引く。

「すまない。……それにしても、すごい」

ありきたりな言葉しか思いつかぬほど、初めて見る五条大橋に夏野は圧倒された。

錦絵や掛け軸、屏風でなら幾度か見たことがある。

緩やかな弧が二つ連なる、東都一、否、安良一といわれる大橋。

行き来する人の群れも、橋の下を行き交う船の数にも誇張があるのだろうと、これまで夏野は勝手に思っていた。

それがどうだ――

御城に近く、晃瑠の中心部にあるだけに、目の前に広がるのは、絵に描かれた以上の人の群れ、船の数だ。

都を囲む防壁と堀の長さにも驚いたが、五条大橋を目の当たりにして、これらを築いた安良と都師たちの技術に、夏野は感嘆せずにいられない。

都師は安良の指示のもとに建設された都の増強と整備、維持を生業としている技術師だ。世襲制ではないが、独自の技術と知識を要するために世襲されることが多く、身分は士分と同等、待遇は並の武家よりずっといい。

国の礎（いしずえ）となる四つの都、更に四都をつなぐ街道は、安良と政府の綿密な計算によって造られた。利便性もさることながら、災いと妖魔から都を――ひいては安良を護るため、そこここにあらゆる仕掛けが張り巡らされている。

都外にある二十三州の町村にも、できうる限りの妖魔除けの工夫がなされているが、都とは比べものにならない。

美術品を愛（め）でるように、夏野は紀世と共にゆっくりと橋を渡った。

螢太朗らしき子供を、目の端で探しながら。

橋を渡り終えたところで、紀世への礼を兼ねて、小体な茶屋の暖簾をくぐった。

団子の上に、惜しげもなくこってり盛られた餡（あん）の甘さが、日中の陽射しと人いきれに疲れた身体を癒した。流石（さすが）東都というべきか、こんな茶屋の茶でも洗練されていて旨（うま）い。

「美味（おい）しゅうございますね」と、紀世が嬉（うれ）しげに団子を口に運ぶ。

州屋敷から五条大橋まで一里半ほどなのだが、朝のうちにこまごまとした屋敷内の決まりごとを女中頭に聞かされたために、昼餉を済ませてから屋敷を出た。

辺りを少し散策したら、帰路に就かねばなるまい……

旅の疲れが残っている上、慣れない女物の着物で出て来たことで、夏野自身、思いの外疲労していた。

折敷に茶代を置いて表に出ると、午後の陽光に夏野は目を細めた。

と、その一瞬を突いて、影が視界を横切った。

はっと影を目で追った夏野は、五間ほど先に見覚えのある着物をとらえた。

「伊紗」

囁くように呼んだ夏野の声が聞こえたのか、女がちらりと振り返る。

女はまさに、火田村で出会った妖魔の伊紗であった。

「伊紗！」

名を呼びながら夏野は駆け出そうとしたが、慣れぬ着物と履物に足がもつれた。

「夏野様」

紀世が慌てて夏野を支える。

「伊紗！」

もう一度夏野は伊紗を呼んだが、伊紗は応えず、人込みに紛れて行った。

「妖かしが」

夏野がつぶやくと、紀世が一笑に付した。

「夏野様。ここは東都、晃瑠でございますよ。妖かしは入って来られませぬ」

「だが……」

見間違いではない。

振り返った伊紗の、真っ赤な唇に浮かんだ薄い笑みを夏野はしかと見た。

†

翌日から、夏野は慣れた少年剣士の装いで街に出た。

やんわりとだが、伴を断ると紀世は目を潤ませ、女中頭は大仰に溜息をついたが、仕方がない。由岐彦に――州屋敷に――世話になっている身で、無駄な時は過ごせぬからだ。

朝餉を済ますと祖父の形見の刀を腰に、義忠の似面絵(にづらえ)を懐(ふところ)にして五条大橋に向かう。

五条大橋の周りは様々な店や飯屋が連なり、日中はおろか、夜も遅くまで人が絶えない。

由岐彦との約束で、暮れ六ツまでには屋敷に帰らねばならぬが、八ツには紀世と寄った和泉(いずみ)屋という茶屋で一休みする。

夏野は遠慮したのだが、由岐彦がたっぷり小遣いを手渡してくれた。

「物見遊山ではないのです」

「はるばる晃瑠まで来たのだ。少しは都を楽しんでもよかろう」

柔和な笑みと共に、由岐彦は懐紙に包んだ金を夏野に握らせた。

茶屋に寄ったり、店を覗(のぞ)いたりするのは楽しくはあるが、夏野の目的はあくまで螢太朗を見つけることにある。

絣を着た子供を見ると、つい確かめずにはいられない。

ある時、子供を追い、回り込んで顔を覗いたところに、母親が割って入った。

「何をなされます」

少年とはいえ、刀を差した武士に相対した母親の声は震えていた。

町人が多い都でも、政を司(つかさど)る士分――殊に剣士に対する信頼は篤い。だが、そんな町人たちの敬意を逆手に取り、士分を笠(かさ)に着て乱暴を働く不届き者もいると聞く。

「すまぬ。弟を探しているのだ」

「さ、さようでございますか」

「驚かしてすまぬ」

頭を下げる夏野に、子供を庇う母親は恐縮した。

「こちらこそ、ご無礼を。……近頃、人攫いが出るという噂がありますゆえ、つい」

「人攫いが？　都で？」

「はい。赤子や年端のゆかぬ子供が攫われていると、おふれにありました。布引町(ぬのびきちょう)では、抗(あらが)った母親が斬(き)られたとか」

――州屋敷に帰って、夕餉の席で夏野はそのことを由岐彦に告げた。

「その噂なら聞いている」

「何ゆえ、教えてくれなかったのです？」

「着いたばかりの夏野殿に、わざわざ晃瑠の醜聞を聞かせることはなかろうと思ってな」

「由岐彦殿らしからぬお言葉……螢太を攫ったのも、同じ者やもしれませぬ」

「町奉行所の話では、一連の拐(かどわ)かしはここ半年ほどの出来事で、攫われているのは三つまでの幼子だ。まさか攫ってきた子を皆育てているということはあるまい」

「とはいえ……赤子が攫われているなら他人事とは思えませせぬ」

「どうも困ったな」と、由岐彦は小さく溜息をついた。「正直なところ、私にはこれらの拐かしが螢太朗にかかわりがあるとは思えぬ。夏野殿のことは、義忠に念を押されておるゆえ、むざむざゆきずりに都内の凶行に首を突っ込むような真似はして欲しくなかったのだ。許してくれ」

目をそらさずに語る由岐彦には誠意を感じた。

「それに晃瑠の町奉行たちは無能ではない。確かに事は長引いているようだが、遠からず咎人は捕まるだろう」

防壁の警邏と東都の治安を司る町奉行は五人。町奉行所の一番は都の北西、二番は北東、三番は南東、四の字を避けた安妻番は南西、そして五番は御城周りをそれぞれ担っている。

「そうですか」

先走って、なじるようなことを言った己を夏野は恥じた。

由岐彦の言うことはもっともで、螢太朗は既に赤子ではない。

ただ、夏野の記憶の中の螢太朗は今も尚、産着に包まれた赤子のままで、保次が言ったような、六、七歳の子供を想像するのは難しい。

「あの」

ようやく箸を上げながら、夏野は躊躇いがちに由岐彦を見た。

「うん？」

「申し訳ありませぬ」

「何故（なぜ）謝る？」

「よく考えもせずに、物を申しました」

「構わんよ」

いつもと変わらぬ、温かい眼差しで由岐彦は言った。

「私は夏野殿の、そういう、まっすぐなところが気に入っているのだ」

ちょうど酒を運んで来た紀世が由岐彦の言葉を聞いて、夏野の代わりに顔を赤らめた。

†

顔馴染みになった和泉屋の店主が伊紗の噂を仕入れてきたのは、夏野が晃瑠に来てから十日目のことであった。

夏野は相変わらず、義忠の似面絵を片手に螢太朗の行方を訊ね歩いていたが、同時に伊紗を見かけた者がいないか、五条大橋の近くで探していた。

「ここから少し西、久金堀川（ひさがねほりかわ）の向こうの茜通り（あかねどお）りにね、嶌田屋（しまだや）って茶屋がある。茶屋は茶屋でもうちとは違いますよ」

「それはその、つまり、そういう……」

頬を熱くした夏野を、店主は微笑ましげに見やった。

「ええ。そういうところ、でございます」

近頃店に出るようになった「瑪瑙」という女が伊紗に似ているらしい。

「瑪瑙、か」

「美しさもさることながら、とろりとした手管で男を骨抜きにするとか」

夏野よりも興味津々に語る亭主を、板場から顔を覗かせたおかみが睨む。店主は慌てて、取り繕うように夏野に淹れ立ての茶を運んだ。

和泉屋を後にした夏野は、しばし悩んで、茜通りに行ってみることにした。

いつもなら、帰路に就いていなければならぬ時刻である。

蔦田屋はすぐに見つかった。「茶・甘酒」と看板には記してあるが、店構えも、出入りする客も、和泉屋とは明らかに違って夏野を気後れさせる。

勇気を出して暖簾をくぐると、番頭らしき男が夏野を一瞥して、小莫迦にした笑みを浮かべた。

「店をお間違えではありませんかね？」

「この辺りには、他にも蔦田屋という名の茶屋があるのか？」

「いえ……」

「ならばここで間違いない。……瑪瑙、という女がいるそうだが」

伊紗の源氏名を出すと、男はにやにやと夏野を上から下まで無遠慮に眺めた。

士分とはいえ、まだ声変わりもしていない少年が、身の程知らずにも女を買いに来たと思っているのだろう。

「座敷代が一朱。酒代は別で、花代が更に二朱ですが。お泊りならもっとかかります」

出せまい、と高をくくったような男に、夏野は黙って財布を取り出し、一分手渡した。

男は驚きを隠さなかったが、商売人らしく、さっと顔つきを改めると、夏野を二階の一部屋に案内した。

「今、呼んで参ります」

まだ早い時刻だからか、部屋が連なる二階はしんとしていた。

部屋は縦に長く、奥に枕屏風(まくらびょうぶ)、手前には鏡台と箪笥(たんす)があるだけだ。

枕屏風の向こうの夜具を想像して、夏野はうつむいた。男女の営みは知識としては知っているが、夏野にはまだ未体験の域である。

「瑪瑙でございます」

襖の向こうで聞き覚えのある声がした。

「入れ」と、夏野はうつむいたまま短く応える。

襖が開閉する音がして、着物に焚(た)き染(し)められた甘く、淫靡(いんび)な香が漂う。

夏野が顔を上げると、瑪瑙——伊紗——が小さく息を呑(の)んだ。

「やれやれ、見つかってしまったか」

悪びれずに言うと、毒々しいまでに赤い唇の端を上げる。

「妖かしのお前が、何故都にいる?」

声を潜めて夏野は問うた。

「誤解だよ。妖かしならば、都に入れる筈がなかろう？　都――殊に晃瑠を護る術は強い。並の妖かしならば、堀前に近寄ることさえもできないよ」

「ならば、お前は並ならぬ妖かしということになるな」

　くっと忍び笑いを漏らして伊紗は言った。

「お前は本当に面白い子だねぇ。先だっては女の格好をしていたが、今日は私のために男の格好をしてきてくれたのかい？　女が女を買う訳にはいかないものねぇ」

「莫迦者」

「ふふ。私は構わないよ。どちらでも」

　頬に伸びてきた伊紗の手を、夏野は邪険に払った。

「触るな」

「意地っ張りなところも、私好みだ」

「黙れ。私はお前に訊きたいことがあって来たのだ。……あの竹筒には、一体何が入っていたのだ？」

「意地っ張りで、せっかちな子だねぇ。まずは再会を祝して一献いただこうかね」

　からかうように言うと、伊紗は部屋の隅に垂れ下がっている紐を引いた。紐の先は階下につながっているらしい。階段を上がって近付いてきた足音に、「一本頼むよ」と襖越しに伊紗が言った。

　ほどなくして運ばれて来た酒を杯に注ぎ、伊紗はわざとらしくしなを作って夏野に差し出した。

「酒は飲まぬ」

「お堅いねぇ」

くいっと一息に杯を空けて、伊紗は微笑んだ。

「なんの話だったっけね？」

「竹筒の中身だ」

「その前に、お前は何やら子供を探しているらしいねぇ」

「お前の知ったことか」

「おや？　人の話を聞きもせずに、そんなこと言っていいのかい？」

くすりとして伊紗は、夏野の耳元に口を寄せた。

「――どうする？　もしも私が、お前の攫われた弟の行方を知っていると言ったら」

「嘘をつくな」と、夏野は伊紗を押しやって睨みつけた。

「なんだい。人を嘘つき呼ばわりして」

にやにやとして、伊紗はまったく意に介さない。杯に新たに酒を注ぎ、これまたするりと一息に飲み干した。

「そんなら勝手に探すがいいさ。だが、お前がこの先老いて死ぬまで探そうとも見つかるまいよ……とっくに殺されて、この世にいない赤ん坊なんか」

「なんだと？」

瞬時に傍らの刀を手にして立ち上がる。

「嘘を……つくな」

鯉口を切りつつ、絞り出すように言って夏野は伊紗を見下ろした。

「こんな嘘をついてなんになる？　竹筒の中身を知りたいと言ったね。あれはお前の弟を攫い、喰ろうた妖かしの目玉——いや、視る力を封じた玉のようなもの——だと私は聞いていた。その妖かしはね、人の子だけでなく、一族の子も喰ろうたのだ」

淡々と語る伊紗を、夏野は座り直してじっと見つめた。

「妖かしが、妖かしの子を……？」

「——私の子も喰われた」

声を潜めて、伊紗はまた酒を飲む。

「だから御上が——お前たち人間の、ではないよ。私たち妖魔にも黒耀様と呼ばれる王がいるのさ——罰したのだ。片目と妖力を奪い、一族から追放した。追放されたそいつは腹を空かせる度に、行く先々で赤子を攫い、喰らう。五年前には、そう、氷頭の辺りをうろうろしていたらしい」

伊紗の言わんとするところを解して、夏野は奥歯を嚙んだ。

話が本当ならば、螢太朗は既に、その妖魔に喰われてこの世の者ではない。

「……その妖かしの目が、あの竹筒に封じられていたと言うのか。では何ゆえお前は」

「仇を討ちたいと思ったのさ。可愛い我が子のね。……御上は甘い。私は許さないよ。そいつを追い詰めて、息の根を止めてやるまでは」

　剣呑（けんのん）な目つきになって伊紗は続けた。

「封印を解いて竹筒から出せば、目はもとの身体に戻ろうとする。私はあれに、仇のもとへ案内してもらおうと思っていたのさ。ただ、お前の中に入ってしまったのは誤算だった。お前は平気なのかい？」

「もう痛みはない。だが時折、影が」

「妖かしの影だ。妖かしの目を得た今、人に化けた妖魔が、影だけでもお前に見えるようになったのさ。私を見つけた時も影が見えただろう？」

　夏野は頷いた。

「ねぇ、夏野。お願いだ。私に力を貸しておくれよ。お前の後をつけて晃瑠まで来てみたが、晃瑠を護る術は思いの外強い。ここでは私はろくに妖力を振るうことができず、人の振りをするのが精一杯なんだよ。やつを見つけたとしても、仇を討つのは難しい」

「私が、妖かしのお前に力を貸すだと？」

「そうとも。私たちは同志じゃないか」

「同志？」

「お前は弟を、私は我が子を、それぞれやつに喰われている。夏野はそいつが憎くないのかい？　弟を殺し貪（むさぼ）り喰った妖魔を、野放しにしておくつもりかい？　お前も噂を耳にしておるだろう？」

「赤子が攫われているという……？」

「やつの仕業だよ」

ごくり、と思わず喉が鳴った。

それが本当なら、打ち捨ててはおけぬ。

それどころか、討てるものなら、螢太朗の仇を討ちたい……

だが、伊紗の話を鵜呑(うの)みにしてもよいものか？

「……螢太朗が、そいつに殺(や)られたという証(あかし)があるのか？」

疑う夏野を哀れむように、伊紗は鼻を鳴らした。

「やつに会えばお前にも判る。やつの目が、お前に真実を見せてくれるさ」

「その妖かしは、今どこに？」

「しかとは判らん。だが案ずるな。やつは晃瑠にいる。妖力を失ったやつには、外の方がかえって危険なんだよ。私のように命を狙(ねら)う者がいるからね。都なら人に紛れて生きていくことができる。やつが晃瑠にいる限り、遅かれ早かれ、お前のその目が、やつの居所へ導いてくれるさ」

艶(あで)やか、かつ冷ややかな笑みを伊紗は浮かべた。

氷に触れたかのごとく、夏野は冷静さを取り戻した。

目の前にいるのは妖かしだ。美しい女を装った、だが紛れもない妖魔である。

すっかり心を許してしまうのは危うい。

ただ少なくとも今この時は、伊紗を疑う理由が夏野には見つからなかった。

確かめてからでも遅くはない。

伊紗の言うことが本当ならば、己は知ることができるのだ。

遅かれ早かれ、この妖かしのものと同化した目に導かれて——

蔦田屋を出ると、既に陽は落ちていた。

帰りがけに和泉屋で提灯を借り、夏野は州屋敷への道を急いだ。

州屋敷に着くと、着替えもそこそこに、紀世に急かされる。

「すぐにお連れするようにと、椎名様が」

座敷に入ると、由岐彦が、冷めた膳を前にして待っていた。

「申し訳ありませぬ」

戸口で両手をついて、夏野は頭を下げた。

由岐彦の口からは溜息が漏れたが、かけられた声は温かかった。

「よい。とにかく無事に帰って来たのだからな。道に迷ったか、はたまた厄介ごとに巻き込まれたかと案じていたところだ」

「まことに、申し訳……」

「よいからこちらへ参れ。いい加減、腹が減った」

夏野を遮って由岐彦は笑った。

「お紀世。夏野殿に茶を。悪いが、汁物を温めなおしてくれ」

「かしこまりました」

紀世が下がると、夏野は改めて由岐彦に遅い帰宅を詫びた。

「螢太朗の居所を知っていそうな者の話を聞いたのです」

帰宅が遅くなった理由を、そう短く語った。

伊紗――妖かし――のことは、由岐彦にはとても明かせぬ。

螢太朗が既に亡き者かもしれぬなどと、自分でも信じたくないことも。

「ほう」と、由岐彦は珍しく驚きを露わにした。だがすぐに、「あまりあてにせぬ方がよい」と諭すように言って、詳しくは聞いてこなかった。

夕餉を終えて夏野が立ち上がると、由岐彦も立ち上がって夏野に歩み寄った。

夏野の肩にそっと触れて、由岐彦が言った。

「大分、気を揉んだのだぞ」

その大きな手に、これまで気に留めたことのなかった異性を感じて、夏野はとっさにうつむいた。

「まことに、すみませぬ……」

尻すぼみに応えると、由岐彦が小さく溜息をつく。

おそるおそる顔を上げると、困った笑みを浮かべた由岐彦と目が合って、夏野は再び目を落とし、後じさるようにして座敷を出た。

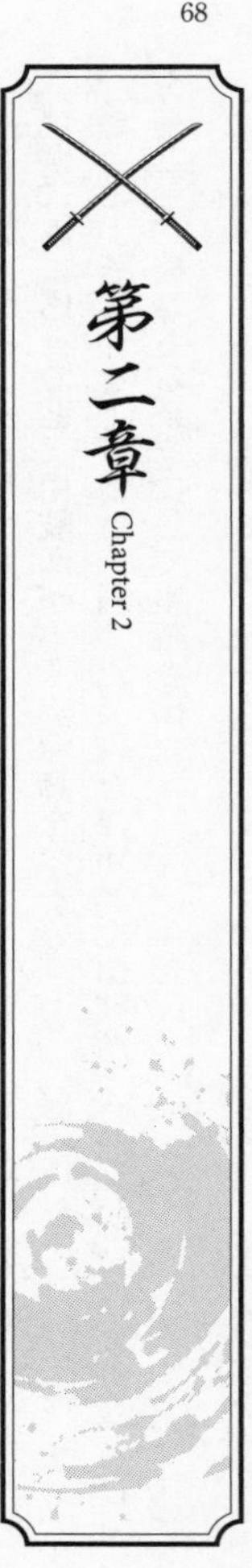

第二章 Chapter 2

邪険にされたにもかかわらず、蒼太のことが気になったのか、馨は再び恭一郎たちの長屋へやって来た。

「志伊神社にて、樋口宮司が町の子供らに手習いを教えている。一つ、蒼太も通わせてみぬか」と言うのである。

東都内には、御城を囲むように建立された八つの大きな神社がある。これらは人々が安良への信仰と感謝を表す場である前に、晃瑠を護る術を支える要所でもある。志伊神社はその一つで、神社の長である宮司の樋口高斎は学者としても高名だ。十数人に及ぶ神職を束ねるだけでなく、境内の社務所の隣りに講堂を設け、手習指南所を開いて、宮司自らも指南しているのは恭一郎も知っていた。

安良国では二百年ほど前から人別管理が進み、今では士分や神職のみならず、極僅かな者を除いて、町人や農民までおよその国民が姓を持ち、名乗るようになった。

八大神社と呼ばれる神社はもとより、都内に点在する分社は、人別帳を管理したり、冠婚葬祭を取り仕切ったり、または指南所を開いて庶民教育に努めたりと、人々の暮らしの拠り所だ。

馨の住まいは柿崎剣術道場の裏庭にある小屋で、柿崎道場は志伊神社と隣り合わせだ。

馨は柿崎道場で師範を務める傍ら、志伊神社で境内の掃除や庭の手入れを始めとする雑用をこなして身を立てていた。

馨は斎佳の武家の四男で、侃士でも神職の階位は持たぬし、庭師の修業をしたこともない。掃除はともかく、庭の手入れは馨の剣に似て豪快で、刈り残しが散見されるが、よくいえば自然な景観が残されており、少なくとも樋口宮司は満足しているようである。

「どうかな。そこらの餓鬼どもとは、うまくいくまいよ」

恭一郎が応えると、馨は大仰に溜息をついた。

「お前がそんな風だから、こいつもますます人付き合いが苦手になるのだ。少しは同じ年頃の子供らと遊ぶのもよいだろう」

「こいつがそんな子供じみたことを喜ぶとは思えぬが」

「何を言う。見ての通り、まだ子供ではないか。――なぁ、蒼太？」

馨は蒼太の方を見やったが、蒼太はぷいっと横を向く。

馨はめげずににやりとすると、懐から紙包みを取り出して開いた。

小ぶりの茶饅頭が三つ、生成りの紙の上に載っている。

「ほれ、土産だ。出来立ての饅頭ぞ」

饅頭という言葉にぴくりとして、蒼太はじっと馨の手のひらを見つめた。

「ほれ、まだ温かいぞ。こっちへ来て、一つつまんでみぬか？」

饅頭に惹かれるように、蒼太は身を乗り出した。

が、躊躇うように、馨の手の上の饅頭と恭一郎の顔を交互に窺う。

「犬猫ではないのだぞ。餌付けするな」

呆れ声を出して、恭一郎は饅頭を一つ馨の手から取った。蒼太に歩み寄って、その小さな手を取り、饅頭を手のひらに載せてやる。

「餌付けではない。まずは一献、と言うではないか。饅頭は酒の代わりだ」

二人をよそに、蒼太はむしゃむしゃと、あっという間に饅頭を一つ食べてしまった。

ちろりと恭一郎を見やると、今度はそろっと近付いて、馨の手から直に饅頭を奪う。

「旨いか？」と、嬉しそうに馨が訊ねる。

「……うま、い」

「ほう。ちゃんと話せるではないか。どうだ？　手習いに来ぬか？　町の子供らと一緒に遊ぶがよい」

「……」

「読み書きも、覚えて損はないぞ」

「よみ、かき」

「そうだ。文武両道といってな。男はただ強いだけでは駄目なのだ。俺や恭一郎のように、物事の理も知らねばならん」

「物事の理、などという言葉が、お前の口から出てくるとはな」

「茶々を入れるな」

「……もの、と、の、こと、わ……」

「そうだ。そのためにはまず読み書きを覚え、書を読むことだ」

「しょ……？」

「とにかく、一度来てみろ。……そうだな。来たらまた饅頭を買ってやろう」

「まん、じゅ」

蒼太の目が微かに輝いた。

「おう。いや、饅頭より大福はどうだ？　神社から少し先に、みよし屋という大福が人気の店がある。州屋敷御用達の一つ五十文の贅沢品よ。そいつをお前に馳走してやろう」

「だい、ふ、く」

馨の言ったことの半分も解しておらぬだろうが、とてつもなく旨いものにありつけるということは判ったようだ。手にした饅頭と馨の顔を見比べて、蒼太は決然として恭一郎を見上げた。

「……餌付けするなと言うのに」

苦笑して恭一郎は、近々蒼太を志伊神社に連れて行くと約束した。

†

恭一郎が促すと、蒼太はおずおずと志伊神社の鳥居をくぐった。

恭一郎が知る限り、蒼太が晃瑠の八大神社へ足を踏み入れるのはこれが初めてだ。

社務所の前にいた馨が、恭一郎たちを認めて笑顔を向けた。

「おお蒼太、よく来たな」

頭を撫(な)でようとして出した手を、気付いて馨は引っ込めた。

「だい、ふく」

きっと己を見上げて言う蒼太に、馨は微笑(ほほえ)んだ。

「大福は後だ。——宮司様、こいつですよ。こいつが恭一郎の子です」

「俺の子ではないというのに」

憮然(ぶぜん)としてつぶやいて、恭一郎は樋口高斎に頭を下げた。

「ご無沙汰(ぶさた)しております」

「鷺沢殿」

表へ出て来た高斎が恭一郎に笑みをこぼした。

が、微笑んだ口元は蒼太を見やった途端に凍りつく。

「……遠縁の子を引き取ったのです。名を蒼太と言います」

高斎を見つめて、恭一郎は静かに言った。

「そうですか」

高斎は戸惑いがちに恭一郎を見つめ返し、だがすぐに再び微笑んだ。

「鷺沢殿が子供を引き取られるとは、何か……余程の事情がおありなのでしょうな」

「でしょうな」と、馨が恭一郎より先ににやりとして頷く。

「そんなに、可笑しいか？」

「可笑しいとも」

「まあ、柄でないことは俺も重々承知している」

「そうか。承知しておるか。――宮司様、今日はこいつも混ぜてやってください。口下手で人見知りですが、頭は悪くない筈だ」

「それは、私は構わぬが……どうだろう？」

高斎がちらりと恭一郎へ不安な視線を投げかける。

「お願いします」

ぺこりと高斎へ頭を下げて、恭一郎は付け足した。

「もしも手に余るようなら帰してください。一人で平気です。帰り道はもう覚えておりますから」

「おいおい。今日初めて来た場所だぞ」

「そういうことには長けているのさ。お前も言ったろう？　頭は悪くないのだ」

蒼太を見やって、恭一郎は口角を上げた。

「宮司様の言うことをよく聞くのだぞ。夕刻には迎えに来る。それまでにどうしても我慢ができなくば、宮司様に断って家に帰れ」

「おい。そう突き放した言い方をするな。折角ここまで来たのだ」

「大福につられただけだ」

「それだけではないぞ。読み書きを学びたいと思って来たのだ。なぁ、蒼太？」

馨に同意を求められた蒼太は、しばし考え込んでから曖昧に頷いた。

「ほれみろ。俺は隣りの道場にいるゆえ、手習いが終わったら呼びに来い。一緒に、みよし屋へ行こうではないか」

「つっているではないか」

恭一郎が言うと、高斎も笑った。

「それでは頼みます。仕事がありますゆえ、私はこれで」

「仕事、というと、榊さんの？」と、高斎が眉をひそめる。

駒木町に店を構える高利貸・さかきの主の榊清兵衛には、良い噂がない。恭一郎はこの二年ほど、清兵衛のもとで取立人をして暮らしを立てていた。

「ええ。なかなか私に見合った仕事でしてね」

「鷺沢殿なら、望めばいくらでも仕官先があるでしょうに……」

「宮司様は私を買いかぶっておられる」

肩をすくめて、恭一郎は微笑んだ。

「何が清兵衛だ。清いところなど一つもないくせに」

吐き捨てるように言う馨に、恭一郎は今度は苦笑で応える。

「まあ、そう言うな。面白いところもあるのだ、あの親爺にも」

「悪趣味が過ぎるぞ、恭一郎。ああいう輩と付き合うのは、蒼太のためにもよくない」

「そうか？」

「そうだ」

「お前というやつは、見かけによらず子供好きなのだな」

「見かけによらず、だと？」

剣友が口を曲げるのを笑い飛ばし、恭一郎は志伊神社を後にした。

†

番頭の孫七が黙って顎をしゃくって、待ち人の到着を告げた。

上がりかまちに腰かけていた後藤亮助は、ゆっくりと腰を浮かせる。

「鷺沢」

「待たせたな」

亮介は町人だが、剣術を嗜む。晃瑠では名のある梶川剣術道場の六段で、脇差しのみだが、亮介なりにこだわった一刀を帯刀している。町人でも侃士であるという誇りから、浪人とはいえ士分の恭一郎を呼び捨てにしてはばからない。

同輩というより、剣士独特のつながりを感じるからだろうか。亮介の物言いに、恭一郎が不快を露わにしたことはない。もともと身分にはこだわらない性質のようである。

「遅いぞ」

「すまん」と、恭一郎は悪びれずに謝った。「ちと、寄るところがあったのだ」

「まあいい。行くか」

「ああ」

覚書を片手に、先導するように亮介は先に外へ出た。

高利貸・さかきには、亮介と恭一郎を含めて、抱えの取立人が四人いる。他の二人は屈強なやくざ者で、誰と組むかはその日次第だが、亮介は恭一郎と組むことが多い。やくざ者にはやくざ者、剣士には剣士と、得物が同じ方が気も合うようである。匕首は遣うが剣は苦手だ。

亮介も恭一郎も、余計なことは口にせぬ。

それゆえに凄味を感じるのか、大仰な脅しの文句を口にせずとも、大抵の取立はうまくいく。たまにぐずる者や開き直る者がいると、目配せを交わし、どちらかが前に出る。

この時は恭一郎が足を踏み出した。

「遅れた詫びだ」

あと一月待ってくれと懇願する商家の主の頭上を、ふわりと、柔らかい風が撫でた。

はっと主が顔を上げると、ぱさりと髪が額にかかる。

髷を落とされたのだ。

鯉口を切る音も、刀がなぎ払われる音も、主には聞こえなかっただろう。

頭に手をやり、腰を浮かした主の目の前を、今度は鋭い刃風が走った。

「ひっ」

とっさに顔を覆った主から、一瞬遅れて帯が落ちた。

無様にはだけた着物を、主が涙目でかき合わせる。

いつもながら見事だ、と亮介は認めざるを得ない。感嘆する一方で、悔しさもある。自分では、ああは斬れぬと判っているからだ。

「あるだけ持って来い。餓鬼の遣いじゃねぇんだ。命あっての物種だろう？」

鯉口を切り、八つ当たりにも似た低い声で、亮介は主を脅した。

主は声にならない悲鳴を上げると、奥へ走り、金を十両ほどかき集めて来た。

「これで半分。残りはあと十日待ってやろう」

「し、しかし、それは最後の仕入れ金で。お願いします。店が潰れてしまいます」

額を床にこすりつける主をよそに、亮介は金を懐に仕舞った。

「行こうか」と、何事もなかったかのごとく促す恭一郎へ、

「ふん」と、亮介は一つ鼻を鳴らして応えた。

二人が外に出ると、むせび泣く声が店の中から聞こえた。

慣れているとはいえ、後味のいいものではない。

「払えんな」

「判らんぞ。娘がいた筈だ」

淡々と言う恭一郎に、亮介は眉根を寄せた。

恭一郎は短髪にすっきりとした面立ちで、身なりは地味だが、借金取りを生業としてい

る浪人にしては品がある。だが、時折その端正な見目姿からは想像し難い、冷然としたことを口にする。

「身売りさせるか」

「一家で路頭に迷うよりましだと、あの男なら思うのではないか？」

薄く嘲笑を浮かべた恭一郎に、敵わねぇ、と亮介は内心苦々しくつぶやいた。

苛立ちが自身に対するものだとは承知している。剣士としての恭一郎は己よりずっと腕が立つ。才能への嫉妬ゆえに顔には出さぬが、亮介は恭一郎が嫌いではなかった。

晃瑠で生まれ育った亮介は、一度堀前の小鷺町を見物に出たことがあるだけで、都の外を知らない。剣術を学んだのは、裏店で拵屋を営む父親のもとで刀に魅せられたからだ。

町人でも侃士であれば武家に取り立てられないこともないが、妖魔が入って来られぬ都では稀だ。都を離れるのは嫌だが、少しでも剣術を活かして稼ぎたく取立人になった。

しかし、いくら腕に覚えがあれども、所詮都の中である。決闘まがいの斬り合いで相手に深手を負わせたことはあっても、死なせたことはない。

そんな亮介とあまり変わらぬ歳でありながら、恭一郎は何年も、都外の諸国を修業して回っていたと聞く。

何人も斬っているのだろう――と、恭一郎の剣を見る度、肌で感じる。

妖魔のみならず、幾人も人を斬り、死に至らしめたことがあるに違いない。

人を殺めた者には、どこか言うに言われぬ闇がある。

剣術の腕だけでなく、そういった過去の軌跡が格の違いとなって、己と恭一郎を隔てているのだろう、と亮介は思っていた。

恭一郎については様々な噂を耳にしていたが、生来の意地っ張りが手伝って、いまだ直に真相を聞き出すことができずにいる。

「芦田仁三郎を知ってるだろう？」

しばらく歩いて、亮介は切り出した。

「榊殿の商売仇だな」

「そうだ。五日前に、孫が拐かされたそうだ」

「ほう」

「身代金を求められるかと、今日まで待ったがなんの知らせもないらしい」

「ほう」

「報奨金を出すという。鷺沢も一口噛まんか？」

「いくらだ？」

「犯人の居所に五両。孫を連れ戻せば百両だ」

やくざ者の二人にはまだ声をかけていないが、二人で分ければ五十両、四人で分けても二十五両の分け前になる。町人の亮介にはもちろん、浪人の恭一郎にも大金だ。

「生死を問わずか？」

「莫迦な」

恭一郎を見やると、空合でも語るがごとく涼しげな顔をしている。

「生きたまま連れ戻して百両か。割に合わぬな。それに無理だ」

「……既に殺されている、と？」

「おそらく」

「何故判る？」

「ただの勘だ。大方、件の拐かしだろう」

さらりと応える恭一郎に、亮介は再び眉根を寄せた。

おふれに出た幼子ばかりの拐かしについては、亮介も聞き及んでいた。人別管理の厳しい都では人の売り買いは難しい。攫われた子供たちは都外に売り飛ばされたか、狂人の試し斬りの餌食にでもなったのではないか、などと噂されている。

「嫌なことを言う。都外に連れ出されただけやもしれんぞ？」

「だとよいな」

「――子供を一人、引き取ったそうじゃないか」

「ああ」

「もしもその子が攫われて殺されたら、おぬしとて悲しかろう？」

亮介の問いを吟味するように、しばし考えてから恭一郎は言った。

「……そうだな、きっと悲しいだろうな」

言葉とは裏腹にふっと恭一郎がこぼした笑みは、冷淡とも諦観とも感ぜられた。

やはり敵わん……と、亮介は口を尖らせた。

覚書にあった取立を全て終えると、店先で亮介と別れ、恭一郎は志伊神社に向かった。

†

日暮れにはまだ少し早い。

志伊神社に着くと、本殿の奥から低く、祝詞を唱える宮司の声が聞こえてきた。邪魔にならぬよう声をかけずに庭に回ると、隣りの柿崎道場へ通じるくぐり戸を抜ける。

道場に行くと、蒼太と馨、そして道場主の柿崎錬太郎が、縁側の陽だまりに座り込んでいた。場内からは、竹刀を打ち合う音が絶え間なく聞こえている。

「きょう」

恭一郎に気付いた蒼太が、食べかけの大福を片手に立ち上がった。

「どうだ。少しは何か学んだか？」

恭一郎が問うと、蒼太は足元の紙を拾って見せた。《そうた》と、たどたどしい筆で書いてある。

「ほう。初めてにしてはうまく書けている」

「だろう？」と、馨が嬉しそうに言った。

「うむ。手習いも悪くなさそうだな。しばらく餓鬼どもに混じって通ってみるか？」

恭一郎が訊ねると、蒼太はぷっと口を結んだ。

「それが……」

蒼太の代わりに、馨が言葉を濁した。

「なんだ?」

「ちと、こっちへ来い」

恭一郎の袖を引いて、馨は縁側から離れて、恭一郎の耳に口を寄せた。

「初めのうちはな、うまくいっておったのだ。どもりを、ちとからかわれたがな……そのうち、悪ふざけをしとった子供らの一人が誤って、眼帯を引っかけてしまったそうだ。それでな……」

言いにくそうにする馨をよそに、縁側の蒼太は手にした大福を黙々と食んでいる。

「その、蒼太の目を見た、小さい子供らがな、驚いて、怖がってしまってな……」

「成程」

「しまいには、蒼太を鬼子だと囁き合っての。蒼太もあの通り、何も言わんから、仲間外れのままだったそうだ」

はっ、と恭一郎は噴き出した。

「成程なぁ」

「笑いごとではないぞ、恭一郎」

憮然とした馨には応えず、恭一郎は縁側へ戻って蒼太に微笑んだ。蒼太の傍らの箱には大福が二つ残っている。箱と大福の大きさからして、もとは四つ入っていたらしい。

「お前の分はないぞ」

「判ってるさ」

にこやかに応えて恭一郎は付け足した。

「馨。お前はまことに良いやつだな」

「なんだと？」

「蒼太に同情して、一つ五十文の大福を四つも買ってやったのか」

「うるさい。同情なんかしておらん。たまたま四つ入りの箱があったのだ。それに内一つは先生への土産だ」

「たまたま、か」

からかう恭一郎を、「鷺沢」と道場主の柿崎錬太郎がたしなめた。

「すみません」と、恭一郎は素直に頭を下げる。「野暮なことを申しました」

「うむ」

今年六十五歳の柿崎は、総白髪をふさふさとなびかせて頷いた。

「詫びを兼ねて、一杯どうだ？」

むくれたままの馨を恭一郎は誘った。

「ふん」

百文あればちょっとしたものを飲み食いできる。大福四つに二百文とは、馨でなくとも大盤振る舞いだった。

師範を務める剣士にしては、馨の実入りは驚くほど少ない。

認可された剣術道場の主は国から役料を得ている。それは道場を運営し、妻子を養うには充分だが、師範や師範代の給金まで賄うのは難しい。道場主の多くは名高い武家とつながりを持ち、謝礼や献金を受け取るのが常なのだが、そういった金――というよりも、金に伴うしがらみを柿崎は嫌った。

門弟を増やせば謝礼も増えようが、「目が届かぬ」と柿崎は欲がない。馨を含む高弟たちは柿崎の剣術と人柄に惚れ込んでおり、給金が少ないことなど意に介さず、師範や師範代を務めていた。

よその道場の師範の半分ほどしかない給金でも、馨は満足している。敷地内の小屋に住んでいる限り家賃はかからぬ上、志伊神社から雑用の駄賃が多少は入る。独り身だから、贅沢さえしなければそこそこの暮らしができるのだ。

恭一郎たちのやり取りをよそに、柿崎が蒼太を見やって言った。

「鷺沢が、子供をのう……」

「縁、というやつですよ」

「たまには道場にも顔を見せぬか」

「見せてますよ。しかし、どうやら近頃先生は、師範が揃っているのをいいことに、別宅にいらっしゃることが多いようで」

「こら」と、馨が呆れ声でたしなめる。

老いて尚かくしゃくたる柿崎は、別宅に二回り半も年下の女を囲っている。否、女に囲われている。道場から柿崎が得ているものは馨とさして変わらず、暮らしの費(つい)えの多くをこの別宅の女が賄っていた。

「ふむ。そうかもしれんな。こりゃ一本取られたわい」

かかか、と柿崎は屈託なく笑った。

†

蒼太が三つ目の大福を食べ終えるまで、四人はのんびりと縁側で過ごした。

「先生。真木師範。――あ、鷺沢さんまで。困りますよ、稽古(けいこ)を放(ほ)ったらかしにして」

まだ若い弟子の飯島多助(いいじまたすけ)が呼びに来て、柿崎はのっそりと腰を上げた。

「俺は、今日はもう終(しま)いだ」と、馨。「外せぬ用ができてな。ねぇ、先生」

「ああ、構わん、構わん」

手をひらひらさせて場内へ戻る柿崎を見送り、馨は手早く縁側を片付けた。

「行くぞ、蒼太」

恭一郎が歩き出すと、蒼太も並んでついて来る。

「さて、どこで飲むか」

「まずは、長屋に帰らねばなるまい？」

「蒼太か？　こいつなら一人で帰れる」

「本当に道を覚えているのか？」

「覚えているとも。毎日、都を歩いているからな。知らぬ道の方が少ない」

「ふむ。——手習いだがな、宮司様は構わんと言っていた」

「そうか」

「ただ、他の子供らと共に学ぶのは、今少し後の方がいいやもしれぬということでな、しばらくは蒼太は別室で差しで教えてもよいと」

「流石（さすが）、宮司様」

「茶化すな」

「茶化してなどおらぬ。感謝しているさ。まあ、蒼太次第だな。毎度毎度、菓子でつる訳にはいかぬだろう？」

「それは……」

「いいのだ。必要だと思えば、自ら習いに行くだろう」

帰り際、自分の名を記した紙を折って懐に忍ばせた蒼太を恭一郎は見ていた。

道場から西へ一辻目（ひとつじ）が天美大路（あまみおおじ）だ。天美大路を南に下り、五条堀川を西へ折れると大川から分かれた梓川に行きあたる。この梓川と二つの堀川が交わる川岸には今里（いまさと）と呼ばれる盛り場があるのだが、道中には武家屋敷が多いため、川に出るまではひっそりとした町並みが続く。

世間話を交わす恭一郎と馨の横を黙々と歩いていた蒼太が、ふと足を止めた。

「蒼太？」

蒼太は応えず、まっすぐ前を見据えたまま、左手でゆっくり眼帯を外した。

何かを感じ取ろうとするように、全身を研ぎ澄ましてじっとしている。

「蒼――」

呼びかけた馨を、恭一郎は手を挙げて遮った。

蒼太が顔を上げ、立ちはだかる屋敷塀の向こうを見やる。

痛みをこらえるように顔を歪めて、蒼太は足を踏み出した。

「……め」

絞り出すごとく、蒼太は呻いた。

「なんだ？」

「おれの、め」

短く応えて、蒼太は路地を折れて駆け出した。

「蒼太！」

恭一郎が馨と共に路地を覗くと、蒼太が更に次の角を折れて行くのが見えた。

「行くぞ」

いつになく硬い声で、恭一郎は馨を促した。

「おう」

二人して蒼太を追って次の角を曲がる前に、怒気に満ちた声がした。

「――お前が！　この……人喰いめ！」

腕の立つ剣士ならけして聞き逃さぬ鯉口を切る音。

続く鋭い刃風。

左手で鯉口を切りながら、恭一郎は地を蹴った。

†

——嶌田屋で伊紗に会って以来、夏野は妙な夢を見るようになっていた。

どこか暗い場所に閉じ込められている夢である。

座敷牢のようでもあり、洞穴のようでもあった。

時折、赤子の泣き声が聞こえてくる……

五条大橋だけでなく、攫われた子供たちがいた町も夏野は歩き回った。

螢太朗に生きていて欲しいと望む反面、伊紗の言ったことが、夏野の胸中でずんずん大きくなっていった。

稀に左目に影が差すと、どきりとする。

伊紗の話では、力のある妖かしであれば、術をかいくぐり、都に潜り込むことができるという。ただし、妖力を発揮することは難しい。

国皇の膝元で、妖魔知らずといわれている東都だ。実際に紛れ込んでいる妖魔はごく僅かであろうが、伊紗に出会わなければ到底信じられぬ話であった。左目に影が差す度に辺りを見回してみるものの、夏野には誰が妖かしなのか判別できぬ。伊紗でさえ、それと知らなければ、見た目は人と変わりない。

全ては伊紗の嘘ではないかと疑ったこともあった。だが夏野の本能が——もしくは入り込んだという妖かしの目が――伊紗が妖魔であることを認めていた。

この日は、朝から何やら予感がしていた。

五条大橋を渡っていると、案の定、待っていたように、欄干にもたれて佇んでいる伊紗を見つけた。

「今日はどこまで行くんだい？」

「しらん」

ざわざわと嫌な気配が、左目を通じて伝わってくる。だが、夏野は既に微かな好奇心を、この人の姿をした妖かしに抱いていた。

「そんなんじゃ、やつは見つけられないよ」

「そんなとは、どんなだ？」

「そんなに、ぎらぎら目を光らせていたんじゃ、ね」

「ならどうしろと言うのだ？」

「目を閉じるのさ」

「たわけ。私は人だ。目を閉じていては何も探せぬ」

口を曲げると、伊紗はからからと口に手をあてて笑った。

「これはすまないねぇ。言葉が足りなかったようだ」

「ふん」

「夏野。ちょいと目を閉じて、肩の力を抜いてごらん」

「うるさい」

「いいから、少しだけ、私の言うことを聞いておくれでないか？」

渋々、夏野は目を閉じた。

「ゆっくり息を吐き出してごらん。左目にだけ、気を込めて、ね」

言われた通りにすると、びくっと左目が震えて、夢の中で見た暗闇にいるような錯覚に陥った。慌てて目を開くと、飛び込んできた陽の光の中に、うっすら、青白い軌跡のようなものが浮かんだ。

「どうだい？」

訊ねる伊紗には応えず、夏野はその儚い軌跡をたどって歩き出した。

軌跡が見えなくなると、目を閉じた。

その度に、違う景色が脳裏に浮かぶ。

それは生まれ育った葉双の家であったり、町外れの霧がかった太鼓橋であったり。

……顔のぼやけた赤子であったり。

いつしか夏野は、塀に囲まれた武家屋敷の連なる通りに迷い込んでいた。

ちりっと、左目の裏が疼いて夏野は足を止めた。

「夏野？」

「静かにしてくれ」

軌跡を検めるべく、夏野は目を閉じる。

此度（こたび）はぐらりと、目蓋（まぶた）の裏に暗闇が流れ込んできた。
闇に浮かぶ白い手は、どうやら夏野自身——いや、妖かしのもののようだ。
ぬるりと指先に何かが触れる。
いつの間にか何かをつかんでいた。
温かい——ぴくぴくと微かに震えるもの。
闇に慣れてきた目で、夏野は手にしたものを確かめる。
それは小さな心臓だった。
赤子の。
螢太朗の。
「ひっ」
息を呑（の）んだ夏野が目を開くと、通りの向こうから小さな足音が聞こえた。
青白い軌跡は、こちらへ近付いて来る足音へと続いている。
「やつだ」
耳元で伊紗が囁いた。
「おのれ」
つぶやいて夏野は鯉口を切る。
辺りはまだ充分明るい筈なのに、夏野には影しか見えていなかった。
刀を振りかざした夏野に、影がすくむ。

「——お前が！　この……人喰いめ！」

斬り下ろした瞬間に、視界の影が霧散して一人の子供が現れる。

着物が斬り裂かれ、鮮血が散った。

†

刃先から、肉が斬れる感触が伝わった。

生きているものを斬るのは初めてだった。

斬った瞬間に「違う」と悟った。

が、止まれなかった。

異様な戦慄（せんりつ）が身体（からだ）を走り抜け、夏野は次の太刀を躊躇った。

「夏野、とどめを」

伊紗が後ろから、囁くようにそそのかす。

子供は左肩から胸へと一尺ほども斬られているにもかかわらず、まだ立っていた。

右腕で傷を庇（かば）うも、あっという間に着物が赤く染まってゆく。

「とどめを」

伊紗が再び囁く間に、二つの影が子供の後ろに現れた。

目を凝らす前にすっと影が一つになったかと思いきや、一瞬と待たずに男が刀を抜いた。

夏野の目は抜刀はとらえたものの、抜き身の速さはとても追えなかった。

——斬られる！

微かな空圧を感じた転瞬、右手から刀が落ちていた。

とっさに拾おうと伸ばした腕に痛みが走る。

「……っ」

峰打ちされたと知ったのは、男の声が聞こえてからだ。

「馨。女を捕えろ」

見覚えのある大男が、夏野の後ろで逃げ出しかけた伊紗の襟首と腕をつかんだ。

「何すんのさ！」

腕をひねられて、伊紗がわめく。

「黙らせろ」

「穏やかじゃねえなぁ」

つぶやくように言いつつも、大男は手刀の一撃で伊紗を眠らせた。

「刀を仕舞え」

倒れた子供の横にかがみ込んだ男が言った。

「妙な真似をしたら、次は斬る」

男は既に刀を鞘に収めていたが、夏野を微塵も恐れていない。そうと決めたら、抜き打ちに夏野を斬り捨てる自信があるのだろう。

男の強さを夏野は肌で感じ取っていた。

膝を折ってかがむと、まだしびれる手で懐から懐紙を取り出した。幸い、骨は折れていないようだ。ゆっくり刀を拾うと、懐紙で血を拭ったのち、かたかたと無様に音を鳴らして鞘に収める。

「蒼太」

男が着物の袖を引き裂いて、子供にあてがう。

「莫迦め。お前ならよけられただろう」

「蒼太、しっかりしろ！」

大声に夏野が振り向くと、伊紗を担いだ大男と目が合った。

「お前……黒川ではないか！」

「――真木殿」

「何故だ！　何故、蒼太を斬った？」

「私は……」

「うるさい」

声だけで、静かに男が割って入った。

「馨、戻るぞ。お前の家を貸してくれ」

「おう」と、怒りを隠さず馨が頷く。

「蒼太。痛むぞ。しばし我慢しろ」

子供は既に死んだように応えない。

子供を抱きかかえると、男は駆け出した。

伊紗を担ぎ直した馨が後を追う。

振り返らずに男が言った。

「――ついて来い！」

男の声に引っ張られるように、よろよろと夏野も走り出した。

†

一体自分は、どこで何を間違えたのか……

小道から裏口をくぐって庭に入ると、庭の隅にあった小屋に男は子供を運び込んだ。

小屋の向こうには道場らしき建物があり、耳慣れたかけ声と、竹刀が打ち合わさる音が聞こえる。

馨が土間に伊紗を下ろした。

ついては来たものの、どうしたものかと戸口で立ち尽くす夏野に気付くと、馨の腕が驚くべき速さで伸びて、夏野の胸倉をつかんだ。

「おのれ――蒼太を、よくも」

ふわりと身体が吊り上げられる。

「やめろ」

男が言うのに半瞬遅れて、張り手が飛んだ。

顔半分が吹っ飛んだ気がした。

地面に叩きつけられて、夏野は呻いた。

「やめろと言った」

「何故だ？」

「そっちは捨てておけ。それより女の手足を縛れ。その女、妖かしだ」

「なんだと？」

「話は後だ。女を縛ったら、宮司様に話して、さらしでもなんでももらって来てくれ。医者はいらん。だが手当ては必要だ。戻ったら湯を沸かしてくれ」

顔も上げずに子供の傷を確かめる男に、馨ももう何も問わず、近くにあった縄で手早く伊紗の手足を縛り上げる。

倒れたままの夏野をじろりと睨みつけると、馨は小走りに去って行った。

そっと立ち上がると、夏野はのろのろと土間に足を踏み入れた。

「火を……」

湯を沸かすべく火打石を手にしたが、先ほどの峰打ちで手に力が入らない。

男が土間に下りて来て、無言のうちに夏野の手から石を取った。

慣れた手つきで石を打ち、火口から付け木に火を移す。

男の両手は子供の血で真っ赤に染まっている。

薪に火がついたのを見て取ると、男は再び子供のもとへ戻った。

張り飛ばされた頬と顎が痛んだが、夏野は火を絶やさぬよう、懸命に吹いた。

ほどなくしてさらしを片手に馨が戻って来た。夏野を見やり、黙って鍋をつかむと、水を入れて火にかける。

後を追ってきた宮司が、薬箱を馨に手渡しつつ、子供の——血で染まった着物を見て眉をひそめる。薬箱を受け取った馨が、男におそるおそる訊ねた。

「どうだ？」

「出血がひどい」

「何ゆえ医者を呼ばぬ？」

「無用だからだ。大丈夫だ。死にはせん……こいつも妖かしの端くれなれば」

「なんだと？」

「こいつも、妖魔だと言ったのだ」

「何を……遠縁の子だと言ったではないか」

「あれは嘘だ」

淡々と応える男に、馨は宮司を振り返る。宮司は頷くことで男の言葉を認めた。

「おいおい、ここは晃瑠だぞ。妖かしは入って来られん……だが、いや、まさか」

うろたえる馨をよそに、宮司は痛ましげに子供を見た。

宮司の目に気付いたのか、男はちらりと顔を上げた。

「大事はありません。もう血は止まっております」

「宮司様……知っておられたか？」と、馨。

「確証はなかったが、そうではないかと思っていた。だが、鷺沢殿のことゆえ、何か深い事情があるのだろうと」

「そんな大層な事情はありませんよ」と、男は小さく肩をすくめた。

「那岐の州境で拾ったんです。あの時もひどい怪我をしていましてね。気が合ったというか、どうも捨て置けなくて」

やがて湯が沸くと、男は手拭いを浸して絞り、丁寧に傷を拭う。痛みに子供が鈍く呻いて、夏野は唇を嚙んだ。

左目が子供に呼応して疼く。

己の中に、この妖かしの子の目が宿っているのは間違いない。

だが……

違う、と思ったものがなんなのか判らぬままに、夏野は男の手元を見守った。

一通りの手当てが済んだ頃、手足の自由を奪われ、土間に寝かされていた伊紗が目を覚ました。

†

自身の手についた血を手拭いで拭うと、男は伊紗の前に立った。

「さて……」

身体を起こした伊紗は、男に媚びるように口を開いた。

「ひどい仕打ちをするねぇ、旦那」

「お前が蒼太にしたことに比べたら、他愛ないものだ」

「斬ったのはそこにいる子供だよ」

「斬らせたのはお前だろう?」

「そんな。濡れ衣だよ」

男が夏野を見やったので、夏野は伊紗に出会ってからの一部始終を語った。

「濡れ衣かどうかは、すぐにしれよう」

「弟を喰われたと思い込みまして……」

「だが、お前は見ただろう?」と、伊紗。「この餓鬼が赤子を喰らうところを……この餓鬼の、その目を通して」

「それは」

「それは、本当のことだろうよ」

男が認めたので、夏野は驚いて男を見た。

「だが、おぬしの弟を喰らったというのは嘘だ」

夏野の目をまっすぐ見て、男は言った。

「嘘なもんか」と、伊紗が笑う。「そいつは、私の子を喰らい、夏野の弟を喰らい、今は都中の子を攫っては喰っている妖かしさ」

「この期に及んで、そんな戯言を」

「戯言ではないわ」

「――お前は仄魅だな? 人に化け、幻術で人をたぶらかすという妖かしだ」

「幻を見せ、人の弱みにつけ込み、精気を奪う。色茶屋で働いているといったな。仄魅の多くは美女に化け、男をたらし込むのが得意と聞いているが、まことであったな」

男を見上げて、伊紗がにやりと笑った。

「旦那は物知りだねぇ」

「妖かしには縁があってな」

「嬉しいねぇ」

「ゆえに、このようなものも持っている」

懐から財布を、財布から更に守り袋を男は取り出した。

守り袋の中の紙をつまみ出して男が広げると、伊紗が顔色を変えた。

「なんなのだ、それは?」

横から覗き込んだ馨が問うた。

紙には二重の円が描かれ、円の中には文字らしきものがびっしり筆書きされている。

「符呪箋(ふじゅせん)という証文さ」

「証文?」

「うむ。お前も知っている術師特製だ。これで妖魔を言いなりにできる」

静かに抜刀した男は、馨が問い返す前に、すっと刃先で伊紗の頬を撫でた。

「くっ」

呻いた伊紗の頰に一寸ほどの赤い線が浮き出し、じわりと滲(にじ)んだ血が顎へと伝う。

ぽとりと顎から滴った伊紗の血を、男は紙の上に受け止めた。

伊紗の血が染み込んだ紙を突きつけると、男は言った。

「これで、羈束(きそく)成立だな」

「うう……」

伊紗が悔しげに顔を歪ませる。

「今後、蒼太に害をなすことは許さぬ。人や妖魔を使って襲わせてもならぬ。お前も生きてゆかねばならぬゆえ、人の精気を吸うことは致し方ないが、けして殺してはならぬ」

「ふん」

「蒼太や俺に、嘘をつくことも許さぬ」

「ふん」

「誓え」

「く……」

忌々(いまいま)しげに伊紗は男を見上げ——観念したようにうなだれる。

「……誓う」

「よし」

小さく頷くと、男は丁寧に紙を畳んで再び守り袋に仕舞った。

「蒼太がお前の子を殺したというのは、嘘だろう?」

「嘘……だ」

「この子供の弟を殺したというのも、都の赤子を攫っているというのも」

「ふん……」

「どうだ？」

「嘘だとも。夏野に、こいつを殺ってもらおうと思ったまでさ」

目を剝いて夏野は伊紗を睨みつけた。

「騙したのか？」

「そうさ。言ったろう？　お前はまだまだ子供だってことさ。あんな易しい幻術に引っかかるなんて」

「妖力は使えぬと言ったではないか」

「あんなのは妖力のうちに入らんよ。都じゃ大がかりな妖力は振るえぬが、お前のような子供も操れないようじゃあ、仄魅の名が泣くってものさ」

悪びれずに言って伊紗は笑った。

「この餓鬼は一族の賞金首だ。命を狙っているのは、私だけじゃあないよ」

「先刻承知だ」

驚きもせずに応えると、男はかがみ込んで伊紗を縛っていた縄を解く。

「ゆけ」

縄の跡のついた手首をさすりながら、伊紗は無言で男を見つめた。

「ゆけ」

今一度男が言うと、伊紗はそっと踵(きびす)を返して小屋から出て行った。

「あ、待て」と、馨が足を踏み出すのへ、

「放っておけ」と男が止めた。

「一体、何が何やら。おい、少しは説明しろ」

不満気に馨が男を睨む。

「後で、と言っただろう。着替えを貸せ。俺はしばし出かけて来る。すぐに戻るが、蒼太を頼む。――そこのお前も、もう帰れ。判っておるだろうが、このことは他言無用ぞ」

「それが……」と、夏野は言葉を濁した。

「なんだ？」

「この目と、伊紗の幻術が導くままに来たので……帰り道を知らぬのです」

恥を忍んで言う夏野をまじまじと見て、男は小さく噴き出した。

「ならば途中まで送ってやろう。どのみち、その腕では抜けんだろう。剣が使えぬとなれば、この時刻に女の一人歩きは勧められんからな」

しらぬうちに陽は沈んでいた。

門人も既に帰宅したらしく、道場の方もひっそりしている。

都の治安は悪くないといっても、犯罪がまったくないことはない。現に赤子が攫われており、盗人や追い剝(は)ぎもいれば、稀に辻斬りも出るという。利腕(ききうで)が使えなければ、少年のなりでも、中身はただの小娘だ。ましてや知らない夜道は心細い。

　夏野は神妙に頭を下げた。

「……かたじけのうございます」

「ちょっと待て」

　割って入った馨が男に問うた。

「今、なんと言った？」

「女の一人歩きは危ない、と言ったのだ」

「こいつが、女だと？」

「ああ」

「——お前、女だったのか？」

「はい。便宜上、こんな格好をしておりますが」

「となると、俺は女に手を上げたことになるが……」

　複雑な顔をする馨にも夏野は頭を下げた。

「いいのです。私が悪かったのですから」

「では行くか」

　手早く身支度を済ませた男が、夏野を促した。

「はい。そういえば、あの……」

「なんだ？」

「お名前を、まだ」

刀を差して薄闇に歩き出した男は、振り返って微笑んだ。

「そうか。まだ名乗ってなかったか。俺は鷺沢――鷺沢恭一郎だ」

†

黙々と歩く恭一郎の後ろを、夏野は遅れぬように早足で歩いた。

身体中が痛み、慣れた刀が腰に重い。

それでも、恭一郎の手並みを見た夏野は、剣士として興奮冷めやらぬ。

名前を聞いてすぐに思い出した。

鷺沢恭一郎といえば、あの由岐彦が気になると言っていた剣士である。

「あの」

おそるおそる声をかけると、恭一郎は振り向いた。

「痛むか？」

思いがけない労り(いたわ)の言葉に、「いえ……」と夏野はしどろもどろになった。

「あの男の張り手をまともに食らったら、俺とて吹っ飛ぶだろうよ。莫迦力とはよく言ったものだ」

「それはよいのです」

ならばなんだ、とでも言いたげに、恭一郎は夏野を見つめた。

「あの剣は……一体どういう剣なのですか？」

「なんだ、そんなことか」

「あのような太刀筋は、見たことがありませぬ」

「ただの我流だ。若い頃、あちこちを渡り歩いたのでな」

「そうですか」

「おぬし、名を黒川と言ったな。氷頭の葉双からといえば、もしや、黒川弥一殿に縁のある者か？」

「祖父をご存じで？」

「昔、都内の道場にてご指南いただいたことがある。道理でその刀、見覚えがある筈だ」

「祖父の形見にございます」

「亡くなられたか」

「六年前に」

「では、おぬしが黒川殿の剣を継いだか」

「まだ、祖父には遠く及びません」

弥一が興した黒川剣術道場は、弥一が隠居する時に国に願い出て、弟子の一人に受け継がせた。

「そうだな。強い剣だった」

懐かしむような恭一郎の言葉が嬉しかった。

「鷺沢殿の剣も強いと、由岐彦——いえ、屋敷の椎名という者が言っておりました」

「椎名？　——ああ、あの男か」

「椎名もご存じで？」

「晃瑠の剣士でやつを知らぬのはもぐりだ。ここ数年、御前仕合でいつも上位を争っているではないか。やつに褒められるとは光栄だ」

「私では、一本も取れぬと言われましたが、まことでした」

「まだ、手合わせしてもおらんが」

「いえ。あの一太刀で充分判りました」

「そうか」

少しばかり見直したような口ぶりで恭一郎は言った。

大川の手前に連なる店の灯りが、武家屋敷の海鼠壁（なまこ）の先に見えてくる。

躊躇いながら、夏野は訊ねた。

「……あの子供は本当に、伊紗が言うように妖かしの子を殺めたのですか？」

「そう聞いている」

「あんな幼い者が」

眉をひそめた夏野へ、恭一郎は微笑んだ。

「見た目は幼いが、そうだな、実際はおそらくおぬしと二つ、三つしか変わらぬ歳（とし）だ。ただ、この五年ほどは一人でいたようだから、中身もそれほど見た目と違わぬが……山幽（さんゆう）と呼ばれる、樹海に住む妖魔の一種でな。成人すると仲間と血を交わし、成長を止めるそうだ。あいつは、あれくらいの歳に仲間の子を喰らったから、あの姿のままなのだ」

「さようで……」

さらりと妖魔について語る恭一郎に、夏野は言葉を濁した。

左目が疼いた。

夕闇に、赤子の心臓を手にした蒼太の手が再び見えた気がして思わず身を震わせる。

「鷺沢殿は……恐ろしくないのですか？　子供とはいえ、赤子を殺めた妖かしと共に暮らすなど……」

「恐ろしい、か」

橋の上から、暗い川面を眺めつつ恭一郎は言った。

「妖魔は本能で殺す。動物のように、空腹だから、身を脅かされるから殺すのだ。だが、人は狂気や欲望で殺す。俺には人の方が余程恐ろしい生き物に思えるが……」

恭一郎の言葉に、蒼太を斬った時の感触が右手によみがえり、夏野は唇を噛んだ。

これまで妖魔と直に戦ったことはなかったが、機会あらば仕留めてみせると息巻いていた。妖魔は忌むべきもの、退治すべきもので、それを疑ったことなど微塵もなかった。

「殊に都では、妖魔に殺られる者よりも、辻斬りや強盗、はたまた喧嘩の果てに、同じ人間に殺される者の方が遥かに多い」

皮肉な笑みを浮かべて、恭一郎が言う。

「鷺沢殿は、妖魔の味方なのですか？」

「そうでもない。鴉猿のように好かないやつもいる。外の村や町を襲っているのは、大方が鴉猿にそそのかされた狗鬼か蜴鬼だろう」

「鴉猿を見たことはありませんが、人に似て賢く、人語を解すと聞いています」

「人に似て欲深く、私欲のために同族を殺すこともあると聞く」

夏野は口を尖らせたが、恭一郎の言葉に頷けないこともない。

人に敵対する妖魔の筆頭が鴉猿といわれており、結界を破る方法を見つけては、狗鬼や蜴鬼をけしかけてくる。蜴鬼は猪と同じくらいの大きさで、身体は鱗で覆われ、鷲のような嘴を持っており、狗鬼に負けず劣らず獰猛だ。

人の住処が結界で守られている今、他の妖魔が人を襲撃することはあまりない。悪天候や天災で凶作の年には襲撃が増えるが、それはおそらく人里と同じく、野山の食料も激減するためであると思われた。

「……妖魔は人を喰らいます」

「人も獣を食う。鶏や兎、鹿に猪、熊……一度牛を食ったことがあるが、なかなか美味であった。黒川殿は肉を食したことはないのか？」

「それは、ありますが……」

「やつらにとっては、人は、兎や鹿と同じ獣さ」

「しかし」と、夏野は食い下がった。

そんな夏野をからかうように、恭一郎はにやりとした。

「俺は食ったことはないが、人肉はあまり旨くはないらしい」

「なっ……」

言葉を失った夏野に恭一郎は続けた。

「人を好んで喰らう妖魔は、俺が知る限りおらぬ。鹿や猪の方が旨いからな。食い物さえ充分にあれば、熊と同じくわざわざ山を下りてまで人を襲ったりしないだろう」

「そんなことはありません。結界がなければ、妖魔どもは必ず人を襲います。現に狗鬼や蜴鬼は、結界が破られれば山に獲物がいたとしても人を喰らいに……」

「何故だと思う?」

「敵だからです」

夏野が即答すると、恭一郎は噴き出した。

「違うな。人が弱いからだ」

「弱い?」

「ああ。術や剣がなければ、人はただ弱く、鈍間な獣に過ぎぬ。労せずに餌にありつけるのなら、味は二の次だ」

なんと応えたものか夏野が躊躇ううちに、二人は提灯が並ぶ盛り場に出た。

ちょうど流して来た空駕籠を、手際よく恭一郎が止めた。

夏野が断る間も与えず、駕籠の中へ促し、駕籠舁きに金を渡す。

「氷頭の州屋敷まで頼む」

「鷺沢殿」

「椎名がさぞ案じているだろう」

「後日、改めてお礼に参ります」

「構わん」

「私の気が済みませぬ。それに――」

もっと話が聞きたかった。恭一郎の話には戸惑いもあるが、興味の方が勝った。

蒼太に対する恐怖心はいつの間にか薄れていた。代わりに今は、後悔とやるせなさが胸に満ちている。

この目のせいだろうか、と、夏野は左目を意識した。

途端に左肩に燃えるような痛みが走って、夏野は思わず肩を押さえた。

つながっている、と思った。

あの子は今、この何倍もの痛みに耐えている――

瞬きをすると肩の痛みは消えたが、心は沈んだままだった。

「黒川殿？」

駕籠を覗き込む恭一郎を見上げると、夏野は問うた。

「……あの子を、見舞いに伺ってもよろしいでしょうか？」

断られても、罵倒されても致し方ないと思ったが、予想に反して恭一郎は言った。

「好きにしたらいい」

穏やかで、温かい声だった。

†

盛り場の飯屋で豆腐と卵を分けてもらい、恭一郎は馨の小屋へ戻った。

馨は蒼太の枕元(まくらもと)で、痛みをこらえる蒼太を見守っている。

樋口宮司はとうに神社に戻ったようだ。

「どうだ?」

「変わらん」

「そうか」

骨は断たれていないが、およそ一尺にわたって肉が斬られて、大分血が失われた。いくら妖魔が治癒力に秀でているとはいえ、一朝一夕には治らぬ深手だ。

ゆえにそう落胆することなく、恭一郎は馨の反対側に座った。

「蒼太」

「う……」

名を呼ばれて、うっすらと蒼太が目を開く。

「よし。少し待っておれ」

豆腐を潰し、卵とだし汁で和えたものを、土間で手早く作って戻る。

少しだけ身体を起こしてやり、匙(さじ)ですくったそれを口元に持っていくと、薄く口を開いた蒼太がゆっくりすすった。

「そっと、な。こんなものでも、とにかく腹に入れねば血肉にならぬ」

たっぷり時をかけて食べ終えると、蒼太は横になってまどろみ始めた。

「肉でも食べれば、もっと滋養になるだろうが」

「肉なら、俺が買ってくるぞ」

すぐさま腰を浮かせた馨へ、恭一郎は首を振った。

「いいのだ。こいつは肉を口にせん。いや、できんのだ」

「そうなのか？」

「仲間の赤子を喰ろうてからこのかた、肉を受けつけぬ身体になったらしい」

「仲間の赤子を……」

椀を洗い、部屋の隅に置いてあった酒瓶を勝手につかんで、恭一郎は馨の前に座った。

小屋には杯など洒落たものはない。飯碗と汁椀がそれぞれ一つずつあるだけだ。

洗ったばかりの汁椀に酒を注ぎ、一口飲んで、馨の前に置いた飯碗にも酒を注ぐ。

「さて、何から話そうか……」

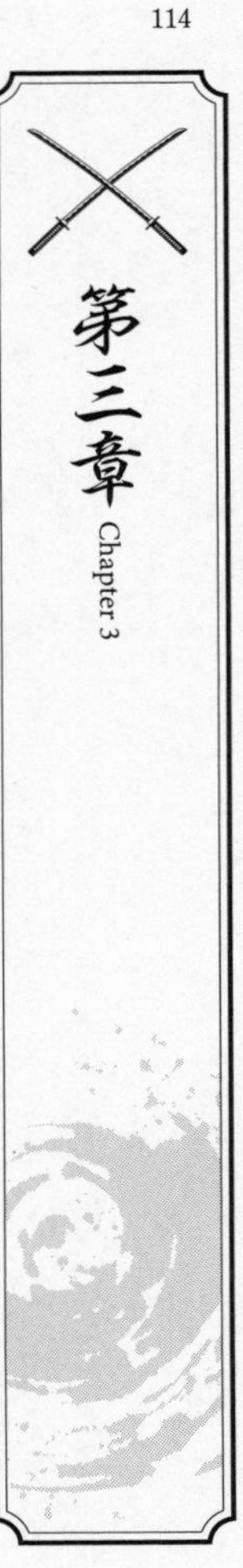

第三章 Chapter 3

半年ほど前、恭一郎は雇い主の榊からしばしの暇をもらい、晃瑠より三十里ほど北にある那岐州を訪ねた。

州境を越えると、まずは空木村(うつぎむら)に向かった。村外れに住む、昔馴染(むかしなじ)みの樋口伊織(いおり)を訪ねるためである。

伊織は志伊神社の宮司・樋口高斎の長男だ。侃士号を持つ剣士でもあるが、幼い頃(ころ)から学問に秀でていた伊織は、跡継ぎは弟の仁斎(じんさい)に任せ、理術師兼都師となる道を選んだ。

理術師と都師は違う役職だが、理術師には都師を兼ねている者が多い。どちらにしても才能ある精鋭にしか務まらぬ国の要職である。

各都に一つずつ、清修塾(せいしゅうじゅく)という両者のための学問所が設けられており、年に二度、入塾を目指す者が各地から集う。各都を治める閣老(かくろう)か州司の認印さえあれば、歳(とし)を問わず何度でも入試を受けることができるが、入塾できる者はごく僅(わず)か。塾での修業を経て、役を賜ることができる者は更に少ない。

都師になるには膨大な知識と確かな技術が入用だ。ゆえに世襲を望む親を持ち、幼い頃から鍛錬してきた者が有利だが、理術師は別だ。森羅万象の理を学び、解し、その力を利用するという理術では、知識のみならず、生来の資質が入塾を大きく左右した。

樋口家には時折「見える」者が生まれる。

人に化けたものも、人には見えぬ類のものも、妖魔として「見える」のである。父親の高斎はそれほどでもないが、伊織は子供の頃からこの特殊な能力が顕著で、理術を修めたのも、都師になったのも、この「見える」力によるところが大きい。

伊織の能力は妖魔に限られているが、念力や予知など、世間には様々な能力を持つ人間がいる。全ての能力者が理術を会得できるとは限らぬが、常人より見込みはずっと高かった。建国以前は異端と見なされがちだった者たちが、今は理術師として日の目を見ることができるようになったのである。

とはいえ、己の力を公言している者は少ない。

入塾が叶わなかった能力者の多くは都を離れ、祈禱師や占い師、または非公認の術師として身を立てた。

安良国公認の理術師には三つの位がある。一位と二位は尊称として「理一位」「理二位」と呼ばれるが、三位はなく、二位の下はただの「理術師」だ。

伊織は十五歳で入塾し、十八歳で理二位、十九歳で理一位の称号を賜った。

数少ない理術師の中でも更に、位を与えられている者は身分が違う。理一位ともなれば、伊織を含め、国内にたった五人しかおらず、その身分は閤老に匹敵した。

国から認められ、役料も充分に与えられていた伊織だが、晃瑠で勤めて僅か四年後、都師を辞めて那岐州へ移った。八年前のことである。「学びたいことがある」とだけしか語らぬ伊織を周りは止めたが、国皇・安良からはあっさり許しが出たようだ。

空木村では筧伊織と偽名を名乗り、表向きは建築を生業としている。都師の知識を活かした妖魔除けの家屋を造るということで、辺りでの評判は高いらしい。

理術師であることは隠している。東都から来た元都師というだけでも物珍しいというのに、理術師——それも理一位——と知れれば人々が放っておかぬからである。

突然訪れた恭一郎を、伊織は苦笑交じりに招き入れた。

「まあ上がれ」

「うむ」

建築師の家にしては簡素だが、目につかずとも、都師ならではの工夫が凝らされているに違いなかった。再会は二年ぶりだったが、眼鏡をかけた書生風の身なりも、顔つき、身体つきも、伊織はこの十年ほとんど変わらない。

「お客様でございますか？」

奥から声がして、二十歳そこそこの女が現れた。

「ああ。昔馴染みの鷺沢だ」

「鷺沢恭一郎と申します」

小さく頭を下げた恭一郎を士分と認めて、女は慌てて両手をついて頭を下げた。

「酒の支度をしてくれぬか？」

「はい、ただいま」

座敷に腰を落ち着けると、恭一郎が問うより先に伊織が言った。

「村の鍛冶屋の娘で小夜という。秋には祝言を挙げるつもりだ」

「そうか」

「お前の方はどうだ？」

「俺か」と、恭一郎は笑った。「俺は、相変わらずだ」

「相変わらずか」

「ああ」

「相変わらず、取立屋か？」

「そうだ」

「お前なら他にいくらでも、剣の腕を活かした仕事があるだろうに」

「親子だな。親父さんからもそっくり同じことを折々言われる」

「ふん。借金苦から取り立てた金で酒を飲み……女を買い……相変わらず、玄人女を泣かせてるようではないか」

「あいつらは泣くのも商売の内さ」

「ひどい男だ」

「馨だな。お前にそんなことを伝えているのは」

「そうとは限らんぞ。俺にもあちこちつてがある」

そう言うと伊織は、小夜が持ってきた酒を恭一郎の杯に注いだ。

「今年も、御前仕合に出なかったそうだな」

「興味がないんでな」

「相変わらずだな」

「そう言ったではないか」

顔を見合わせて、二人は笑った。

馨や柿崎、それに高斎の話を半刻ほど語り合ってから、恭一郎は腰を上げた。

その足で旅立とうとする恭一郎を、伊織は引き止めた。

「泊まってゆけ」

「いや、今日のうちに玖那に向かおうと思っていてな」

「……そうか。だが、今からでは夜半になるのではないか？」

妖魔の多くは夜行性で、日暮れから明け方までに跳梁する。余程の事情がない限り、旅人は日中に距離を稼ぎ、日暮れ前に人里で宿を取るのが定石だ。

「構わんさ。身一つだ。なんとでもなる」

道中の街道に点在する神社で夜を明かすという手もある。

「だが……ならばこれを持ってゆけ」

伊織が薬味簞笥から取り出したのは、守り袋と五つの玉だった。

「守り袋などより、こいつの方がずっと頼りになる」

恭一郎が刀を指したのへ、伊織はにやりとした。

「袋はともかく、中身はただの護符ではないぞ」

伊織が取り出したのは、恭一郎にも見覚えのある符呪箋だった。

その昔、伊織が同じものを使って妖魔を羈束したのを間近で見たことがある。

「使い方は覚えているな？」

「ああ。そっちはなんだ？」

「目潰しだ。人にも妖魔にも効く」

「成程。――恩に着る」

「莫迦。そんな大層なことか」

腕を組み、伊織はわざとらしく口を尖らせた。

†

伊織の予想通り、恭一郎が玖那村に着いたのは夜中の九ツに近かった。

玖那村は空木村より広いが、人は少ない。それぞれの家と畑の間が遠いのだ。村はずれにある神社で夜を明かすつもりで、小さな龕灯を手にした恭一郎は足を速めた。神社に向かう細道へ折れようとした矢先、遠くにちらちらと動く灯りが目に留まる。

灯りが見えた向こうに屋敷があることを、恭一郎は知っていた。恭一郎にとって忌まわしき記憶が残るその屋敷は、しばらく空き家だった筈だ。思いついて、恭一郎は龕灯から灯りが漏れぬよう留意しながら細道とは反対側に折れ、灯りを追って密(ひそ)やかに走った。龕灯を掲げた男が独特の調子で戸を三度叩(たた)く。男に気付かれぬよう、恭一郎はじっと闇に身を潜めた。

やがて戸の向こうから、声が聞こえた。

「どちら様で?」

「田所(たどころ)だ」

すっと、薄く開いた戸から男が滑り込む。

再び閉まった戸に身体を寄せて、恭一郎は耳を澄ませた。

「遅かったな」

「道中で、ちと絡まれてな」

「おいおい、気をつけろよ。下手に怪しまれちゃあならねぇぜ」

「判(わか)ってるさ。……お頭は?」

「下でお楽しみ中だ」

「ちっ、よく飽きないもんだ。あんな餓鬼のどこがいいんだか」

「莫迦を言うな。あれだけお頭にぴったりの餓鬼もいねえ。わざわざ術師を使って村に連れ込んだ甲斐(かい)があったってもんだ。……大体、今までに何人殺してきたと思ってんだ。餓鬼をいたぶり、その血の臭(にお)いを嗅(か)ぐのが、最も愉(たの)しいというお人だぜ、お頭は。なのにあの餓鬼ときたら、斬(き)っても斬っても死にやしねぇ」

「そこよ……妖魔なぞ、俺にはただ薄気味悪いだけだ」

「ふ。お頭も『人でなし』と言われるだけはある……」

「違ぇねぇ」

忍び笑いが漏れた。

そっと戸口を離れると、恭一郎は屋敷の裏に回り、隣接した——もう何年も手入れがなされていない草だらけの畑の中を這うようにして進んだ。

やがて恭一郎は目的の井戸を見つけた。井戸の口は板で塞がれ、石で留められていたが、石と板を下ろすと、中には記憶と違わぬ梯子が見えた。

井戸は涸れ井戸で、屋敷の地下蔵に通じているのだ。

旅行李を井戸端に隠すと、刀と龕灯だけを持って恭一郎は梯子を下りた。底から地下蔵へと続く道を、壁伝いにやや腰をかがめながら進んで行く。

地下蔵への隠し戸の羽目板を外す時に、きゅっと小さな音がした。

気付かれたか、と思ったのは杞憂だった。「お頭」とやらは既に去った後らしい。地下蔵は静かで、今にも消えそうな蠟燭の炎だけがちろちろ動いている。

炎に照らされて、格子模様が壁に映る。

記憶と違わぬ座敷牢がそこにあった。

闇に、薄く、だが新しい血の臭いが漂っている。

格子戸に身を寄せると、恭一郎は囁いた。

「おい」

ぴくりと、座敷牢に横たわる白いものが動いた。

「傷は、ひどいのか？」

「う……」

小さく呻いて、白いものが恭一郎を見た。

ぼろ切れの上に横たわった、子供だった。

よく見ると、その白い肌にはいくつもの刀傷がついている。

「待っていろ。やつらを斬って、鍵を持って来てやろう」

「う……」

ずるっと、這うようにして、子供は格子に手をかけた。

前髪の合間から見える左目は白く濁っているが、鳶色の右目がじっと恭一郎を見つめる。

「……山幽か。何ゆえ妖力を使って逃げぬ？」

「……っ、の」

「角を折られたのか」

微かに子供は頷いた。

「っ……の。じ、じゃ……たけ、っ」

途切れ途切れのこの言葉だけで、恭一郎には通じた。

「よし。取って来てやる」

来た道を戻ると、畑の裏を回るようにして、道の反対側から神社へ走った。

厚く空を覆っていた雲が切れ、束の間、丸く満ちた月が覗いた。

社の中を探ると、竹筒はすぐに見つかった。封を切って栓を抜くと、見覚えのある白い小さな角がころりと手のひらに転がり出た。

角を竹筒に戻して懐に仕舞うと、恭一郎は再び屋敷へ向かった。

幸い、男たちは既に寝入ったようである。

再び現れた恭一郎を見て、子供は格子戸に張りついた。

「つ、の」

「ここだ」

竹筒を開け、小石のごとき角を恭一郎は手にした。

指でつかむと、「うう」と子供は呻いて眉根を寄せた。

折れた角にも神経が通っているようである。

「すまぬ」

角を手のひらに載せて差し出すと、子供は格子の間から、細い腕を伸ばしてつまんだ。

確かめるように角を見つめたのち、ぱくりと口に放り込む。

二度、三度と飴のごとく舌で転がすと、ごくりと一息に飲み込んだ。

目を閉じて幾度か呼吸を繰り返してから、子供はゆっくり目蓋を開いて両手で格子戸をつかんだ。

格子戸の外にかかった錠前を見つめることしばし。

錠前がかたかた震え出し——やがて、かちん、と音を響かせて開いた。

錠前を外して、恭一郎は格子戸を開いてやった。

座敷牢の外に出た子供が、恭一郎を黙って見上げる。

「こっちだ」

ぼろ切れをかけてやり、顎をしゃくって先導すると、子供は黙ったまま恭一郎の後ろをついて来る。だが、隠れ道を通り、涸れ井戸から表へ出ると足を止めた。

「どうした？」

子供は応えずに辺りを見回した。

「山幽は、日に百里を駆けるというではないか。早くその足でここを去り、仲間のもとへ帰るがよい」

「なか、ま……」

「そうだ。俺も今夜はいい加減疲れた。——さあ、帰れ。俺は神社で一眠りだ」

ゆらりと子供が畑へ足を向けるのを見て、恭一郎は反対側へ——再び神社へと向かって歩き出した。

子供のことは案じていなかった。

妖魔なれば傷はすぐに癒えようし、妖力が戻った今、容易に捕らわれることはない筈だ。

子供とはいえ、妖魔は本来、あのような悪漢どもの手に負えるものではない。

神社へ戻ると、社の軒下に恭一郎は身を横たえた。

歩き詰めの疲労にまどろみながら、先ほど手にした、妖魔の白い角を思い出す。

山幽にとっては、命に等しい角だ。

一体、どこの誰（だれ）が、あのようにして角を封じたものか……

†

翌朝、玖那村まで来た真の目的を果たすため、恭一郎は神社を後にした。

道沿いにのんびり歩んで行くと、昨夜の屋敷の周りに人だかりが見えた。

「何事だ？」

近くの野次馬に訊（たず）ねると、百姓らしきその男は好奇心を隠しきれぬ顔で応えた。

「明け方に、通りすがりの男が一人、隣家に駆け込んで来たんだそうです。屋敷の前で血のついた出刃を見つけたとか……気になってちょいと屋敷を覗いてみたら、戸が開けっ放し。何かあったのかと呼んでみても返事がないんで、おそるおそる入ってみたら、中で人が死んでいたそうで」

「ほう」

「一人は心ノ臓の病か、血を吐いて倒れていて、今一人は襟元からざっくり斬られていたんでさ。血を吐いた方が苦し紛れに斬ったようで、刀を手にして死んでいたそうです」

「ほほう」

「それが驚くじゃあありませんか。ちょうど村に来ていた州のお役人が言うには、血を吐いて死んでいたのは、しばらく前に神里で大きな盗みを働いた盗賊の頭だそうで」

神里は那岐州の州府で、街道が走る大きな町だ。

「そうなのか」

「屋敷が買い取られたのは一年ほど前でしたが、盗人だとは誰も夢にも思わぬような、優しい顔をしていましてねぇ。ただ、出入りする者たちは強面が多かったんで、村の者はそれとなく避けとりましたが……」

「死んだのは二人か？」

「へい」

とすると、三人目の男は、出刃で応戦しながら逃げたのだろう。

人だかりを後にした恭一郎は、村を出て四半里ほど離れた丘を目指した。

丘の上まで登ると、まだ若いとねりこの木の根元に座り込む。

まだ昼にもならぬ空は、今にも泣き出しそうな灰色だ。

これも伊織が持たせてくれた鹿の干し肉を齧り、僅かに残っていた水を飲み干した。

しばし、何をするでもなく木にもたれて、恭一郎は目を閉じた。

どのくらいそうしていただろうか。

草を踏む微かな足音を遠くに聞いて、恭一郎は目蓋を開いた。目を凝らすと、小さなものがゆっくり丘を登って来るのが見える。

近付いてきた者を見て、恭一郎は微笑んだ。

「お前か」

よろよろと歩み寄ってきたのは、昨夜助けた妖かしの子供であった。大人の着物を引きちぎったものを着て、何やら重そうな風呂敷包みを背負っている。

恭一郎の前まで来ると、子供は背中の荷物をどさりと下ろした。

「ん」と、子供が顎をしゃくって恭一郎を促す。

恭一郎が風呂敷包みを開くと、革袋に入った金が出てきた。

ざっと三百両。

「これは重かったな」

「……」

子供は黙ったまま恭一郎を見つめた。

「やつらの金か?」

「……」

「……盗人頭を殺ったのは、お前か?」

恭一郎の問いに、子供はようやく、こくっと頷いた。

「上出来だ」と、恭一郎はにやりとした。「あいつは何人も殺してると、手下が言っていたからな」

子供は推し量るように恭一郎を再びじっと見つめ、やがてぷいっと踵を返した。

「おい」

恭一郎が呼び止めると、小さく振り向く。

「置いていくのか？」

こくり、と子供が頷く。

「礼のつもりか？」

こくり、とまた一つ。

身軽になった子供は、今度はすたすたと丘を下りて行く。

味なことをする——と、恭一郎が笑みを浮かべたところへ、ざっと後ろから、風ではない何かが空を駆け抜けた。

とっさに身をかがめた恭一郎が見たのは、見えない何かを追い払うように手を振り上げた子供の姿だ。

次の瞬間、子供の首から鮮血が散った。

刀を抜いて駆けつけると、倒れて尚、子供は見えぬ敵と戦いながら手足をばたばた動かしている。顔や身体を庇う両手には、次々と爪でえぐられたような傷ができていく。

ばさっと、羽風のごときものに恭一郎は煽られた。姿は見えぬが、鳥にしてはとてつもなく大きい。

袂の袋から目潰しを取り出すと、恭一郎は短く叫んだ。

「目を閉じろ！」

投げつけた目潰しが、見えぬ曲者に当って弾けた。

曲者が咆哮を上げるのへ、恭一郎は刀を構えて気を研ぎ澄ませた。

ばさりと再びよぎった羽風を追うように、恭一郎の刀が伸びる。

再び咆哮が上がって、斬り離された、大きな鉤爪のついた足が空を飛んだ。

ざざっと草木を揺らして曲者が逃げて行く。

地面に落ちた足は、束の間痙攣したのち、枯れ枝のごとく急速に干からびた。

巨大な――猛禽類のごとき足は、紛れもなく妖魔のものだった。

†

裏の林の奥から、覚えのある指笛が聞こえてきた。

座敷で書物を読んでいた伊織は、立ち上がって裏口から表へ出た。

午後から降り始めた雨は既に上がっていたが、林の中を流れる幅一間ほどの小川は少しだけ水かさを増している。

指笛の音から予想はしていたものの、小川の向こうの恭一郎を見て、滅多なことでは動じぬ伊織も流石に目を丸くした。

ここを出てから一日しか経っておらぬというのに、髪も着物も乱れ、着物には血が滲んでいる。ずぶ濡れなのは大雨ゆえだろうが、何やら大荷物を背負っている。

「一日で、随分くたびれたものだ」

「皮肉はいらん。入れてくれ。こいつも一緒にだ」

「皮肉を言ったつもりはないのだが……」

小川は空木村の結界の一部だ。たかが幅一間の小川を恭一郎が渡れない理由は一つしかないが、伊織は躊躇わなかった。

手近の葛の蔓を引き寄せると、握った手から短い詞と共に気を送り込む。

結界を開く力のある術師と「つながる」ことは、結界を越える有効な手段の一つだ。手をつなぐのが最も手っ取り早いが、それができぬ時は「つなぎ」を間に挟むしかない。媒介とするものは縄や棒のような「死んでいる」ものよりも、蔓や枝など「生きている」ものの方が、術師の力を活かしやすい。

落ちていた小枝を絡ませて蔓の端を向こう岸に放ると、片手で恭一郎が受け止めた。

「そのまま、ゆっくり渡って来い」

蔓を手繰るように、恭一郎を結界の内側へ引き入れると、伊織は術を解き、絡ませていた小枝を丁寧に外して蔓をもとに戻した。それから小川に手を差し入れて、結界が閉じているのを確かめる。

「この俺に妖魔の手引きを頼むなぞ、いい度胸ではないか」

「こんなことは、お前にしか頼めん」

家に上がると、伊織が出した水を恭一郎はまず、背中から下ろした子供に含ませた。

「湯を沸かそう」

「すまん」

何も問わずに、伊織は湯を沸かしに立った。

　夕刻ゆえ、小夜はもう家に戻った後だ。

「この家に妖魔を入れることになろうとはな……」

「お前の家だからこそ、連れて来たのだ。訳は知らんが、どうやらこいつは他の妖魔に追われているらしい。たとえ結界が破れても、お前の家ならそんじょそこらのやつは入って来られまい」

「俺が施した結界だぞ。滅多なことで破れるものか」と、伊織は鼻を鳴らした。「一体、どこで拾ったのだ？」

「玖那だ。流石に俺も疲れた。おまけにあの雨だ」

　湯で身を拭い、台所にあった残り物を文字通り餓鬼のごとく食らうと、一言「こいつを頼む」と言い捨てて、恭一郎はばたりと座敷で眠ってしまった。

「仕方のないやつめ」

　子供は首の後ろをざっくりえぐられていたが、既に血は止まっている。手足の傷は幸いそれほど深くない。首の傷口の血を拭っていると、目覚めた子供が飛び起きて伊織の手を払った。

「鎮まれ」

　低く静かに、だが強い声で伊織は言った。

　子供は倒れている恭一郎を認めて伊織を睨んだ。

「莫迦者。眠っているだけだ」

改めて恭一郎を見やった子供から、すっと殺気が引いた。

「……お前、良い男に拾われたな」

「……」

「身体を拭いて着替えろ。家の中を妖魔の血で汚されるのはごめんだ」

湯を絞った手拭いを子供に放ると、伊織は座敷を後にした。

しばらくして様子を窺いに戻ってみると、恭一郎から少し離れたところで、伊織の寝巻きに包まった子供が丸くなって眠っていた。

「まったく仕方のないやつらだ……」

つぶやきつつ、伊織は微笑んだ。

†

翌朝、目覚めた恭一郎も子供も食欲は旺盛(おうせい)で、殊(こと)に子供は傷の痛みに顔をしかめながらも、卵をかけた飯を三杯もすすって食べた。

伊織も共に朝餉(あさげ)を食べ終えた頃、小夜が訪ねて来た。

「今朝はもうよい」

「では、昼過ぎにまた」

一人暮らしが長い伊織は、特に身の回りの世話を要していないが、夫婦になることを約束してから、小夜は朝夕に食事の支度に来るようになったそうである。

小夜が去った後、恭一郎は切り出した。

交互に見やる。

「晃瑠に連れて行こうと思う」

「こいつをか？」

己の話だと判ったのか、足を投げ出し、壁にもたれたままだが、子供は恭一郎と伊織を交互に見やる。

「どうだ？　俺と一緒に都へゆかぬか？」

子供はじっと恭一郎を見て応えない。

「この家の力を感じるか？　いつもと少し勝手が違うだろう。俺には判らんが、この家には妖魔除けの工夫が施されているのだ。都のそれは更に強い。お前にはやりにくいかもしれんが、少なくとも都に入れれば、昨日のようなやつらに追われることはないぞ」

「おい待て。都に妖魔を入れぬのが都師の仕事だ」

「だが、お前はもう都師ではなかろう」

「都師は辞めたが、術は捨てておらぬ。大体、何ゆえお前がそこまでせねばならん？」

伊織の問いに、恭一郎はつい自嘲のごとき笑みを漏らした。

「玖那の――あの屋敷に閉じ込められていたのだ。一度は別れたものの、そいつは俺に礼を渡しに、とねりこの木のもとまでやって来た。これが『縁』でなければなんなのだ？」

「……そうか」

黙り込んだ伊織をよそに、恭一郎は改めて子供を見た。

「無理には誘わん。が、どうだ？　一緒に都へゆかぬか？　俺はただの剣士だが、滅法強いぞ。そこらの人間にも妖魔にも負けはせん。俺の寿命はお前のそれよりずっと短いが、これも縁だ。老いて身体が利かなくなるまでは護(まも)ってやるぞ。どうだ？　俺としばらく共に暮らしてみぬか？」

片目しかない子供の目が恭一郎の目をひたりととらえ、それから小さく頷いた。

「よし、決まりだ。伊織、お前の手助けが必要だ。こいつの分も手形を用意せねばならん。関所を誤魔化す術も、何か頼む」

「俺はいつから万屋(よろずや)になったのだ？」

仏頂面で伊織が応える。

「それに――金がかかるぞ」

「金ならある」

荷物から革袋を取り出して、恭一郎は中身をざっと伊織の前にさらした。

「どんな金だ、これは？」

「浄財だ。気にするな」

「嘘(うそ)つきめ」

「――どんな金でも金は金だ。これで頼む」

伊織はぼやいたが、友の頼みを無下にしないことは判っていた。

「三日ほど時をくれ」

「構わん。こっちが頼んでるのだ。それに、こいつも傷を癒す時が必要だろう」

「手形の名はどうする？」

「そうだな……おい、お前、名はなんという？」

傷を確かめていた子供は顔を上げたが、無言である。

「莫迦。妖魔が軽々しく名を明かすか」

伊織曰く、血はもとより、名前も妖魔を羈束するのに役に立つ。対象が明確であればあるほど術は施しやすく、より強固なものになる。

「ふむ。だが、呼び名がないというのはどうも不便だ」

しばし思案したのち、恭一郎は微笑んだ。

「……蒼太はどうだ？」

「そう……た」

「良い名だろう？　それから、俺の名は恭一郎だ」

「きょ、う……？」

「おう。それで充分だ」

†

空木村を出たのは三日後だった。

蒼太の傷はまだすっかり癒えてはいないが、旅に支障はなかった。小夜が用意してくれた真新しい子供用の着物を着、伊織がどこからか仕入れてきた鍔の眼帯をかけている。

「これはな、このように武器にもなる」

鍔の裏から小柄穴の縁を押し出すと、鋭利な仕込み刃が現れる。

「晃瑠ではお前の妖力は役に立つまい。人を装うのが精一杯だ。ほとんどの妖魔は入って来られぬが、人の目を誤魔化すことのできるやつもいるからな。都でも油断は禁物だ」

文句を言いながらも力を貸してくれる伊織が、恭一郎にはありがたかった。

守り袋を用意してくれたのも伊織だ。

蒼太が首から下げているこの守り袋の中には、術が施された人形（ひとがた）が入っていて、蒼太の本性を隠し、人の目を欺く。

「人形には庭の隠れ蓑（かくれみの）の木汁を吸わせてある。本来は死病にかかった者を僅かでも生きながらえさせるための術だが、少しやり方を変えてみた。術が効いているうちは、成長を誤魔化せよう。大人ならばともかく、子供が大きくならんのでは、すぐに妖魔と知れてしまうからな。少なくともこれを身に着けている間は、形ばかりでも大きくなれる。都では肌身離さぬよう気をつけろ」

何の変哲もない草木からでも、術次第で様々な効力を得られるという。先日、小川の向こうから葛の蔓を放って寄越（よこ）したことを思い出しながら、恭一郎は伊織の言葉に頷いた。

「これには名を利用した。名詮自性（みょうせんじしょう）というだろう。隠れ蓑という名を持つ木である、また、そうあろうとする力を借りたのだ」

「理屈はよく判らんが……お前はまこと、すごいやつだな」

「今頃判ったのか」

この守り袋のおかげで、普段はうまく人に紛れている蒼太だった。またこれを身につけている限り、禁域の都にも神社にも足を踏み入れることができる。

都や神社は土地そのものにも術が張り巡らされているが、都外の村や町は——それが州府であっても——結界しか持たぬのが常である。人ではあるが術師ではない恭一郎には結界は見えず、禁域を護る術も感じぬ。だが多くの人間と同じように、それらが存在していることは疑っていなかった。結界と術があればこそ、人——殊に都人は、安穏とした暮らしができるのだと、諸国を旅したことのある恭一郎は身をもって知っていた。

小夜が作ってくれた弁当を持ち、二人は那岐州を後にした。

小夜には、蒼太が妖魔であることを明かさなかった。小夜はまさか、妖魔が村にいるとは思ってもいないだろう。濁った左目さえなければ、蒼太は見目良く大人しい子供である。小夜は元来子供好きらしく、人見知りな蒼太に袖にされながらも、「蒼太、蒼太」と世話を焼きたがった。

蒼太が盗人から奪った金は、伊織のもとに置いてきた。

蒼太の手形と眼帯を手に入れるのに十両ほど使ったのみだ。

——いらん——と応えた伊織に、恭一郎は笑って付け足した。

——やるとは言っておらん。またいずれ、お前の助けを借りる時がくるだろう。その時を見越して置いてゆくのだ。少しなら使い込んでもよいぞ——

——俺は万屋ではないというのに——

——似たようなものさ。都師は辞めても、術師は辞められん、そうだろう？——

——この恩知らずめ——

——まあ、そう怒るな——

伊織はもちろん、怒ってなどいなかった。言いたい放題も、気の置けぬ友なればこそである。

東都までの道中、二度の妖魔の襲撃を無事にやり過ごし、北の堀前宿場町である羽黒町にたどり着いたのは三日後だ。

山幽が日に百里を駆ける、というのはけして誇張ではない。子供の足で毎日十里歩いても、蒼太はまったく疲れを見せなかった。

その蒼太も、立ちはだかる門と東都を前に怖気付いた。

急に足取りが重くなった蒼太に、恭一郎は手を差し伸べた。

「恐れるな」

差し伸べられた手を、蒼太はおずおずと取った。

きゅっと握ってきた手を、恭一郎もそっと握り返す。

北門を抜け、途中で飯を食い、長屋のある要町まで帰って来た時には五ツに近かった。

唯一の木戸が裏通りに面した長屋は暗くひっそりしているが、かつての表店の奉公人のために建てられただけに、九尺二間でも造りは悪くない。ただ八年ほど前に立て続けに四人も死人が出て、そののち半年足らずで店は潰れてしまった。痴情のもつれが原因で、四人のうち二人は殺され、二人は自ら命を絶ったそうだが、恭一郎は詳しく知らない。

表店は違う店になり、長屋の所有主も変わった。だが「呪われている」いう噂のおかげで、八軒連なる長屋の店子は恭一郎を含めて五人。いずれも独り者で、どことなく胡散臭い者ばかりだ。時折、新しい店子が入ってくるものの、長くは居つかず、数箇月で越していくため、いまや町では「幽霊長屋」に加えて「無頼長屋」とも呼ばれている。

「夜具は一組しかないのだが……」

つぶやきながら、恭一郎は葛籠を開けた。

蒼太は、物珍しそうに狭い長屋を見回している。

「……お前はこれで足りるだろう」

葛籠から取り出したのは、子供用の掻巻だ。

「掻巻だ」

「かい、ま」

藍染の掻巻は、蒼太の背丈より五寸ほど長い。思いの他、気に入ったらしく、器用にくるりと身体を掻巻に包み込むと、蒼太は部屋の隅で早くもうとうとし始めた。

夜具を広げながら、恭一郎もあくびを嚙み殺した……

†

「……という訳だ」

最後の一口の酒を飲み干して汁椀を置いた恭一郎に、馨は眉根を寄せた。

「肝心の話が抜けておるぞ」

「肝心の？」

「……蒼太が、赤子を喰ろうたとかいう」

「ああ」

蒼太を見やって寝息を確かめてから、恭一郎は再び口を開いた。

「俺が聞いたところによると、仲間の赤子を食べたのは本当だ。その昔、仲間の子守をしていて、どこかに閉じ込められてしまったらしい。長いこと耐えたが、赤子は弱るし、己の腹は減るしで、ついに空腹に負けて赤子に手を出してしまったそうだ」

「そうであったか。ううむ……それは、まあ、致し方ないといえぬこともないが……」

「のちに、仲間が助け出してくれたものの、赤子の母親の恨みは大きくてな。御上の裁きで片目を奪われ、角を落とされた」

「御上？」

「ああ。――やつらにもいるのさ。人に安良様がいるように、妖魔どもにもやつらを束ねる『御上』がな」

「ふうむ」

「一族を追われた後、蒼太は一人で随分さまよったらしい。恨み収まらぬ母親が差し向けた妖魔に襲われながら……そうこうするうちに、盗人どもに捕えられ、俺が訪れるまで牢で一月も痛めつけられていたそうだ」

痛ましげに顔を歪めた馨を見て、ふっと恭一郎は微笑んだ。

「馨、お前はやはり変わり者だな」

「なんだと？」

「妖かしと知っても、蒼太を厭わぬ」

恭一郎が言うと、馨は鼻を鳴らした。

「変わり者はお前だ、恭一郎。子供とはいえ妖かしを助けるなど……ましてや、この東都に連れて来るなど……」

「お前なら見殺しにしたか？」

「……判らん」

むすっと口を尖らせ、馨は応えた。

「だが、赤子はともかく、盗人どもは自業自得だ。蒼太は、手当たり次第に人を襲う狗鬼どもとは違うのだろう？　大体、山幽など、作り話ではないかと俺は思っておったぞ。本当にいるのだな、そのような妖かしが」

ちらりと、横たわる蒼太に目をやって馨は声を潜めた。

「うむ」

「……仲間から追われたと言ったな？　一人でさまよっていたと？」

「そうだ」

「仲間のもとにはもう二度と戻れんのか？　この先もずっと許してもらえんのか？」

「さあな。あいつの言葉がもう少し達者になれば、またいろんな話が聞けようが……」

「お前が無口だから、蒼太も言葉を覚えんのだ」

苦笑を漏らして恭一郎は応えた。

「また、俺に子育ては向いておらん、と言うのだろう。まったく、お前がこんなに子供好きだったとはな」

「俺はただ……」

「よいさ。お前はまことに優しいやつだ」

「莫迦。何を言う」

酒瓶を手にした馨は、今更ながらそれが空なのに気付いて、大げさに舌打ちをした。

第四章
Chapter 4

夏野が風呂敷包みを手に、蒼太の見舞いに出向いたのは五日後の夕刻だ。

「真木殿のところにお伺いしたところ、もうこちらに戻られたとのことで……」

「笹川から、わざわざここまで？」

「いえ、真木殿のところへは昨日伺ったのです。あまり時がなかったので、昨日は一旦屋敷に戻り、出直して参りました」

そう言うと夏野は、土間に手をついて頭を下げた。

「先日は、大変申し訳ないことをいたしました」

「黒川殿」

「よく確かめもせずに、出会い頭に斬るなど……」

夏野なりに考えた末での陳謝だった。

妖かしについてはまだ疑問に思うところが多いものの、伊紗に騙されたことは確かである。また、今まで妖魔に対して抱いていた嫌悪感を、何故だか蒼太には感じなかった。

己の中に入り込んだ蒼太の目のせいではないか——と、思わぬでもない。

そうだとしても——それを確かめるためにも——蒼太と今一度しっかり向き合わねばならぬ、というのが夏野が出した当面の答えであった。

顔を上げると、奥で寝転んでいた蒼太は身を起こしたが、膝をついたままの夏野を見つめてきょとんとしている。

夏野が蒼太へ再び頭を下げると、恭一郎がからかい口調で言った。

「黒川殿。面を上げられよ。蒼太が変な顔をしている」

上がりかまちまで近付いて、恭一郎は声を低めて付け足した。

「妖魔なれば、出会い頭に襲われることには慣れっこだ。だが、人から頭を下げられることはまずないゆえ」

「……心ばかりの、見舞いの品をお持ちしました」

風呂敷包みを開いて、夏野は重箱と竹筒を取り出した。

竹筒を見て蒼太はさっと警戒を露わにしたが、重箱の蓋が取られると目を見張った。

「真木殿から、蒼太……殿は白玉がお好きだと聞いたので、作って参りました」

「ほう。——どうだ、蒼太？　少し食してみるか？」

こくりと頷くのを見て、恭一郎が椀と匙を夏野に差し出した。

夏野は匙で白玉を椀にすくい、竹筒の蓋を外して、砂糖を振りかけた。

「……もと」

夏野の手元を覗き込むようにして、蒼太が言う。

「さと……も、と」

「こいつめ」

呆れ声で恭一郎は言ったが、顔は笑っている。

もう一振り砂糖をかけて、夏野は匙を椀に入れて蒼太に差し出した。蒼太は右手を出して受け取ったが、斬られた左肩が痛むのだろう。椀を支える左手が危なっかしい。

「失礼つかまつる」

夏野が椀に手を伸ばすと、取り上げられると思ったのか、蒼太は匙を突き出した。だが夏野の方が一枚上手で、やんわりと蒼太から匙と椀を取り上げると、一匙すくって、白玉を蒼太の口元に持っていく。

目の前の匙をじっと見つめて、蒼太はそっと口をつけた。白玉を口に入れると、確かめるようにゆっくりと食む。

やがて飲み込むと、鳥の子のように口を開いて次を催促した。

一匙、一匙、夏野は蒼太の口に白玉を運んだ。

お代わりをして、あっという間に二杯平らげると、腹がくちくなったのか、蒼太はふいっと奥に戻って、掻巻に包まった。

「──随分、よくなったであろう?」

「そうですね。驚きました」

「もう五日もすれば傷痕も消えるだろう」

重箱に蓋をすると、竹筒と共に夏野は差し出した。

「置いていきます。よろしければ鷺沢殿もどうぞ」

「そんな恐ろしい真似はできん。あいつが寝ている間に白玉を食べたと知られたら、俺はそれこそ、殺されるやもしれぬ」

にやりとした顔から冗談だと判じると、夏野も笑みを浮かべつつ声を潜めた。

「妖かしは、甘い物が好きなのですか？」

「それはなんともいえんが、こいつはまさに、三度の飯より甘い物が好きでな。白玉や饅頭はもとより、干菓子や水菓子もよく食う」

「それなら、次はお饅頭を持って参ります」

「どうやら黒川殿も馨と同じく、蒼太に甘いようだな……」

馨が大福を餌に蒼太を手習いに呼んだという話を聞いて、夏野は微笑んだ。

話が途切れたところで、恭一郎が問うた。

「ところで、あれから弟御の探索の方は？」

「それが、その、屋敷で三日謹慎させられていたので、まだ何も。ですが、これからも探し続けます」

駕籠で屋敷に帰った夏野の顔を見て、流石の由岐彦も慌てた。暴漢に襲われたのか、それとも喧嘩沙汰に遭ったのかと矢継ぎ早に問われたが、顔は腫れ上がり、右腕には痣、袖には血痕がついているのだから、由岐彦の誤解もやむを得まい。

由岐彦のことは、兄の友として幼少の頃から見知っている。だが、恭一郎の口止めがなくとも、此度は本当のことが言えなかっただろう。

喧嘩に巻き込まれた――と、夏野は嘘をついた。

――柿崎道場への道中で喧嘩に出くわしたのです。やり過ごそうとしましたが絡まれて、殴られたところを、ちょうど通りかかった真木殿と鷺沢殿に助けてもらいました。しかしそのどさくさで、鷺沢殿が連れていた子供が怪我をしてしまいました……――

そのようなことをしどろもどろに語ったのである。

嘘を見透かすように由岐彦はじっと夏野を見つめたが、問い詰めてはこなかった。

「謹慎か。顔に青痣をこしらえた黒川殿を見て、椎名はさぞ驚いたであろうな」

くすくすと恭一郎が笑うのを、夏野は不思議な気持ちで眺めた。

恭一郎は、夏野が知っているどの剣士、どの侍、どの浪人にもあてはまらない、どこか自由な気風をまとっている。

「……お探しの弟御だが、似面絵でもお持ちか？　仕事柄、都を歩き回ることが多いゆえ、万が一にも見かけぬとは限らん」

恭一郎の厚意に感謝しつつ、夏野は義忠の似面絵を取り出した。

「赤子の時に攫われたので、弟の似面絵はないのですが、兄のものを持っております。晃瑠で、兄が幼少の頃にそっくりな子供を見たと言った者がおりまして」

「ほう」

「よろしければお持ちください。まだ写したものがありますから」

「うむ。他の者にも訊ねてみよう。もしも見かけたら、州屋敷の方に知らせよう」

「かたじけのうございます」

†

丁寧に頭を下げた夏野が辞去した後、もぞもぞと蒼太が揺巻から出て来て、似面絵を眺めていた恭一郎の手元を覗き込んだ。

「こいつ、狸寝入りしてたのか」

「たぬ……？」

「寝た振り、ということだ」

恭一郎の説明を聞いているのかいないのか、蒼太は似面絵を見つめている。

「どうだ？　この男が子供だった頃の顔を想像できるか？　それが黒川殿の探している弟御だそうだ」

蒼太はしばし考え込み、頭を振った。

「まん、じゅ」

「ん？　饅頭はないぞ」

「つ、ぎ」

「聞いていたのか。いやしいぞ。白玉も食うだけ食って、礼も言わなかったではないか」

「……かた、じけ」

「俺に言ってどうする」と、恭一郎は笑った。「――黒川殿の白玉は旨かったか?」

「うま、か、た」

「なら、次に会った折にそう伝えるのだな。黒川殿も喜ぶだろう」

こくり、と頷いた蒼太の頬を、恭一郎は撫でた。

半年を経ても、蒼太の角はまだ生えてこない。折れた角を飲み込めば次の角が生えてくるのだと恭一郎は蒼太から教わったが、それがいつになるかは蒼太にさえ定かではないらしい。怪我はこうして治るのだから、都に張り巡らされた術のせいではなさそうだった。

角の痕がある額の上は、恭一郎を含め誰にも触れさせない蒼太だが、首や頬、頭の後ろなどであれば、たまさかに恭一郎が触れても嫌がらない。

「……黒川殿の剣だが」

寝転んで、似面絵を透かすように持ち上げ、恭一郎は片目で蒼太を見上げた。

「お前ならよけられただろう? 何ゆえあえて斬られた?」

似面絵の向こうに覗く蒼太の右目が、恭一郎の左目をとらえる。

「――しら、ん」

口を尖らせ、ぷいっと横を向く蒼太に、恭一郎は微笑んだ。

「まったくお前は、面白い妖かしだな……」

†

恭一郎が行灯の灯を消し、部屋は暗闇に包まれた。

搔巻に包まりながら、蒼太は闇の中に漂う恭一郎の気配に安堵した。

それは成長が止まってから半年前まで、感じたことのなかった安らぎだった。

山幽は、人の入らぬ樹海で暮らす妖魔だ。種として「日に百里を駆ける」という脚力と、触れることなくものを動かすことができる念力、また仲間とのみだが口言葉を使わずとも通じ合える感応力を持っている。

山幽というのは人の名付けた通り名で、山幽は自分たちを「デュシャ」と呼んでいるが、これは山幽の言葉を解さぬ人間には知られていない。

もともと角を除けば人と変わらぬ容姿ゆえに、他の妖かしほど人に「化ける」必要がない。結界を越えるすべさえあれば、人里で暮らすことも難しくはないものの、山幽とて妖魔には違いなく、その多くは人を嫌った。

子供が生まれるのは稀だ。

子供を産める者も限られていた。一族だけで集落――「森」――を作り、森に隠れて暮らす山幽は、共生する森を敬うことを忘れずに生きてきた。森が養えぬほど仲間を増やすことは森への冒瀆であるがゆえに、年に一度、各地から「翁」と呼ばれる者たちが集まり、一族の条件を満たした者だけが孕むことを許される。

蒼太の生まれ育った森には、翁二人を含む二十九人の山幽が住んでいた。

蒼太が十歳になった時、森にいた子供は蒼太の他には一人だけ。のちに蒼太が殺めることになった赤子のカシュタである。他の山幽は全て成人していた。

山幽には珍しく、蒼太には親がいない。二親とも、蒼太がまだ赤子の折にこの世の者ではなくなった。母親は野焼きの火にまかれ、父親は術師に囚われて、それぞれ他の森を訪ねた折に死していた。ゆえに、蒼太を育てたのは森の一族だ。生まれる子供が少ないために、親がいなくても、どんな子供でも大事にされるのが一族の慣わしである。

他に子供がいなかったせいか、カシュタは蒼太に懐いていた。実の親よりも、蒼太が傍(そば)にいると機嫌がよかった。よって、自然と子守は蒼太に任されることになった。

日々、蒼太はカシュタを背負って森をうろついた。

森は人のちょっとした村ほど広く、自然の変化が飽きさせない。また、森の外に出てはならぬことを、蒼太はよくわきまえていた。

——あの日も蒼太は森の中にいた。

外との境ではあったが、外ではなかった。

ゆえに蒼太には思いも寄らなかったのだ。

術の施された罠(わな)があろうとは……

†

——足元をすくわれ、蒼太は滑るように洞穴に落ちた。

背中のカシュタを傷つけぬよう、身体(からだ)をうまくひねることができたのは、山幽の体力が秀でている証(あかし)だった。その体力を活(い)かして、すぐにでも這(は)い出るつもりだった蒼太は、次の瞬間、闇に包まれて混乱した。

穴が塞がれたのだ。

落ちて来たところを這い上がって押してみるも、穴を塞いだ枯葉や土はびくともしない。大きな穴ではなかった。深さは蒼太の背丈の倍ほどで、大人が四人しゃがみ込めるかどうかといった広さだ。

穴の中では、力を封じられているようには感じなかった。出口だけが何故か、妖力を吸い取るように蒼太の力をものともしない。

「おおい」

声の限り叫んだが、返事はない。

カシュタを背負ったまま、蒼太は途方に暮れた。

どのくらいの時が経ったろうか。

胸に抱き直したカシュタをあやすうちに、いつしか蒼太は眠り込んで夢を見ていた。

——シェレムは、カシュタが好きだね——と、シダルが言った。

シェレムは翁から授かった、蒼太の森での——デュシャの——名である。

——うん——と、蒼太は頷く。——だって、おれより小さいのはこいつだけだもの——

蒼太の頰を撫でて、シダルはにっこりとした。

——私も、シェレムの子守をしていた時、同じことを思ったものさ——

シダルはその森に住む一族で、一番遅くに成人した者だった。蒼太が赤子だった時は、シダルが蒼太の子守をしてくれたのだ。カシュタが蒼太に懐いているように、蒼太もシダルに懐いていた。大きくなっても蒼太は、大人の中ではシダルが一番好きだった。

夢の中のシダルが蒼太を抱きしめ、額に額を合わせる。山幽が一族の者にだけ許す、親愛の仕草であった。

――シェレムは目に入れても痛くないし、食べてしまいたいほど可愛かったものさ――

つぶやくように言ったシダルの息が首にかかって、くすぐったい。

――くすぐったいよ――

笑いながらシダルを押しやる蒼太の腕を、シダルがそっとつかんで口元に引き寄せる。

――本当に……食べてしまいたいくらいだよ――

カシュタの泣き声で目を覚ました蒼太は、とっさに腕を揺らしてあやした。

夜目が利き、また闇に慣れた目に、カシュタの白い腕が映る。

シダルが己にしたように、蒼太もカシュタの腕に口をつけ、唇でその柔らかな肉を優しく嬲った。

夢で見た光景は、本当にあったことだ。

シダルはいつだって、蒼太を可愛がってくれた。

カシュタの腕から口を離して、蒼太は夢の続きにあたる記憶を思い出していた。

――かじっちゃ、いやだ。いたいじゃないか――

――齧ったりするものか。シェレムは私の宝物だもの――

――そうなの？――

二親がいないせいか、シダルの言葉が蒼太には嬉しかった。

――そうだよ――と、シダルは微笑んだ。――それに――

――それに？――

――本当に美味しいのは、腕なんかじゃなくて、ここさ……――

そう言って、シダルが指し示したのは、蒼太の胸だった……

洞穴の暗がりで、ふいに蒼太は激しい空腹を覚えた。

カシュタがつぶらな瞳で、じっと蒼太を見つめている。

おれは、と蒼太は思った。

――おれはカシュタが好きだ。

おれより小さくて、おれを慕ってくれる……

一族にとっても大切な赤子……

大切な、本当に可愛いカシュタ。

本当に……いっそ食べてしまいたいほど――

どくん、と、心臓が一つ、大きく波打った。

右手でカシュタを支えながら、無意識のうちに左手を開く。

開いた左手を、蒼太は小指から順にゆっくりと握っていった。

誰にも教わったことはないのに、この新たな妖力の使い方を蒼太は「知っていた」。

カシュタが、ひゅっと息を呑む。

泣き出す間もなかった。

カシュタの肌を傷つけることなく、その心臓は蒼太の手に握り締められていた。

カシュタの口から流れ出た血が、蒼太の胸を濡(ぬ)らした。

握っていた手を開くと、小さな心臓はぴくぴくと蒼太の手のひらで震えた。

——本当に美味しいのは——

耳元にシダルの声がよみがえる。

愛(いつく)しみながら、まだ温かいそれを蒼太はそっと口に運んだ……

†

晃瑠(あける)への道中で、蒼太はこれらのことを恭一郎に語った。

まだ人語に不慣れな蒼太だが、およその話は伝わったようだ。

ほとんどの人間が首を傾(かし)げる蒼太の人語を、恭一郎は九割方、即座に解する。

「妖かしには縁があってな」

仄魅(しきみ)の伊紗に言ったように、蒼太にも恭一郎はそう告げた。その「縁」がどんなものなのかは、いまだ聞いていない。

カシュタの心臓を口にして半刻もしないうちに、蒼太は一族の者によって発見された。

カシュタの母親のサスナは狂乱し、一族の者も少なからず衝撃を受けた。

山幽にとって、同族殺しは大罪だ。

一族は協議の末に「黒耀(こくよう)」と呼ばれる妖魔の君主の裁定を望み、蒼太は左目と角を奪われて森から放り出された。

住んでいた森を追われただけではない。

角を失くした蒼太は、どの森の山幽からもデュシャとは見なされなくなった。

サスナの恨みは深く、蒼太は己が同じ妖魔に追われる身となったことをまもなく知った。

真偽は定かではないが、蒼太の首をあげた者に「紫葵玉」を与えるというのである。

紫葵玉は森の奥から汲み上げた水を玉にしたもので、一つ手元にあれば、百年は水に困らぬという宝玉だ。作り方を知るのは翁だけで、大量の澄んだ水を必要とすることから、どの森にもあるとは限らぬ貴重なものであった。

もとは旱魃に備えて作られるようになった紫葵玉だが、一度に放てば洪水を引き起こすこともできる。洪水となれば、川沿いの結界は破りやすくなるがゆえに、水源を求める者の他、人里を狙う者たちもこぞって蒼太に襲いかかった。

流石に一族の者に追われることこそなかったが、身も心も休まる時をしらぬ日々が続いた。角を奪われた蒼太にできるのは、ただ走って逃げることだけだった。

諸国を逃げ回るうちに、角の在り処が知れた。折られ、封じられていても、己の身体の一部だ。互いに呼び合うものがあった。

在り処は突き止めたものの、封じられている場所が妖魔には禁域の神社であった。神社の手前には村を護る結界もある。遠目に辺りをうろうろ窺ううちに、蒼太は件の盗賊に囚われてしまった。

もとより、人間を煙たがっていた蒼太は、更に一月にわたって盗人頭から非道な仕打ちを受け、人間への不信感と恨みを募らせていった。

……にもかかわらず、恭一郎が現れた時、蒼太には判ったのだ。

恭一郎が、妖かしに「縁」を持つ人間だったからだろうか。

恭一郎の声を聞き、その姿を一目見て、蒼太は直感した。

――この人間は信じられる、と。

「面白いやつだ」と、恭一郎はことあるごとに蒼太を評する。

そう言う恭一郎こそ、「面白い人間」だと蒼太は思う。

おぼつかない人語で一族を追放されたあらましを語った蒼太に、恭一郎は訊ねたものだ。

――……それで、どうだったのだ？――

――ど……？――

――その、赤子の心ノ臓は、旨かったのか？――

一瞬躊躇ったのち、蒼太は応えた。

――……うま……かた――

実際、今まで口にしたどんなご馳走よりも――東都で初めて食した白玉よりも――あの時食べたカシュタの心臓は旨かった。

とろりと、身体中の細胞が歓喜に沸きあがるような旨さだった。

――そうか。旨かったのか――

恭一郎の言葉に嫌悪はなく、それどころか口元には興味深げな笑みが浮かんでいた。

長屋の狭い部屋なのに、恭一郎の寝息はほとんど聞こえない。

この男はまるで死人のように静かに眠る。

――お前ならよけられただろう？――と、先ほど恭一郎は問うた。

その通りだった。

夏野の剣は速かったが、並外れた体力を持つ蒼太の目はその太刀を見切っていた。

振り下ろされる刀から逃げる蒼太を止めたのは、夏野の目に浮かんだ――否、夏野の目に入り込んだ己の目が映した、あの時のカシュタの心臓だった。

己（おの）が手で握りつぶした、仲間の幼い命だった。

蒼太に「あえて」夏野の剣を受けさせた感情を、人なら「自責の念」と呼ぶところだが、そのような人語は――一族の言葉でさえも――蒼太はまだ知らなかった。

玖那（くな）村に着く前、あちこちで妖魔に襲われながら、風の噂（うわさ）や、同情した一族の者から教えられ、蒼太は知った。

シダルが、一族の条件を満たせず、子供を孕む許しを得られなかったこと。

サスナとシダルは不仲で、サスナが折に触れてカシュタを――子供を得た自分を――シダルに自慢していたこと。

ゆえに、シダルはサスナをひどく妬（ねた）んでいたこと。

カシュタを殺めてサスナを苦しめるために、シダルが人の術師と謀（はか）り、蒼太を利用したこと……

蒼太が森から追われてまもなく、あらましを知った翁たちが、シダルも同様に森から追放したという。その後のシダルの行方は、ようとして知れないそうだ――と、蒼太はゆきずりの山幽からお情けで伝え聞いた。

勘定ずくで己を裏切り、陥れたシダルを蒼太は恨んだ。

同時に、あれほど好いていたカシュタを食み、「旨い」と思った己を恐れた。

カシュタの心臓の味は今も尚ありありと思い出せるのに、あれから蒼太の身体は肉を受けつけなくなった。

少量でも、身体が拒んで吐き出してしまう。

恭一郎にとっては、それも「面白い」ことの一つのようだ。

山幽は、言葉を口にすることがほとんどない。森の静けさの中で育ち、仲間内では感応力で通じ合うことができるため、稀に口にされる一族の言葉は人間には囁きに等しく、低く小さい。ゆえに人語は聞き取るのはそれほどでもないが、口にするのが、蒼太には至極難しい。

一つ一つの音が、なかなか口から言葉として出てこない。知らない言葉も山ほどある。

恭一郎の横で掻巻に包まって目を閉じた蒼太は、先日書いた己の名を目蓋の裏に描いた。

懐に入れていた紙は夏野に斬られ、自身の血に染まり、着物と共に捨てられた。

傷が癒えたら、また「てならい」に行ってもいい――と、蒼太は思った。

どもりをからかい、自分を怖がった子供たちには関心がない。だが、彼らと一緒というのはどうもまずいようだ。

「きょう」と「ぐうじさま」、そして「かおる」を困らせたくはなかった。

「きょう」に言えば、うまく取り計らってくれるだろうか。

自分の言葉をいつも、辛抱強く、笑顔で聞いてくれる「きょう」。

人にも、妖魔にも忌み嫌われている己を、護ってくれると言った。

共に暮らそう、とも。

もっと、「ことば」を覚えたい。

眠りに落ちながら、蒼太は願った。

「きょう」と語り合いたいことが、たくさんある……

†

知らせに夏野は駆けつけた。

要町の長屋の戸を叩いた時、中の二人はちょうど朝餉を済ませたところであった。

「本当ですか？」

訊ねてすぐ、夏野は小さく恥じ入った。

この人がそんな嘘をつく筈が——理由が——ないではないか。

「どうだろう？　黒川殿がその目で確かめて来るがよい」

夏野の心中をよそに、恭一郎はいつもの調子で話し始めた。

恭一郎は約束通り、似面絵を手に知り合いに声をかけてくれたそうである。

さかきの取立人に、井上という者がいる。借り手が震え上がるような強面に、常にどこか人を莫迦にした笑みを浮かべたやくざ者だという。

その井上が、似面絵を見て言った。

――十年もしたら、似たような面になりそうな餓鬼を知ってるよ――

年の頃は六、七歳。瀬川町にある薬種問屋・千寿堂の長男だという。

――ちょいと借りてくぜ――と、似面絵を持って行った井上が、千寿堂の者たちにそれとなく訊ねたところ、長男の太一郎は氷頭州猪崎村に住む親類が拾った子供であった。

猪崎村は州府の葉双から南へ二つ目の村である。螢太朗を攫った者が、なんらかの理由で、猪崎村に置き去りにしたとしてもおかしくはない。

「螢太朗……」

「早合点は禁物ぞ。だが、確かめるに値すると思ってな」

千寿堂ではこの突然の話に驚いたものの、太一郎の本当の家族やもしれぬとなると、放っておけぬと判じたようだ。井上と恭一郎を通じて、夏野に相見を願い出た。

「恩に着ます。早速その、瀬川町とやらに行ってみようと思いますが……」

夏野は巾着から、重ねた絵図を取り出した。道に迷わぬようにと、夏野が西門で求めたものとは別に、都を九分して細かく記した切絵図を由岐彦からもらっていた。

恭一郎が絵図の上を指でなぞる。

「舟で下り、八条大路の辺りで降りるが近いが、この辺りは込み入っていてな。慣れぬ者には判りにくいやもしれん」

ひょいと蒼太が顔を出し、広げられた絵図を覗き込んだ。

恭一郎の指すところを見て、夏野を見上げる。

「おれ……か、る」

「うん？」

蒼太の人語に慣れていない夏野は首を傾げたが、恭一郎には通じたらしい。

「こいつは判るそうだ」

代弁する恭一郎に、蒼太は頷いた。

「黒川殿を案内できるか？」

「ん」

「無難な道を、選んでゆくのだぞ？」

「ん」

頷く蒼太の肩を抱いて、恭一郎は夏野に微笑んだ。

「こいつが案内するそうだ」

「それは——かたじけない」

「案ずるな。こいつほど都の道に通じてる者もおらんだろう」

言いながら、恭一郎は夏野に金を差し出した。

「これは？」

「こいつの舟賃と飯代だ。道中で何か食わせてやってくれ」

「いりませぬ」

即座に夏野は断った。

「こちらがお願いしているのです。案内賃をお支払いしたいくらいです」

頑なに夏野が固辞すると、恭一郎は苦笑と共に金を仕舞った。

「それでは蒼太殿、よろしくお願いいたす」

ぺこりと頭を下げた夏野に、蒼太は不満そうな顔をした。

「そう、た」

「うん？」

「そう……でよ、い」

困惑する夏野に、恭一郎が助け船を出した。

「蒼太でよい、と言っている」

「ああ」と、夏野は頷いた。「心得た。では私のことも、夏野、と」

こくりと頷く蒼太に、夏野は顔をほころばせた。

仕事へ赴く恭一郎に見送られ、夏野は蒼太と一路、瀬川町へ向かった。

†

八町ほど歩いて、塩木堀川にある船宿に着いた。

猪牙舟ばかりが、五、六艘、客から声がかかるのを待っている。

きょろきょろと蒼太は辺りを見回し、一人の船頭を見つけると、夏野を促した。

「おや、蒼太じゃねぇか。一人かい？　鷺沢の旦那はどうした？」

蒼太が夏野を指差し、夏野は船頭に小さく頭を下げた。

「鷺沢殿の知己で、黒川と申します」

「一二三といいやす。鷺沢先生にはご贔屓にしてもらっとります」

「先生？」

「いやそれは、あっしが勝手に。いっぺんしか見たことがありやせんが、恐ろしく剣の腕の立つお方で」

「確かに」

「顔がいいだけのたらしだと思っていたので、もうびっくりしちめぇやした」

「たらし……」

どぎまぎして夏野がつぶやくと、一二三は頭を掻いた。

「おっと、年頃の娘さんに無礼なことを」

今日の夏野は、改まった女の身なりで帯刀もしていない。螢太朗に会えるやも、という期待が「姉」の格好をさせたのだ。

「鷺沢先生はね、遊び人じゃあありやせんよ。ただ先生も男だ。たまさかには白粉の匂いを嗅ぎにいらっしゃる。この辺りの玄人女で、先生のことを知らねえやつはおりゃしませ

「んや……おっと、そんなことはどうでもいいやな。さあ、どうぞ」

山育ちで舟に慣れない夏野は、こわごわと足を踏み出した。その様子を見て、蒼太が手を差し伸べる。

「ん」

差し伸べられた小さな手を見やり、夏野は微笑んだ。

「かたじけない」

蒼太の手を取ると、蒼太も嫌がらずに小さく握り返す。

先に乗った蒼太に形ばかり支えられながら、夏野は舟に移った。仲の良い姉弟のように二人並んで腰を下ろす。他にも女の二人連れが乗って、舟は賑やかになった。

一二三は塩木堀川から少しだけ北へ漕ぎ、五条堀川を抜けて大川へ向かった。

蒼太は舟が好きらしい。

大川の流れに沿って舟が滑り出すと、周りの景色に一層目を輝かせる。

「舟が好きか？」

「ん」

「私は苦手だ」

夏野が苦笑すると、判っているというように蒼太は頷く。

「蒼太……本当に傷はもうよいのか？」

夏野を見上げて、こくん、と蒼太はまた頷く。

「そうか。それはよかった。まことに……すまないことをした」

「……しあ、た、ま」

「うん？」

「うま、か……た」

「そうか」と、夏野は照れた。

「か、たじ、け……な」

「よい、よい。私は料理は不得手なのだが、白玉だけは得意なのだ。もう亡くなった祖父がやはり、蒼太のように無類の白玉好きでな……気に入ってもらえたのであれば、また土産にいたそう」

蒼太の口元が心持ち緩んだ。これまで硬い顔しか見たことがなかっただけに、夏野は何やら嬉しくなった。

少しだけ舟の縁に寄り、蒼太がその白く幼い手で水を浚う。

川を渡る風に、蒼太の鳶色の髪がそよぐ。

遠く高く、空を舞う鳥を見上げて、蒼太が目を細めた。

その姿は愛らしく、妖かしとはとても信じられぬ。

髪に見え隠れする鍔さえなければ、役者にでもなれそうな整った顔立ちをしている。

なんとか、この目を返すことはできぬだろうか？

蒼太の目が入ったままの己の左目に、夏野はそっと手をやった。

†

高鳴る胸を抑えて、夏野は千寿堂の暖簾をくぐった。

こんなに早く、夏野が自ら訪れるとは千寿堂は思っていなかったらしい。番頭が夏野の来訪を告げに奥へ消えてすぐに、瑞江と名乗るおかみが慌てて迎え出た。

「まあ、こちらから出向かなければならないところを……ただいま父を呼んで参りますゆえ、どうかこちらでお待ちを」

奥の座敷で茶と茶菓子を振舞われ、四半刻ほども待った後、隠居と思しき男が現れた。

総白髪で、やや肥えた大柄な老人だ。

「……お待たせいたしました。柳井惣助と申します」

穏やかな人懐こい口調で、手をついて慇懃に名乗った。

「黒川夏野と申します」と、夏野も丁寧に頭を下げる。

「……そちらのお子様は？」

「知り合いの子で、蒼太といいます。本日はここまで案内役を買って出てくれました」

「そうですか」

口を開くでも、頭を下げるでもなく、じっと自分を見つめる蒼太を、惣助は不思議そうに眺めたのち、気を取り直したように言った。

「井上さんからお聞きしたところによりますと、どうやらうちの太一郎が、黒川様の弟君やもしれぬとか？」

「ええ。そうであれば、と、切に願っておりまする」

夏野は惣助に、手短に螢太朗が攫われた時のことを話した。

「何か、特徴になるようなものがお判りでしょうか？」

「それが……何分、攫われたのが幼い時であり、目立った傷もなく。首筋と背中に小さな黒子があったくらいでして」

「ほう」と、惣助は相槌を打った。「太一郎も赤子の時は、首にも背中にも黒子があったように思いますが、今はどうだか……それだけではなんとも」

それだけでも、夏野は小躍りしたいくらいだった。

急いてはならぬ、と思いつつも、胸に期待が溢れるのを止められない。

そんな夏野の様子を見て、惣助が微笑んだ。

「ただいま娘が太一郎を呼びに行っておりますでな。今しばらくお待ちあれ」

手持ち無沙汰に茶を含むことしばし。

「ごめんくださいませ」と襖が開いて、瑞江が顔を覗かせた。後ろには、こざっぱりとした格好の子供が控えている。

「太一郎、こちらへ」

呼ばれて太一郎は瑞江と並び、幼いながらに両手をついて頭を下げた。

「太一郎と申します」

子供らしい、高く弾んだ声である。

太一郎が面を上げた時、夏野は思わず息を呑んだ。

まさしく兄の義忠を思わせる顔立ちをしている。

義忠は夏野より一回り年上である。ゆえに夏野は義忠が今の太一郎くらいの——六、七歳の頃を知らぬ。それでも太一郎のそこここに、義忠の面影を見出すことができた。

「螢太……」

夏野の口から嗚咽が漏れた。

「兄にそっくりです。螢太朗に違いありません……」

「まあまあ」

瑞江が貰い泣きしそうな顔で相槌を打った。

「これ太一郎、こちらの黒川様は、もしかしたら、お前の姉君かもしれぬのだぞ」

惣助の言葉に、太一郎はじっと夏野を見つめ、おそるおそる口を開いた。

「姉上……？」

夏野の頬を涙が伝った。赤子だった螢太朗に「姉上」と呼ばれたことはない。

だが今まさに、大きく育った螢太朗が眼前にいて、己を姉と呼んでくれたのだ。

惣助と瑞江の目も潤んでいる。

抱きしめんと立ち上がろうとした夏野を、それまでじっと黙っていた蒼太の手が止めた。

「蒼太？」

夏野の瞳をまっすぐとらえて、蒼太は言った。

「た……ぬ、き」

「狸？」

感動の再会に水を差されたばかりか、弟と思しき子供を「狸」呼ばわりされて、夏野は蒼太を小声でたしなめた。

「これ蒼太。人を狸呼ばわりするものではない」

「たぬ、き。おと……で、な……い」

太一郎を見据えて蒼太は繰り返す。惣助の顔色が変わるのを見て、夏野は慌てた。

「うちの太一郎を狸と申されるか。黒川様、いくらお武家様でも非礼が過ぎましょうぞ」

「すみませぬ」と、夏野は謝った。「まだ物を知らぬ子供なのです」

それから蒼太に向き合うと、財布から金を取り出し握らせた。

「私は今少し柳井殿とお話があるゆえ、蒼太は先に帰るがよい。帰りの舟賃と、ここまで案内してくれたお礼だ。どこかでお饅頭でも買ってお食べ」

「それがいい」と、惣助も賛同した。「他人は交えず、ゆっくり今後のことをお話しいたしましょう。——黒川様のことは心配いらん。こちらでちゃんとお送りするゆえ」

夏野から蒼太に目を移して惣助は言った。

「誰か呼べ。この子を表へ案内させよ」

「な、つ」

尚も夏野に話しかけようとする蒼太を、夏野は急いで遮った。

「蒼太。今日はもうよい。鷺沢殿によろしくお伝えしてくれ」

瑞江に呼ばれた女中が「こちらへ」と、蒼太を手招きしたその瞬間、つぶてが蒼太の手から放たれた。

「うっ」

惣助が呻いて、額を押さえる。

蒼太の投げつけた金が、惣助の眉間に命中したのだ。

「蒼太！」

夏野が呼ぶのも聞かずに、蒼太は女中の横をすり抜け、座敷の外に走り出た。

†

翌日、紀世は夏野に頼まれて、要町の恭一郎の長屋の木戸をくぐった。

手には夏野から言付かった饅頭の包みを抱いている。伴として連れて来た下男は、表通りに待たせてあった。長屋は町では「幽霊長屋」と呼ばれているらしく、紀世が見知っているどの長屋とも違い、家事にいそしむ女や辺りを駆け回る子供たちがいない。ひっそりと陰気な気配に怖気付いた紀世は、下男を表においてきたことを悔やんだ。

夏野に教えられた家の戸を、一度躊躇った後に紀世は叩いた。

が、返事はない。

何やらほっとして、包みを置いて立ち去ろうとした矢先、後ろから声がした。

「何用だ？」

振り向くと、着流しに一刀差した男と、眼帯をかけた子供が歩いて来る。

これが話に聞く「鷺沢殿」と「蒼太」かと、目を凝らしたところへ恭一郎と目が合って、紀世は慌ててうつむいた。

「……紀世と申します。黒川様の遣いで参りました」

「黒川殿の？」

「はい。こちらを、その、蒼太……様に。昨日のお礼だそうです」

「ほう」と、恭一郎は笑った。「礼とは面白い。こいつは随分非礼な真似をしたようなのだが、仕返しの間違いではないか？　まさか毒でも入っているのではあるまいな？」

「黒川様はそんなことといたしません！　非礼なのはあなた様です！」

きっと紀世が睨みつけると、恭一郎は苦笑した。

「冗談だ。許せ」

その穏やかな物言いに、紀世は声を荒らげた己を恥じて、再びうつむく。

「礼を、と言われるのなら、話はうまくまとまったのか？」

「はい」と、紀世は頷いた。「それで黒川様は今朝も早くから、瀬川町へおいでになりました」

「黒川殿から、こいつがしたことを聞いたか？」

恭一郎が顎で蒼太を示すと、蒼太はぷいっとそっぽを向いた。

「もちろんですとも」

じろりと蒼太を見やって、紀世は恭一郎に向き直る。

椎名由岐彦も認める凄腕の剣士と聞いて、もっと居丈高で怜悧な男を想像していた。夏野が、恭一郎の容姿についてほとんど語らなかったこともある。だが実際の恭一郎は、屋敷の女たちが騒がずにいられないような色男だ。

気負いはほぐれたものの、代わりに何やらどぎまぎしてしまう。

「黒川様の弟様を狸呼ばわりしただけでなく、ご隠居の顔に金子を投げつけるとは」

「はっはっは」

笑い飛ばした恭一郎に、紀世はむくれた。

「笑いごとじゃございません。ご隠居は大層ご立腹だったそうです」

「だろうな」と、愉しげに恭一郎が頷く。

「黒川様のお話では、千寿堂では、その太一郎という子供を跡継ぎにするつもりだったらしく、どうもすんなり氷頭に帰していただけないようなのです。それで、黒川様はこれからしばらく、お話し合いをなさるそうです」

「ほう。長男というからには次男もいると思ったが、一人息子であったか」

「いいえ。次男坊もいらっしゃるようですよ。ですから黒川様は、次男坊の方を跡継ぎにしてもらうよう、お願いするつもりだと仰ってました」

「ほう……それは面白い」

にやりとする恭一郎に、紀世は憮然とした。

まったく不謹慎な男だ――

だが飄々として、世慣れた様子の恭一郎には、由岐彦とはまた違った魅力がある。こういった、男を見定める目に関しては、夏野より一枚も二枚も上手の紀世であった。

「草履もお持ちしました」

「草履？」

「昨日、蒼太様は、裸足で飛び出して帰られたとか」

「はは……そうであった。黒川殿がわざわざ持って帰ってくださったのか」

「まったく、笑いごとじゃございませんよ……」

呆れながらも、武家に仕える者として丁寧に暇の挨拶をすると、紀世は踵を返した。

「待たれよ」

恭一郎の声に振り返ると、そのにっこりとした笑顔に、紀世の胸は一つ大きく鳴った。

「これを黒川殿に返してもらえまいか？」

差し出されたのは風呂敷包みの重箱だ。先日、夏野が見舞いの白玉を入れて持って行ったものである。

「ほとんどこいつが食したが、情けで俺もいくつか口にできた。実に美味であった」

「それは……夏野様もお喜びになられましょう」

女中頭の文句を聞き流しながら、台所で楽しげに、一つ一つ手をかけ作っていた夏野を紀世は思い出した。州屋敷には都詰めの夫に伴ってきた奥方や娘たちが少なからずいたが、夏野のような武家の娘を紀世は見たことがない。

――女だてらに剣を嗜み、男の格好をして街をうろつくなど――

――女中に混じって、台所に下りるとは――

夏野への嘲笑や誹謗中傷を聞く度、紀世は歯噛みしたくなる。

「一人で来られたのか？　ならば、駕籠が拾える大通りまでお送りするが」

「あ、いえ……向こうに下男を待たせております」

言いながら、何故か残念な気持ちになった。

†

紀世の姿が見えなくなるや否や、蒼太は包みを破り、饅頭を取り出した。

「こいつめ」と、恭一郎は苦笑する。

腹が減っていたのか、勢いよく飲み込んで喉を詰まらせる。

「んっ」

「莫迦め……」

くすりとすると、恭一郎は蒼太の背中を軽く叩いてやった。

別の包みを開くと、擦り切れかけた蒼太の草履が出てきた。こちらはそっと、土間に揃えて置いてやる。

晃瑠に来て半年。樹海に生まれ、人里を知らなかった蒼太にとって、都はいまだ物珍しさに満ちているようだ。毎日どこかを「探険」しているから草履の消耗が激しい。本人は裸足でも一向に構わぬらしいが、「人の振りをしている」という自覚はあるのだろう。履くこと自体は嫌がらない。ただ昨日は脱兎のごとく千寿堂を飛び出したとあって、草履のことは失念していたようだ。

——昨夜、裸足の蒼太が戻って来たのは、恭一郎が夕餉を済ませた後だった。

勢いで惣助に金を投げつけ走り出たものの、夏野を案じたのだろう。夏野が千寿堂から出て来て、呼ばれた駕籠に乗るまで辺りに潜んでいたそうである。駕籠から降りた夏野が舟に乗った後は、舟と並ぶように堀沿いを走って夏野の帰宅を確かめたという。

酒を飲みながらのんびりしていた恭一郎に、たどたどしく、だが懸命に蒼太は語った。

——たぬ、き——

——狸だと？——

——おと……の、ふ、り——

——成程——

夏野には通じなかったようだが、恭一郎はすぐに解した。

——千寿堂は、太一郎に弟の振りをさせているのか……——

にっこり笑ってから、恭一郎は付け足した。

——覚えていたのだな——

つい先日、狸寝入りを「寝た振り」だと教えたのを、蒼太は勝手に解釈したらしい。

使い方は間違っているが……と内心つぶやきながら、恭一郎は飲みかけの杯を口にした。

夏野に話を聞いてもらえなかったばかりか、「物を知らぬ」子供扱いされて蒼太はむくれていた。だが恭一郎に話が通じたことで、少しは気が紛れたようだ。恭一郎が残していた夕餉を腹に入れると、さっさと掻巻に包まって眠りに就いた。距離はともかく、夏野に知られぬよう、こっそり尾行するのに疲労したようだ。

——表はまだ明るい。

酒瓶と杯を手にすると、ごろりと横になって、今日も恭一郎は飲み始めた。

「さて……」

饅頭を頬張る蒼太を見上げながら、恭一郎は訊ねた。

「旨いか？」

「……うま、い」

「黒川殿からの礼の品だぞ」

名を聞いて、昨日の夏野の仕打ちを思い出したのか、蒼太は口を曲げた。

「そうむくれるな」と、恭一郎は口角を上げた。「妖かしだと知っていても、黒川殿にはまだ、お前が見た目通りの子供にしか見えていないのだ。人の多くはそういうものよ。目に見えるものだけが、真実ではないものを……」

横になって酒を愉しんでいる恭一郎に、蒼太は非難がましい視線を向けた。

「きょ、う」

「うん？」

「きょう、か、なつ……いう」

「俺から黒川殿に進言しろとな？」

こくり、と重々しく頷く蒼太に、恭一郎は多少の揶揄(やゆ)を込めて問うた。

「何故だ？ お前の言うことを聞かなかった黒川殿など、放っておけばよいではないか。そもそも黒川殿は、間違えたとはいえお前を斬った人間だぞ？」

「……」

恭一郎の問いに、蒼太は饅頭を片手に考え込んだが、すぐに口を開いた。

「なつ、の。おれ、の、め、み……た」

「そう言っていたな。お前が赤子を喰らうところが見えた、と」

「……なか、ま、たべ、た」

「とすると、黒川殿が見たものは、伊紗とやらが見せた幻影ではなく、お前の目が見せた、お前の過去か」

蒼太にとってはあまり思い出したくない記憶だ。目を伏せて、蒼太は小さく頷いた。

「な、つ……い、た。め……かえ、す」

「返してくれると言ったのか。まあ、黒川殿には無用のものだしな。それにしても、妖魔の目を己の中に取り込んでしまうとは……黒川殿は、随分妖魔と相性が良いらしい。しかし、そう容易(たやす)く取り出せるものなのか？」

一口に「目」といっても、目玉そのものではない。その証(あかし)に蒼太の目玉は減っておらず、夏野の目玉も増えていない。また、目玉を奪われたのであれば、とうに再生している筈だった。恭一郎が見つけた角と違って、夏野が開けた竹筒には蒼太の視力を封じた玉——のようなもの——が入っていたらしい。視力のみとて、奪われたものなら奪い返せることだろう。だが、罰として封じられたものなれば、奪い返すにもそれなりの技なり術なりを持つ者が入り用らしい。

好奇心を交えて恭一郎が問うと、蒼太はきょとんとして応えた。

「ま……っ」

「待つだけでよいのか？　まあ、封印は既に解けておるしな」

「なつ……し……ぬ」

今度は恭一郎が唖然とした。が、一瞬ののち破顔する。

「気の長い話だ」

蒼太曰く、夏野が「返す」と言ってくれたので、夏野が死ぬと同時に「目」は自然と蒼太に戻ってくるという。人を好かぬ妖魔でありながら、目を取り戻すために夏野を殺すという発想は蒼太にはないようだ。

蒼太にとって夏野は、己を斬った無頼ではなく、目を取り戻してくれた恩人らしい。少なからずその恩義に応えようと、弟探しに助力したところ、当の夏野があっさり偽者に騙されてしまったために憤慨しているのだった。

「きょう……い、う」と、蒼太は繰り返した。

「ふむ。俺から言ってみてもよいが、はたして黒川殿は信じるかな？」

からかい交じりに問うと、蒼太はむっとした。

「おと……と、ち……か、う」

「判っている。俺はお前を信じるさ」

山幽の妖力とはまた別に、蒼太は「第六感」ともいうべき、「見抜く力」を備えているようである。蒼太が時折予知めいた夢を見ることも、それがよく当たることも知っている恭一郎には、蒼太を疑う方が難しい。

「だが言ったろう？　人の多くは、言葉よりも、心よりも、目に見えるものを信じてしまうものなのだ。また人は往々にして、真実よりも、信じたいものを、無理にでも見出そうとしてしまうものなのだ」

「……」

「黒川殿が即座に騙されてしまうくらいだ。千寿堂の太一郎は余程弟御に似ているのだろう。もとより黒川殿には、己の過失で弟御を攫われたという自責の念が強い。五年もずっと探してきたのだ。この度、弟御が見つかったという喜びはひとしおであろう。さすればもはや、本物か否やは問題ではないのやもしれぬ……」

ふと蒼太を見やって、恭一郎は口をつぐんだ。

眉根（まゆね）を寄せて、唇を嚙みしめている。恭一郎の言うことがよく理解できず、また理解できぬ己に立腹しているのだ。

「すまぬ。つまりだな……いや、俺はどうも黒川殿を見くびっているようだ。あの娘、腕はまだまだだが、心はまっすぐな剣士だ。なればこそ、どんな始末になろうとも、真実を選ぶ強さを持ち合わせているやもしれん。――よし、折を見て俺から話してみよう。信じる信じないは黒川殿の自由だ」

半分も解しておらぬだろうが、恭一郎が夏野に伝えるということは理解できたようである。やや安堵の表情を浮かべた蒼太に恭一郎は微笑んで、蒼太の口の端についた饅頭のくずを指で拭(ぬぐ)ってやった。

「それにしても、お前も今少し人の言葉を操れるようになるといいのだが……どうだ、蒼太？　しばらく樋口様のもとに通ってみぬか？」

宮司の名を聞いて、蒼太の目が輝いた。

「ん」

喜び勇んで頷く蒼太に、恭一郎は顔をほころばせた。

「なんだ。そうであったか。すまぬな。もっと早く都合してやればよかった。早速、宮司様に話してみよう。馨も喜ぶだろう」

「ん」

恭一郎の知る限り、他の者の前では見せたことのない満面の笑みを浮かべて、蒼太は再び頷いた。

ようやく機嫌も直ったようだ。

「そろそろ腹が減ったな……」

つぶやく恭一郎に、蒼太が饅頭を差し出した。

包みに八つ入っていた饅頭は、既に半分が蒼太の腹の中だ。

「くれるのか？」

「ん」

「太っ腹だな」

蒼太の、甘い物に対する執着心を知っているだけに、恭一郎はからかった。

「酒に饅頭とは、我ながら呆れる悪食よ……」

饅頭片手に、恭一郎は酒を注ぎ足した。

第五章
Chapter 5

夏野は浮かれていた。

無理もない。

この五年間、ずっと自責の念を抱えて生きてきたのだ。

夏野が螢太朗を思わぬ日は、一日たりとてなかった。

螢太朗に再会して三日目、夏野は千寿堂の許しを得て、螢太朗を外へ連れ出した。都に不慣れな夏野のためにと、千寿堂が下男を伴につけてくれる。

表店（おもてだな）を覗（のぞ）きながら、螢太朗と手をつないで通りを歩く。ただこれだけでも、夏野の胸を熱くするには充分だった。

玩具（おもちゃ）屋で螢太朗が見とれた玩具を買ってやり、呉服屋で新しい着物を注文した。

茶屋では、縁台に姉弟（きょうだい）で並んで座って団子を食べる。

口いっぱいに団子を頬張（ほおば）る螢太朗を見て、夏野はちらりと蒼太を思い出した。

「螢太」

もぐもぐと口を動かしながら、螢太朗は応（こた）えない。

「螢太朗」

もう一度呼ぶと、ようやく顔を上げて夏野を見た。太一郎として育てられたがゆえに、まだ「螢太朗」という名前に慣れていないのだ。勝手に合点すると、夏野は螢太朗の頭を撫でた。螢太朗は嬉しげに微笑んで、再び団子に夢中になる。

——三日前、夏野が螢太朗との再会を告げると、由岐彦は珍しく驚きを露わにした。その前日に恭一郎から知らせがあった時には、「過度に期待せぬように」とそっけなかっただけに、夏野は何やら由岐彦の鼻を明かしたような気持ちになった。

螢太朗が攫われた日、夕刻に女中の春江と帰って来た母親のいすゞは、夏野を責めなかった。驚きはしたものの取り乱すことはなく、「後は父上にお任せしなさい」と、泣き叫ぶ夏野を反対に慰めた。

知らせを受けた父親の慶介は激昂し、四方八方に捜索の手を送ったが、螢太朗を見つけることはできなかった。金目当ての拐かしという見方が多かったにもかかわらず、身代金が要求されることもなかった。

のちにいすゞや慶介を始め、大人たちは皆、夏野を諭したものだ。

「お前のせいではない」「もう、諦めよ」、と。

責を問われぬことがまた、夏野には苦しかった。

夏野は諦めなかった。

大人たちは人買いにでも攫われたのだろうと噂したが、夏野は密かに、子宝に恵まれなかった者の仕業ではないかと思っていた。

見ず知らずの他人とでも、螢太朗が達者に暮らしていると信じていた。

そう信じなければ——やりきれなかった。

螢太朗がどのようないきさつで、猪崎村に置き去りにされたのかは知る由もない。だが、螢太朗は運が良かった。置き去りにされた先でも、千寿堂の親類に拾われ、当時子供のいなかった千寿堂へ、望まれて養子に入ることができたのだ。

こうして再会できた喜びは大きいが、その陰で昨年亡くなった父親のことが悔やまれる。肝臓を病んで亡くなった慶介だが、今思えば螢太朗が攫われた頃から、徐々に精気を失っていったような気がした。

父上が生きていらしたら、どんなに喜んでくれたことか……

——うちはこれでも、ちょいと名の知られた店なのですよ——

そう、惣助は心持ち自慢げに胸を張った。

——それはよかった……——

それはつまり、螢太朗が何不自由なく暮らしてきたという証だと、夏野は目頭を熱くしたものだ。

この二晩、夕餉の折に夏野の語る話を聞きながらも、由岐彦の顔は硬い。それとない相槌はあるものの、いまだすっかり信じてはいないようだ。

会えばきっと判ってくださる——

由岐彦の都合がつかず、まだ螢太朗を州屋敷に連れて来ることは叶っていない。だが、一両日中には、と由岐彦に言われているからには、そう待たずに済むことだろう。

蒼太と違って、人の子で、蒼太よりも幼い螢太朗は、一刻も連れ歩くと疲れを顔に出した。「背負いましょう」という下男の申し出を断って、夏野は自ら螢太朗を背負って、千寿堂へと戻った。

千寿堂で茶を振舞ってもらい、ゆるりと州屋敷へ帰ると、紀世が迎え出た。

兄の義忠から颯が届いたそうである。

螢太朗に再会したその日、興奮冷めやらぬうちに義忠に颯を飛ばした夏野は、急いで部屋へ向かった。

文を開いて読み進むうちに、夏野は徐々に眉根を寄せた。文には、「他人の空似であろう。早まるな」というようなことが、短く記されているのみだった。

「まったく腹が立ちます。はなから信じていないのですから」

夕餉の席で漏らした夏野に、由岐彦は苦笑を浮かべた。

「信じろという方が難しい。実のところ、私もにわかには信じられぬ」

「ですから、早くご相見願いたいのです。太一郎は螢太朗に間違いありません」

「間違いない……か。二、三日のうちには段取りをつけよう」

「昨日もそう申されました」

「そうだったな。すまぬ。今、政務が少し立て込んでおるのだ」

「判っております。ただの愚痴でございます。兄上があまりにも冷たいので」

拗ねる夏野へ、由岐彦は温かい目を向けた。

「兄上があんな調子では、柳井殿がますます頑なになります」

「千寿堂は、螢太朗を氷頭に帰したくないのであったな？」

「はい。一度は跡継ぎにまでしようとした子ゆえ、叶うなら晃瑠の屋敷内に留め置き願いたいと。そしてたまさかには、千寿堂を訪ねるのを許して欲しい、と」

「ふむ」

「五年も家族として暮らしてきたのです。気持ちは判らないでもないのですが、私は一刻も早く、母上のもとに螢太を連れて帰りたいのです。黒川家は螢太朗が継ぐのですから」

「ふむ」

「ですから、まずは由岐彦殿にご相見いただき、お墨付きをもらいたいのです。兄も由岐彦殿の言葉なら信じてくださいましょう。兄には、支度金も都合してもらわねばなりませんし……」

「支度金？」

眉をひそめた由岐彦へ、夏野は言葉を濁した。

「ええ……武家へ戻しても恥ずかしくないよう、螢太朗の身の回りを整えたいと……」

昨日はやんわり、今日ははっきりと、惣助は支度金について押してきた。

螢太朗を黒川家に返すにあたって、相応の支度を整えたいのだが、ただいま手元にまとまった金がない。ゆえに、今しばらくお待ちいただきたい──と言うのである。

初めのうちは「支度など無用です。身一つでも、今すぐにでも、引き取りたいくらいです」と、正直に打ち明けた夏野も、「そんな訳には参りませぬ」「町人として育ちましたから、無作法なところもありますし」などと、幾度か言われて合点した。

「──態のいい礼金だな」

侮蔑の色を浮かべて由岐彦は言った。

「千寿堂ほどの大店に、まとまった金がない筈がなかろう」

「ですがその……商いというのは、お金が右から左に流れていくそうで……」

「千寿堂の受け売りか？　らしからぬな、夏野殿」

ずばり言われて、夏野はついうつむいた。

夏野とて、ただの剣術莫迦ではない。兄の影響もあって少しは政治に通じており、世の中がけして綺麗ごとだけでは成り立たぬことも承知している。金の重要さも、賄賂や駆け引きといったものも理解しているつもりだが、惣助の口から「支度金」などという見え透いた金を要求された時は、やはり落胆せずにはいられなかった。

これが裏長屋の夫婦であったら、夏野はおそらく、こちらから礼金のことを口にしたことだろう。どのみち相応の「御礼」は渡すつもりでいたものの、店の造りも豪奢な千寿堂の隠居に、かくも早急に言われたから余計に気に障ったのだ。

「礼金でもよいのです。螢太朗を育ててもらったのですから……」

惣助という男は、根っからの商人なのだと、夏野は己に言い聞かせた。

「柳井か。――狸め」

由岐彦の言葉に夏野ははっとして、それから微笑んだ。

成程。蒼太が狸と呼んだのは、螢太朗ではなく、柳井殿のことだったのやもしれぬ。なればこそ蒼太は、柳井殿に金子を投げつけたのではなかろうか……？

怪訝な顔をした由岐彦に、夏野は蒼太のしたことを語った。あの日は螢太朗に再会できた喜びで、蒼太の無礼な振る舞いは由岐彦には伝えていなかったのだ。

「ほう。鷺沢の子だけはある。なかなかの慧眼ではないか」

「それが、蒼太は鷺沢殿のお子ではなく……ご親類のお子だそうです」

「親類とな。あの男にまだ、そんな付き合いをしている親類があったのか。それにしても、夏野殿を案内したというのなら、先だっての怪我も大したものではなかったのだな」

「……はい。血が出たので、あの時はただ驚いてしまって……実は傷は浅く、もうほとんど癒えた様子でした」

そう、夏野は慎重に誤魔化した。話の矛先を変えるべく、反対に由岐彦に問うてみる。

「鷺沢殿のお家をご存じなのですか？」

「鷺沢が明かしていないのを、私から言うのもなんだが」と、由岐彦は躊躇ったが、「都で腕のある剣士なら誰でも知っていることだから、構わぬだろう」と、続けた。

恭一郎は庶子だが、代々安良国の大老を務めてきた神月本家の現当主・神月人見の第一子だという。

「庶子といえども、当時は本家嫡子がいなかったため、一時は、鷺沢が神月家を継ぐといわれていたのだ」

「神月家を……！」

　由岐彦の言葉に、夏野は驚きを隠せなかった。

　国の始めより安良と共にあり、安良を内乱や妖魔から護り通してきた、由緒ある武家の筆頭が神月家である。

　国史に最も早く登場する豪族の名も神月だ。国史にはしかとは記されておらぬが、古伝によれば、初代安良はその昔、今の那岐州府・神里で生まれ育ち、のちに神月家となった地方豪族によって見出されたといわれている。

　赤子や幼子を除いて、この国で神月の名を知らぬ者はいないだろう。

　夏野の兄の卯月義忠は州司として氷頭州の執政を預かっているが、州司より身分が高く四都をそれぞれまとめる者が閣老だ。四人の閣老の更に上に立ち、国で唯一、安良との単独接見が許されている者が大老である。

　神月家の分家筋は多岐に渡り、東都には名高い神月剣術道場もある。晃瑠の閣老・神月仁史はいうに及ばず、北都・維那の閣老を務める高梁家も神月家に縁のある家柄だ。神月本家の当主ともなれば、そこらの民には安良と変わらぬ雲の上の存在である。

　呆然としている夏野をよそに、由岐彦は語った。

「妾腹といえども、鷺沢が生まれた時、大老はまだ家督を継ぐ前の若者だった。間違っても身分違いの鷺沢の母親を娶らせてはならぬと、鷺沢の誕生と前後して、分家の娘を無理矢理正室にしたと聞いている。鷺沢が十五で元服を済ませたのち、大老は御廉中様と随分揉めたらしい。鷺沢を神月家に入れるかどうかでな……鷺沢は既に侃士であったから、庶子でも武家の名分は充分に立つ。ただ、御廉中様がどうしても首を縦に振らなかった。甥御を養子にしようとまでされたそうだ。そうこうするうちに鷺沢は十八になり、御廉中様が嫡男の一葉様をお産みになった」

夏野のような小娘にも周知されている大老の跡継ぎ・神月一葉は、夏野より三つ年下で、まだ元服も経ていない少年である。

「それは……」

若かりし恭一郎の心情を思い、夏野は眉をひそめた。正妻の執念が一人の少年の運命を大きく変えたといっていい。のちの大老だったやもしれぬ恭一郎は今、裏長屋に住み、高利貸の取立人をしているのだ。

「当の鷺沢は、さほど意に介していなかったが」

夏野の顔から察したのか、由岐彦が言った。

「えっ？」

「あなたも間近で見たから判っただろうが、鷺沢には天賦の剣の才がある。私が知る限り、あの男が神月家に執着したことはない。鷺沢は若いうちから、剣に生きることを望んでいた。また、そうすべき才の持ち主なのだ。晃瑠であの男に敵う者はおるまいよ。いや、安良中探してもおらぬやもしれぬ」

「ですが、鷺沢殿は……」

恭一郎が由岐彦の腕前を称えたことを夏野が告げると、由岐彦の口元は自嘲に歪んだ。

「嫌みな男だ」

†

――由岐彦が初めて恭一郎を見たのは、十二年前の春であった。

由岐彦は十七歳になったばかりだった。

その年の御前仕合には、氷頭州の代表として黒川道場の須藤六郎が選ばれた。須藤とその師・黒川弥一の近習として、東都への伴を許されたのが由岐彦だった。

初めての都入りに加え、「安良様」を垣間見ることもあろうかと、由岐彦は弥一の隣りで、戦う須藤よりも緊張していた。

「御前」に入れるのは、審判五人に仕合をする剣士二人と、二人ずつの付き人の計十一人のみ。並の勝ち抜き仕合ではなく、強豪同士が当たった時には、審判の厳正なる協議のもとに、負けた剣士に次の仕合が許されることもある。

仕合がない日や、負けた後は登城しなくてもよいのだが、他者の仕合が気になるのだろう。代表剣士のほとんどが、連日、控えの間に揃っていた。

須藤は当時二十八歳。五尺九寸と背は高く、身体つきもがっちりしている方であったが、周りも皆、隆々たる体躯の剣士ばかりだ。付き人には恩師や州の要人が多く、由岐彦のような少年は稀であった。

「控えの間」は二間続きの大部屋が三つ。部屋は決まっておらず、出入りも自由だ。ちょっとした膳に茶と酒も振舞われるが、口にする者は少ない。仕合の前には、「支度の間」と呼ばれる二つの小部屋に双方の剣士が案内される。

仕合が一つ終わる度に、遣いの者が控えの間を訪れ、勝敗のみを告げて回る。仕合の様子や太刀筋、決め手を語るのは、主に勝った剣士の付き人たちだった。

須藤は二仕合に勝ち、三仕合目にして晃瑠の神月道場の稲垣信之介に敗れた。

この稲垣の付き人の一人が、恭一郎であった。

須藤と稲垣の仕合を見た時にはただの付き人だと思っていた恭一郎が、実は稲垣に勝る腕前だと由岐彦が知ったのは、稲垣が御前仕合を勝ち抜き、めでたく安良一の冠を賜ったその翌日だった。

稲垣が恭一郎に、真剣勝負を申し込んだのだ。

神月道場と同じ一刀流の流れを汲む弥一は、神月道場の主・神月彬哉に見込まれて、この勝負の立会いを頼まれた。

「この勝負、お前も見ておくがよい」

そう言って、弥一は須藤ではなく、由岐彦を伴にする許しを彬哉から得た。

「なれど、安良一の剣士が同じ門人、しかもずっと年下の者に真剣勝負を挑むなど……」

態のいい嬲り殺しではないか、と由岐彦は顔をしかめた。

「それが、神月殿の出した条件だったそうじゃ」

「なんと？」

神月彬哉曰く、今年十九歳の鷺沢恭一郎は、幼い頃から剣術の成長目覚ましく、十四歳にして侃士、十七歳にして免許皆伝と、道場には既に敵う者がいないという。妾腹とはいえ神月家の縁者ゆえ金には困っておらず、立身出世にも興味がない。ゆえに道場一、ひいては晃瑠で一番の剣士と噂されながらも御前仕合は辞退した。

「それが稲垣には面白くなかったようじゃ。木刀を用いた仕合で鷺沢に敗れ、その鷺沢が辞退するというので代表になり……真剣ならば負けぬと息巻くのを、神月殿がなだめたという話じゃ」

真剣でも構わぬと、淡々と応じた恭一郎をたしなめ、御前仕合で安良一の冠を賜れば、鷺沢との真剣勝負を認めよう――そう、彬哉は稲垣に約束したのだった。

勝負は長くはなかった。

互いに二間の間合いを保ち、睨み合うこと四半刻。

正眼に構えた稲垣の刃がふっと揺れ、渾身の一刀が繰り出されたと同時に、疾風のごとく間合いを駆け抜け、恭一郎の刀が稲垣の胴を払っていた。

傷は深かったが、稲垣は一命を取り留めた。

が、回復した後にも、再び剣を取ろうとはしなかったという。

一方恭一郎は「修業のため」と彬哉に暇を乞い、晃瑠を出て西へと旅立って行った。もともと、そういう取り決めだったのだと、彬哉はのちに氷頭州を訪ねて来た折に、黒川道場で弥一に語った。

「本家で跡取りも生まれましたゆえ……」

恭一郎が暇乞いを切り出したのは昨年のことで、一葉が生まれた後だった。だが、それ以前——免許皆伝に至った一昨年から折々に「都は退屈だ」とのたまっていたという。

嫡男誕生により晃瑠を「追い出された」のではないかと邪推する者もいたようだが、彬哉曰く、一葉の誕生を恭一郎は誰よりも喜んでいた。

「あの者はもとより流派にこだわらず、強い者と戦い、好きな剣術を極めたいと望んでいたのです」と、彬哉は寂しげに笑った。「本家の当主になれずとも、私の養子として神月家に入り、ゆくゆくは道場を継いでくれぬかと思っていたものですが……なかなか思うようにはならぬものですな」

「まことに……」

彬哉と弥一が、酒を酌み交わし、語らうのを聞きながら、傍らに控えていた由岐彦は思い出していた。

「風のごとく」

恭一郎の剣を見た者の多くが、そう評していた。

時に、ふわりと柔らかく。

時に、鎌鼬のように鋭く。

剣の重さを物ともせず、しなやかに繰り出される太刀は僅かな隙も見逃さぬ。それでいて、激しさよりも静けさが際立つ。

由岐彦が見た恭一郎の剣は、既に一刀流を超えたものだった。

才能の違いがそこにはあった。

あれだけの天分の才を持つ者が、更に剣を極めようとしている。

そう思っただけで、いてもたってもいられない。

前にも増して、由岐彦は稽古に打ち込むようになった。

いつか、一手交えてみたい。

心底に燻るその思いが、由岐彦を氷頭州屈指の剣士に育てたといってもいい。

†

「――当時、晃瑠では随分噂になったそうだ。御前仕合で安良一となった剣士が、同門の若輩に斬られたというのでな……」

酒のみを残して夕餉の膳を下げさせた由岐彦が、杯からゆっくりと酒を飲む。

「鷺沢も数年は斎佳を本拠に諸国を旅して、剣の腕を磨いていた。だが、ある事件がもととなり、神月家から遠ざけられた」

「ある事件とは……？」

おずおずと夏野は問うた。

「ある男と斎佳の居酒屋で口論になり、相手の腕を斬り落としたのだ」

「居酒屋で？」

「斬った相手が悪かった。神月家には劣るが、斎佳の閣老、西原家に縁のある村瀬家の者だった。噂では、ある女のことで言い争いになり、表に出たと同時に鷺沢が斬り放ったとか。これは私には信じられぬ。先に手を出したのは村瀬に違いない。鷺沢の剣は速過ぎたのだろう。村瀬が抜くと同時に斬ったのであれば合点がいく。現にそういった証言もなくはなかった。だが、問題はそんなことではない。安良一の剣士を破った者が、往来で一介の侍を斬るなぞ、剣士の風上にもおけぬと西原は言い張った」

「そんな」

「西原家は神月家を目の仇にしておるからな」

学問所で習った国史が思い出された。

五百六十年ほど前、神月本家が跡継ぎに恵まれなかった隙に、西原家が大老の座を奪い、国政を掌握したことがあった。

しかし、西原が東都で栄華を極めたのはほんの二十年余りだった。

西原が大老となった翌年に、まだ三十四歳だった十二代安良が身罷ったのだ。

七年後に十三代安良が現れたが、その七年間に、妖魔たちは当時の結界を破るすべを見つけたようだ。安良の不在中、いくつもの村や町が襲われ、西原は打つ手に窮していた。

十三代安良が現れ、人々の心に希望の灯火が宿ったのも束の間、十三代目はあろうことか、九歳の若さで身罷った。

訃報は人々に、西原への不信の念を植え付けた。

その一方で、建国にまつわる古伝の信憑性が増していった。

言い伝えはまことであったと、囁く声が広まった。

――現人神として、安良様を初めて拝顔したのは神月家の者に違いない――

――神月家は建国よりこのかた、ずっと安良様を護り通してきた――

ゆえに神月こそが、安良様の傍らにあるべきなのだ、と。

続く十四代安良は十二年間現れず、その間に西原は大老を解かれ、主権は再び神月家に戻った。

その後、西原家はもと通り、斎佳の閣老として権力を振るってきたが、今日でも神月家への対抗心を隠さない。家中では、十三代安良は、神月家が謀殺したのではないかと言ってはばからぬ者もいるという。

由岐彦が言うような事件があれば、西原家がつけ込まない筈がなかった。

「西原の言い分も判らぬでもない。鷺沢ほどの腕があれば、峰打ちに仕留めることもできただろうからな」

夏野はそっと右腕を押さえた。由岐彦の疑問はもっともだ。

「女が事由ということ自体、信じられぬ話だが、鷺沢は余程、騒ぎのもとになった女に執心していたものとみえる。言い争いになったのも、勢い余って斬ってしまったのも、その女への想いゆえではなかろうか」

一体、どんな女性だったのだろう？　と、夏野はふと思った。

「一族から勘当同然になったのち、鷺沢は女を連れて斎佳を出たと聞いた。その後、どのような道を経て、晃瑠に戻って来たのか私は知らぬ。柿崎道場に顔を出すようになったのは、三年ほど前からだ」

どのような方だったのだろう？　と、再び夏野は思いを巡らせた。

あの鷺沢殿が執心したという女性とは？

そして、その方は今どこに？

†

黙ってしまった夏野を見ながら、由岐彦は少しばかり不安に駆られた。

他の者には少年に見えたとしても、幼い頃から夏野を知っている由岐彦には、年毎に夏野が女らしくなっていくように思える。一回りも歳が違うゆえに自重してきたが、由岐彦はゆくゆくは夏野を貰い受けるつもりで、義忠もそれは承知している。

夏野にはまだ早いと、今は兄のように接しているが、男としてはともかく、剣士としての恭一郎に心服している様子の夏野が、由岐彦には面白くない。

「螢太朗のことだが……」

恭一郎から話をそらそうと、由岐彦は切り出した。

「日を詰めさせよう。細かい話は、会ってからだ」

「ありがとうございます」

すかさず夏野が頭を下げた。

ほどなくして上げた顔に浮かんだ、こぼれんばかりの笑顔が眩しい。

ちくりと、由岐彦は胸に微かな痛みを覚えた。

†

由岐彦が後ろめたさを酒で洗い流そうとしていたのと、同じ頃。

一人の女が、純真無垢な赤子の血で、穢れた身を清めようとしていた。

女は晃瑠の外れ——都の北東に位置する娑名女町の武家屋敷で暮らしている。

屋敷は小さくも豪奢な造りであった。

屋敷で寝起きしているのは、女の他、下男と女中が一人ずつ。

毎日のように一人の男が訪れるが、男の住まいは別にあった。

女中の用意した夕餉をろくに食べずに下げさせて、女は眼前の皿をうっとりと眺めた。

手酌で徳利から杯に注いだものは、行灯の灯りのもとでもどす黒い。

杯を飲み干して、どろりと底に残ったそれを、女は舌を出して丁寧に舐め取った。

それから行儀良く箸を上げると、皿の上のものを一切れ、口にする。

刺身ほどの大きさだが、色や形からして魚ではない。

それは薄く切り刻まれた、小さな心臓であった。

血みどろで火も通されていないそれを、女はゆっくりと食んで飲み下す。

皿を持ち上げ、箸を操る様子は、躾の行き届いた良家の息女、はたまた、若き奥方が晩酌のひとときを楽しんでいるように見えなくもない。

――部屋に漂う、紛れもない血の臭いさえなければ。

同じ部屋で、女の所作を見守っていた男が口を開いた。

「永華」

「……満足か？」

男を見やって、女は優艶な笑みを浮かべる。

「はい。――ただ、欲を申せば、いま少し幼き方が」

「無理を申すな」

「ですが、人は幼ければ幼いほど無垢なもの。この身を清め、若さを保つためには、無垢な供物が入り用なのです。子供より赤子。それも生まれ落ちたばかりの赤子、いいえ、まだ生まれぬ前の赤子であれば、尚よろしゅうございます」

男は女に悟られぬように、小さく溜息をつく。

最後の一切れを飲み込んで箸を下ろすと、女は懐紙でそっと口の端を拭った。

「これでまたしばらく、凌ぐことができます」

「永華」

折敷を端に押しやり、女はまたしても艶やかな笑みをこぼした。

「いかがでしょうか？」

問いながら、その抜けるように白い手を男に差し出す。

女の手を取った男は、しばし躊躇い、やがて諦めたように目を閉じた。手を手繰り、女に吸い寄せられるように身を寄せる。

甲を食むように唇で嬲ると、女が甘い溜息を漏らした。

それが合図であったかのごとく、男は女を抱きすくめて胸乳を押し開く。

永華の名にふさわしい、老いをしらぬ肌に男が高まる。

男の指が乳首に触れると、女はこらえきれぬように、大きく喘いだ。

「ああ」

裾をめくり、露わになった太腿に、男の膝が割って入る。

女は双手を伸ばし、男を抱きしめた。

「ああ……恭一郎様……」

†

いつも通り、帰路に香具山橋で蒼太と落ち合った恭一郎を、袂で一人の男が呼び止めた。

「鷺沢様。鷺沢恭一郎様でございますね？」

礼儀正しい初老の男は、氷頭州の州屋敷に勤める下男で為蔵と名乗り、近くの小料理屋の座敷へと恭一郎を案内した。

通された座敷では、見知った男が待っていた。

畳に置かれた文を一瞥して、恭一郎はにやりとした。

「迅速だな、椎名」

「厄介事には先手を打ちたい性分でな」

文は、恭一郎が夏野に宛ててしたためたものである。下手に勘繰られぬよう、夏野が世話になっているという由岐彦の名を表には記しておいた。

由岐彦と向かい合って座ると、恭一郎は躊躇う蒼太を手招いた。

「さて……」

くつろいだ恭一郎とは対照的に、由岐彦は仏頂面のままだ。

御前仕合、そして稲垣との真剣勝負と、恭一郎は十代で東都を発つ前に二度、由岐彦に会っている。また、三年ほど前に恭一郎が晃瑠に戻って来てからも二度、柿崎道場を訪れた由岐彦と顔を合わせていた。

剣は交えていない。

二度とも由岐彦は稽古を眺め、柿崎と短い雑談を交わして帰って行った。

十代の時はただの剣士だった由岐彦が、家督を継ぎ、今では氷頭州の州司代を務めるまでになったことは、恭一郎も聞き及んでいた。剣士として道場で束の間語らうならまだしも、このような場所で浪人と面と向かうことはまずない身分だ。

だが剣は交えておらずとも、腕を認め合う剣士二人である。出会った頃の気安さも残っていて、年月を経て再会した後も互いに砕けた物言いを改めていない。

「……まずは酒をもらおうか。すまぬが、こいつにも何か食わせてやってくれ」

「もちろんだ。為蔵」

伴の為蔵が頷き、座敷を出て行く。

「その子が話に聞く、おぬしの……」

「俺の子ではないぞ。遠縁の子を引き取ったのだ」

先回りして言った恭一郎に、眉一つ動かさず由岐彦が応える。

「……傷は癒えたようだな」

「ああ」

恭一郎の斜め後ろから、蒼太が由岐彦を盗み見る。

「名を、蒼太といったか？」

「うむ。挨拶は勘弁してやってくれ。人見知りなのだ」

「構わぬ」

酒が運ばれて来た。

酒を飲まぬ蒼太の前には、飯膳が置かれる。いつもの一汁一菜とは比べものにならぬ色とりどりの膳に、蒼太が目を見張った。恭一郎が頷くのを見て、そっと箸を上げる。

為蔵は席を外したまま帰って来ない。

向かい合った恭一郎たちはまず、無言で最初の杯を飲み干した。

空になった杯に、これまた無言でおのおの手酌する。

「……文にあった、螢太朗について疑わしきこととは一体なんぞ？」

《弟御の身元についていささか不審に思うゆえ、千寿堂の言い分を鵜呑(うの)みにするなかれ。柿崎道場に来らるることあらば、一声かけていただきたい》

文には、そのようなことを短くしたためただけであった。

「黒川殿は文を？」

「まだ目にしておらぬ」

苦々しさをうっすら交えて、由岐彦は言った。

「ということは、千寿堂の子をまだ」

「弟だと信じ切っておる」

端正な顔に憂いを浮かべた由岐彦を、からかうように恭一郎は口角を上げた。

「それは難儀だな」

「まったくだ」

「ということは、おぬしは信じておらぬのだな？」

「昨日、千寿堂に会った。あれは……螢太朗ではない」

「何故(なぜ)そう言い切れる？　黒川殿曰く、兄君が幼少の頃にそっくりだとか」

「そこからしておかしいではないか。螢太朗は夏野殿と同じく腹違いだ。義忠と瓜二(うりふた)つなどとはありえぬ」

「なれば、おぬしからそう説得してみてはどうだ？」

「それができれば、わざわざおぬしに会いに出向いて来たりはせん」

杯をあおって、由岐彦は口を結んだ。

「それもそうだな」と、恭一郎は遠慮なく笑った。

「……おぬしが疑う理由を聞かせてもらおうか？」

「理由か……残念ながら、おぬしが求めているような証はない。ただ、こいつが珍しく頑固に言い張るのでな。それに、俺にも思うところがなくもない」

言いながら、恭一郎は蒼太を見やった。いまだ慣れぬ箸を駆使して煮魚を取り上げようとしているものの、大き過ぎるそれはつるりと蒼太の箸から逃れていく。横から手を出して箸を取り上げると、挟みやすいようにほぐしてやった。

何やら奇異なものを見るように、その様子を窺っていた由岐彦が口を開いた。

「その子は柳井を狸と呼んだそうだな？」

「ああ。まあ、そいつは誤解だが、こいつは人見知りな分、人を見る目があるのだ」

「そのようだ。柳井はまこと、狸のような男であった」

「そうか」

「……なんとか、化けの皮を剝いでやりたいところだが」

新たに注いだ杯を上げながら、恭一郎は由岐彦を見た。

「……教えてやったらどうだ？」

「うん？」

「本当のところを、黒川殿に告げてみてはどうだ？」

「本当のところ、とは？」

「おぬしは知っているのだろう？」

「何を言っているのか判らぬ」

「そうか？　ならば俺の推し当てを、黒川殿に伝えても構わぬか？」

「……物事には、時機というものがある」

由岐彦の瞳に迷いが揺らぐ。

杯をゆっくりと飲み干し、恭一郎はにやりとした。

「ならば、せいぜいその時機とやらを誤るでないぞ」

一心不乱に箸を動かしていた蒼太がふと顔を上げ、黙り込んだ恭一郎たちを見比べた。

†

見覚えのある顔を見かけて、夏野はとっさに螢太朗を後ろに庇った。

今日も夏野は千寿堂から螢太朗を連れ出し、物見遊山に街に出ていた。

「伊紗……」

「夏野」

伊紗は悪びれずに、往来で夏野に微笑みかける。

「お前、まだ都に」

「いけないかい？　おや、可愛い子を連れているじゃあないか」

「触るな」

螢太朗に伸ばされた伊紗の手を、夏野は横から払った。

「冷たいねぇ……何もしやしないよ。大体、私はいまだ、あの旦那に首根っこをつかまれているも同然さ」

恭一郎が伊紗の血を染み込ませた符呪箋とやらを、夏野は思い出した。

「……まだ、嶌田屋にいるのか？」

「そうさ。相変わらずの売れっ子だ。他の遊び女と違って、借金がないからね。気が向けばこうして散歩もできる」

「ふん」

「その子がお前の弟かい？」

「お前の知ったことではない」

「ふうん」

夏野の後ろから好奇心を見せて覗く螢太朗を、一瞥して伊紗はにやりとした。

「愉快だねぇ」

「なんだと？」

凄んでみせたが、女の身なりではどうも格好がつかない。

伊紗はくすくすと笑って、巾着から紙包みを取り出した。

「これをあげよう」

「いらぬ」

「まあ、見てごらん」

伊紗が包みを開くと白粉（おしろい）と紅が出てきた。どちらも春日堂（かすがどう）という薬種問屋が片手間に作ったものだが、いまや店のどの薬よりも売れているそうである。

「さる奥方の遣いでね、散歩がてらに仕入れて来たのさ。これは余分に買って来たものだから、夏野にあげるよ。使ってごらん」

「いらぬと言うのに」

「いいじゃないか。せめてものお詫（わ）びさ。そのうち入り用になる時がこよう。お武家の娘ならば、それらしく身なりを整えることもあるだろう?」

包み直したものを、夏野が止める間もなく、伊紗は夏野の胸元に差し込んだ。

「もしくは好いた男の前で、着飾ることも……」

「ば、莫迦を言え」

慌てた夏野をよそに、にっこりと螢太朗に微笑むと、伊紗は人混みに紛れて行った。

「姉上」

螢太朗が夏野の袖（そで）を引く。

「姉上、今のはどなた様ですか?」

「螢太」

「母上よりも、赤い唇をしておられました」

「螢太朗。あの女に、ゆめゆめ近付くでないぞ。あの真っ赤な口に食べられてしまうやもしれぬからな」

「姉上……」

眉を八の字にした螢太朗を、夏野はそっと抱きしめた。

「すまぬ。嘘だ。人が人を食べたりはせぬ。あの女性はただの顔見知りだ……」

飴を買い与えて機嫌を取ると、夏野は螢太朗を連れて千寿堂へと戻った。

暖簾をくぐると、何やら奥が騒がしい。

夏野を認めた番頭が、さっと近付いてきて耳打ちした。

「どうも、下の坊ちゃんが拐かされたようで」

「まさか」

驚いた夏野の左目に、一瞬赤い色が映って——消えた。

それは、先ほど螢太朗に微笑んだ伊紗の、唇の色に似ていた。

†

今年三歳の修次郎は、店の奉公人で十五歳の妙という少女が面倒を見ていた。

愚図る修次郎をあやしながら妙が歩いていると、いつの間にか、店から離れた清見墓苑まで来ていた。近道して帰ろうと、墓苑の裏から小道に入ったところを、笠をかぶった一人の男に襲われたという。

「お侍さんでした」

大小を差した、小綺麗な身なりの中年だったと、妙は安妻番町奉行所から来た同心に語った。

「ですが、顔は見ていないのです……」

遠慮がちにうつむいてすれ違ったすぐ後に、後ろから殴られ、気を失ったのだ。

妙は通りすがりの七倉（ななくら）神社の出仕によって見つけられ、意識を取り戻した。

幸い妙にいたずらの形跡はなかったが、修次郎が見当たらぬ。

千寿堂のおかみの瑞江は、半狂乱で妙を責めた。

遠出したのが悪い、近道などと楽をしようとしたのが悪い、と責め立てた。

「お妙のせいではあるまい」などと、夫の浅吉（あさきち）がなだめようものなら、「あなたはそうして、いつも奉公人に甘い」と、泣きはらした目を吊（つ）り上げる。

「今日のところは、お引き取りくだされ」

これまた陰鬱（いんうつ）な顔をした惣助に言われて、夏野は早々に千寿堂を後にした。

探索を手伝おうにも、夏野は晃瑠の道や街をよく知らぬ。

己がまず役に立たぬことを夏野は承知していた。

ふらり、ふらりと、川沿いを歩くうちに、いつしか夏野は五条大橋の近くに来ていた。

今日は千寿堂に泊めてもらうつもりでいたため、夕餉までに帰らずとも、心配されることはない。もののついでと、舟を頼み、夏野は笹川町（ささがわちょう）へ向かった。

「黒川ではないか」

門人に稽古をつけていた馨が、夏野を認めて手を止めた。

「真木殿」

稽古を続けるよう門弟に言い渡し、歩み寄って来た馨に、夏野は頭を下げた。

馨に会うのは、蒼太の見舞いに行って以来だ。

「その節はまことに……」

「よせ」

夏野を遮って馨は手を振った。

「――だが、二度とあのようなものにつけ込まれぬよう、精進することだな」

「はい」

「弟も見つかったとか」

「はい」

「といっても、騙りのようだが」

「真木殿まで……」

夏野がむっとするのをよそに、門を見やった馨が呼んだ。

「蒼太」

夏野が振り返ると、風呂敷包みを持った蒼太が門をくぐってきたところだった。

見上げた鳶色の瞳を直視できず、夏野は蒼太にも頭を下げた。

「蒼太。先日はすまなかった。……ただ、人には礼儀というものがあってな。心に思ったことを、そのまま口にしてはならぬ時もあるのだ」

じっと夏野を見つめる蒼太の瞳は、責めていなかった。

「じ、き」

「うん？」

「もの……と、に、は、じ……き、かあ、る」

「物事には、時機がある……」

戸惑いながらも、つぶやくように復唱した夏野に、こくっと蒼太は頷いた。

「蒼太。師匠がお待ちかねだぞ」

馨の声に、蒼太は夏野の横をすり抜け、縁側に腰かけた老人に向かって走って行った。

「隣りの神社にな、手習いに来るようになったのだ。師匠は何やら蒼太が気に入っておってな。すっかり茶飲み友達になってしまった。お前も一服してゆけ」

馨について縁側に行くと、夏野を見て老人は目を細めた。

「おや、件の女剣士じゃな？　成程。凛々しい顔つきをしておる」

初対面の女子に不躾な物言いだが、不快ではなかった。

子供のように澄んだ瞳のこの老人が、馨よりもずっと「遣う」ことを、夏野の剣士としての勘が告げていた。

「黒川夏野と申します」

「柿崎錬太郎じゃ。——おぬしは弥一殿のお孫さんとか」

「はい」

「弥一殿は、まことに素晴らしい剣士じゃった」

「恐れ入ります」

茶で一服しつつ、祖父の想い出を語っていると、見覚えのある影が近付いて来た。

「きょう」

「鷺沢殿」

慌てて縁側から下りると、夏野は一礼した。

「黒川殿。今日は馨と稽古でも？」

恭一郎は今日も、着流しに一刀差しただけだ。

「いえ。少し暇があったのでお邪魔しました」

「ほう」

蒼太が差し出した半紙を、恭一郎が手を伸ばして受け取る。その、大きく引き締まった手に、夏野は思わずどきりとした。

数日前の、紀世の言葉が思い出される。

——それにしても、鷺沢様はまた、随分……——

——随分、なんだ？——

——その……お顔立ちの良い……——

——お顔立ちが、良い……？——

——はい。思っていたお顔とはまったく違っていて、紀世は驚きました。夏野様は、鷺沢様のお姿について、何も言ってくださらなかったんですもの――

そう言って拗ねたようにうつむいた紀世から、己には無縁の「女らしさ」を感じ取って、夏野は思わずたじろいだ。

「うむ。よく書けている」

手に取った紙を眺め、恭一郎が蒼太に微笑んだ。

紙には大きく、《きょう》と書かれている。

「……ほ、ん」

風呂敷から絵草紙を取り出して見せた蒼太に、再び恭一郎がにっこりとする。

己に向けられたものではないというのに、夏野はついその笑顔に見入ってしまった。

これまで夏野は、恭一郎の剣の腕のみに気を取られていた。恭一郎の容姿ははっきりと覚えていて、見誤りはしないのだが、改めて見てみると、紀世が言う通り、整った面立ちをしている。

加えて蒼太に微笑む恭一郎には、先だって夏野に妖魔のことを話した時のような皮肉さがまったく感ぜられない。

このように笑うこともあるのか……

そんなことを思いながら、何やら息苦しさを覚えて、夏野は茶をすすった。

「宮司様が貸してくださったのか」

「ん」

「よし。夕餉の後に読もうではないか」

「ん」

嬉しげに頷く蒼太にも、頷き返す恭一郎にも親愛の情が溢れていて、夏野は羨望に似た感情を微かに抱いた。妖かしと人間とはいえ、まるで本当の家族のような絆が二人の間には明らかにある。

家族といえば——

ふと、今度は由岐彦の言葉が思い出された。

——鷺沢は余程、騒ぎのもとになった女に執心していたものとみえる——

——その女への想いゆえでは——

長屋には、女の影は微塵も見えぬ。だが、船頭の一二三の話では、たまさかに玄人女を抱くこともあるという恭一郎だ。

一体、どんな女性だったのだろう……?

空になった茶碗を覗き込むようにして、ぼんやりしていた夏野の肩を馨が叩いた。

「どうだ？　稽古着は貸すぞ。一手交えていかんか？」

「いえ。あんまり遅くなっても困りますので、また日を改めてお願いします」

「そうか？」

「馨、黒川殿は、あの椎名の客人ぞ」

「おお、そうであったな」

馨が意味深長に頷く様が、何故か夏野の気に障った。

「……鷺沢殿」

「うん」

「途中まで、ご一緒してもよろしいですか？」

「もちろんだ」

修次郎のことを含め、千寿堂について相談してみよう——

†

堀川を行き交う舟はあるが、川沿いを歩く者はほとんどおらず、夏野はほっとした。

「拐かし」や「妖かし」など、茶屋や飯屋などでは語り難く、かといって、このような時刻に夏野が一人で恭一郎の長屋へ上がるのもはばかられる。二人に「その気」はなくとも、傍(はた)から見れば夏野は妙齢の女子、恭一郎は壮年の独り身の男なのだ。

「清見墓苑を出たところで、とな……」

「ご存じなのですか？」

「うむ。東都に墓はそうないからな」

「修次郎はまだ三つなのです。どんなに恐ろしい思いをしていることか。身代金目当てだと柳井殿は仰(おっしゃ)っていますが、私はどうも嫌な予感がするのです」

「嫌な予感？」

「……巷(ちまた)には、人攫いが出るとの噂がありますゆえ」

「ああ。あの子供ばかりを攫っていくという」

「はい。先日、ゆ……椎名に聞いたのですが、人攫いの多くは身内の所業、もしくは身代金目当てのものだそうです。ただこの半年ほど、どちらにもあてはまらぬ拐かしが、町奉行所にいくつも知らされているとか」

「ふむ」

「そしてそれらは、剣士の仕業ではないかといわれています」

「千寿堂の次男坊を攫ったのも、二本差し、か」

「はい。それに……」

「他にも何か？」

他に、由岐彦にはとても言えなかったことが一つある。

「その……これは私の勘、といいましょうか。確証のないことゆえ、お笑いになられるかもしれませんが……」

「構わんよ。教えてもらわねば、笑いようもない」

恭一郎がくすりと笑うのへ、夏野はやや頰を熱くしながら言った。

「私は、その、伊紗がかかわっているのではないかと思うのです」

「ほう」

修次郎のことを聞いた時、妖魔の影とは違う、赤い色をしたものが左目に映り、そののち伊紗が思い浮かんだことを夏野は話した。

「左目に、な」

「千寿堂へ帰る前に伊紗と顔を合わせたからやもしれませんが、それからずっと、伊紗のことを考える度、左目が何やらむずがゆくなるのです」

一笑される覚悟で夏野は言ったが、恭一郎はにやりとしただけだった。

「それは、面白い」

「面白うございますか？」

「ああ」

後ろからついて来る蒼太をちらりと見やって、恭一郎は続けた。

「黒川殿の左目には、蒼太の目が入り込んでいる。——こいつも時折、俺には見えぬものが見えるらしい。夢に見ることもあれば、突然目の前に現れることもあるようだ。俺が知る限り、こいつの予言はそこらの占い師よりずっと当たるし、失せ物探しも大得意だ。なればこそ、黒川殿が見た何かも手がかりになるやもしれぬ」

「そ、そのようなことが？」

期待をこめて、夏野は立ち止まって蒼太を振り向いた。

蒼太も足を止めて、じっと夏野を見上げる。

「どうだ、蒼太？　何か手がかりになるようなものは見えぬか？」

恭一郎の言葉に、蒼太は黙って眼帯を外した。

鍔の下から、白く濁った瞳が覗く。

その見えない目で、蒼太は夏野の左目を見つめた。

ずくっと、左目の奥が疼いて、夏野は思わず目を閉じた。

と、脳裏を何やら赤いものがよぎった。

再び目を開くと、眼前の景色に別の景色が揺らいで重なる。

見知らぬ部屋であった。

行灯のぼんやりとした灯りが、鏡の中の「赤」を照らす。

赤い——微かな笑みを浮かべた唇。

唇に触れる指先もやはり赤く染まっている……

すっと目の前の蒼太が手を伸ばし、夏野の胸元をまさぐった。

瞬時に夏野は蒼太を突き飛ばし、よろけた蒼太を、恭一郎がとっさに伸ばした手で抱きとめる。

「な——何をする！」

夏野が胸元を押さえて睨みつけた蒼太の手には、小さな紙包みが握られている。

「それは……」

伊紗からもらった包みだった。

かさかさと包みを開け、蒼太は紅を取り出した。貝殻に入ったそれを恭一郎に見せながら、誇らしげに胸を張る。

「おな……し、あ、か」

「うむ。何か見えたようだな」

労うように言いながら、恭一郎は苦笑した。

「……だがな、蒼太。その、なんだ」

「？」

「その……そう気安く、女子に触れてはならぬぞ……」

きょとんとして蒼太は、顔を火照らせた夏野を見つめた。

†

恭一郎が店に近付いて来たのが、二階にいても伊紗には判った。

「いらっしゃいまし」

「瑪瑙を」

人には聞こえずとも、仄魅の伊紗には、番頭と恭一郎のやり取りが微かだが聞き取れた。

「瑪瑙……でございますか。あいにく今日はもうお客がついておりまして。他の娘はいかがでしょう？」

「いらぬ。——少し、ここで待たせてもらおうか」

「しかし……」

番頭の困った顔が目に浮かぶようだった。内心、「遊び方を知らねぇ野暮め」とでも毒づいていることだろう。

「何、すぐに参じるさ。——なぁ、伊紗よ」

階下からまっすぐ声が届いて、伊紗は己を抱いている男の耳朶を舐めた。

男ははっとして伊紗から身を離すと、しばし考え込んでから仲居を呼んだ。

「今日はこれにて……」

足早に男が階段を下りてゆき、慌てた番頭の声がした。

表を駆けてゆく男の足音を聞きながら、伊紗はのんびりと夜具を仕舞う。

やがて二つの足音が近付いて来て、伊紗の部屋の前で止まった。

「こちらでございます」

番頭に案内されて入って来た恭一郎を、伊紗は手をついて丁重に迎えた。

「瑪瑙でございます」

戸が閉まり、番頭が階下へ戻ると、伊紗は顔を上げて笑った。

「旦那から出向いてくれるとはねぇ」

「ちと、急いでいるのでな」

「折角客がついたところだったのに」

形ばかり拗ねてみたが、恭一郎はしらん顔だ。

「どうやって帰したのだ？」

「ふふ、ちょろっと見せてやったのさ。あの男の女房が浮気しているところをね……」

「成程。そんなこともできるのか」

「欲する夢を見せるのも容易いが、やましいことにつけ込むのもまた易し、さ」

「そうだな。——ところで、また一人子供が攫われた」

「私じゃないよ」

即答した伊紗に頷いて、恭一郎は懐から紅を取り出した。

「……夏野に会ったのだね」

「ああ。黒川殿にこれを渡した時、お前は言ったそうだな。『さる奥方の遣い』だと」

「そうさ。それが何か？」

「その奥方というのは、誰だ？」

「本町（ほんちょう）で出会った人さ」

誤魔化せるとは思わなかったが、わざともったいぶって言ってみた。

「名は？」

「富樫（とがし）永華」

「……やはりそうか」

予想していたような口ぶりだった。

「おや、旦那の知り合いだったのかい？」

「知り合い、か……」

うっすらと、人にはあまり見られぬ酷薄な笑みを浮かべた恭一郎に、ぞくりとして伊紗は微かに身を震わせた。

己を仄魅と易々見破り、羈束（きそく）した男。

山幽の賞金首である子供を庇い、一緒に暮らしているらしい。

このような男――人間――は初めてだった。

仄魅は山幽と違い、体力は人間とさほど変わらぬ。だが、腕ずくで敵わぬ人間は多くとも、およその危機は幻術で免れることができた。都では触れるほど近くにいる者でなくては惑わせぬが、都外でも、羈束されていなくとも、目の前の男を妖力で「落とす」自信が伊紗にはない。

「その女の居所は？」

「しらん」

疑いの目を向けた恭一郎に、伊紗は慌てて続けた。

「嘘じゃないよ。今の私が旦那に嘘をつく筈がなかろう？　あの女とはいつも本町の『吉桃』という店で会うのだ」

「ほう」

「次の約束は三日後だ。頼まれた白粉も紅も、その時に渡すつもりさ」

「三日後か」

顎に手をやって、恭一郎は考え込んだ。

「一杯、飲んでゆかぬか？」

黙り込んだ恭一郎を見ながら、伊紗は言ってみた。

「――そうだな。すまぬ」と、恭一郎が微笑する。

嶌田屋のような色茶屋で、花代しか使わぬのは野暮の極みだ。

酒を運んで来た仲居が興味津々で恭一郎を見やるのを、ぴしゃりと戸を閉めて締め出して、伊紗は恭一郎に酌をした。

「その富樫という女は、お前に身の上を語ったか？」

「いや。だが、あの女は独り者じゃない。どこぞの内儀か、囲われ者さ」

行灯の仄かな灯りのもと、見るとはなしに伊紗の目は、いつの間にか杯を干す恭一郎の唇を見つめていた。

†

――富樫永華と名乗った女に伊紗が出会ったのは、恭一郎に告げた通り、本町の吉桃という茶屋を兼ねた小料理屋だった。嶌田屋とは違い、和泉屋に近い健全な店である。

表の縁台でぼんやりと通りを行く人間を眺めていたところ、向こうから歩いて来た永華が伊紗に目を留めたのだ。

「……ご相席よろしいかしら？」

「ええ、どうぞ」

隣りに座って茶を頼むと、永華は不躾に伊紗の顔をじっくり見つめた。

「美しいこと。ほら、殿方が皆、あなたを盗み見てゆきます」

「盗み見られているのは、あなた様ですよ」

世辞ではなく、半ば本気で伊紗は言った。

永華が上品な顔の裏に隠している貪欲さを、伊紗は灰魅の眼力で一目で見抜いた。男の多くも、そういった女の本性をどこかで察するものだ。真昼間の茶屋で、伊紗と永華の座る一角だけが、何やら淫靡なまめかしさを漂わせていた。

「本当にお綺麗。お顔には一体、どのようなお手入れを？」

黒々とした瞳に羨望の光を宿して、永華は訊ねた。

「商い上の秘密でございます」

にっこりと、極上の笑みを伊紗は永華に向けた。

「まあ……」と、永華は合点したように微笑み返す。

伊紗が商売女だと解したらしい。

伊紗は人間――主に男――の精気を吸って、その美を保ち、生き長らえている。永華は妖魔でも商売女でもなかろうが、やはり「男の精力を吸い取るような女」だろうと推察して、伊紗は内心にやりとした。

「それにしても、肌の白いこと」

「春日堂という店の白粉ですよ」

しれっと伊紗は嘘をついた。人に化けた灰魅の肌は白磁のごとく白く滑らかで、白粉などまったく必要としない。それは椿の花のように赤い唇も同じだった。だが、ここ晃瑠では、伊紗とて人間の振りをしている妖かしだ。必要がなくとも「人並み」に化粧をする。

「紅もその店のものなのです。店の女たちのお気に入りでしてね」

それは本当だった。嶌田屋の女たちは皆垢抜(あかぬ)けていて、流行(はやり)ものの噂に事欠かぬ。

「春日堂、ですか」

興を示した永華に、伊紗は持っていた使いかけの紅をくれてやった。

その日はしばし話したのちにそれぞれ帰路に就いたが、七日後、伊紗は同じ店で再び永華を見かけた。

「気に入りました。ですが、私はどうも都の道に疎く……お代をお渡ししますので、ついでの折に紅と白粉もお願いできませんか？」

「構いませんよ。では次にお目にかかる日にお持ちしましょう」

どんなに力を尽くそうとも、十年、二十年も経(た)てば、否応(いやおう)なしに老いさらばえていく人間を、いつもなら伊紗はただ嘲笑(あざわら)うだけだが、永華には興を覚えた。

何故なら。

†

「あの女に会うなら、気を付けろ」

「ふむ」

「一人、怪しい者がついているゆえ」

「怪しい者とな」と、恭一郎が苦笑した。

怪しいなどと、妖魔の己が言うのも変だが、他に言いようがないのだから仕方ない。

「人に見えぬこともないが、どう考えても人とは思えん。また、おそらく男だと思うが、女やもしれぬ」

「山幽か？」

「それにしては気が悪過ぎた」

山幽は妖魔の中では高潔な種だ。闖入者や手向かう者には容赦しないが、元来、争いや謀を好まず、一族でひっそりと静かに暮らすことを望む。

樹海に引きこもっているがゆえに、伊紗ですら滅多に出会うことがないものの、蒼太を含め、これまで山幽に嫌悪の情を抱いたことはなかった。

伊紗が見た「怪しい者」は、伊紗が二度目に永華に会った時、伊紗と入れ違いで吉桃から出て行った。

「永華に別れを告げてから、私の方を見て、薄い、嫌ぁな笑みを浮かべたものさ」

「金翅か……？」

金翅は人より一回り大きな、猛禽類に似た妖魔だ。

金色の羽と尾を持ち、気性が激しく、血を見ることも厭わない。短気なだけにわざわざ結界を破ってまで人里を襲うことはまずないが、人に化けるのは得意だった。

「……もしくは、術師だな」

「術師ならば私に気付いて、その場で調伏させてるんじゃあないか？」

「腕利きの、国皇に仕えるまっとうな者ならばな」

そう言って恭一郎はにやりとした。

酒を飲み干し、恭一郎が腰を浮かせたのへ、伊紗は懐紙に一分包んで差し出した。恭一郎が前払いした花代を返そうと思ったのだ。

「いらん」

「……ならば、遊んでゆけ」

素っ気なく言ったつもりだったが、声に微かな媚びが滲んだ。

上目遣いの伊紗の目をまっすぐ見つめて、恭一郎は微笑した。

「酌だけで充分だ」

「ふん」

鼻を鳴らすと、伊紗は壁の紐を引いて恭一郎の帰りを階下に告げた。

恭一郎が符呪箋を盾に色ごとを迫るような男でないことは、もとより承知している。だが常日頃、老若身分を問わず、易々と己の手管に落ちる男たちに慣れている伊紗だけに、躊躇いもしなかった恭一郎が小憎らしい。戸口の向こうの、恭一郎の遠ざかる足音を耳で追いながら、伊紗は苦笑を浮かべた。

――問われたことだけに応えていればよかったのだ。

永華の身辺に現れる怪しい者のことなど、恭一郎に告げる必要はなかった筈だ。

どうやら私は、あの人間が気に入ったようだね……

くくっと忍び笑いを漏らした伊紗を、折敷を下げに来た仲居が怪訝な顔で見やった。

†

恭一郎が鏑屋に戻って来たのは、六ツ半を過ぎた頃だ。

嶌田屋の近くで待つという夏野を説き伏せて、恭一郎は伊紗のもとへ向かう前に、夏野と蒼太を鏑屋の座敷に置いて行った。

二階の座敷に上がって来た恭一郎を見て、夏野はほっとした。

蒼太は鏑屋が用意してくれた布団に包まって眠っている。

伊紗との話をかいつまんで語ったのち、恭一郎は言った。

「とにかく、三日後だ」

「その、富樫という女性がかかわっていると?」

「まだなんとも言えんが、伊紗は俺に嘘をつけぬ。子供を攫ったのが伊紗ではないのなら、その女が怪しいと俺は思う。俺は、蒼太の勘を信じているゆえ」

蒼太の左目が見せた、鏡に映った女の唇。

その赤さを思い出しながら、夏野は頷いた。

「それにしても一体なんのために、その女性は子供を攫うのでしょう?」

「判らぬ。三日後、伊紗がその女と会うという店で張り込み、後をつけてみるつもりだ」

「私も、お手伝いを」

恭一郎が苦笑を浮かべた。

「黒川殿にそんな真似はさせられんよ。これでも町方に顔が利くんでな。一人二人、助っ人を頼んでみるさ」

「しかし……」

「修次郎のためにも、失敗は許されぬだろう？」

優しい声だったが、言外に「役立たず」と言われた気がして夏野はしょげた。

そんな夏野にはお構いなしに、恭一郎は布団をめくると、丸くなっている蒼太を抱き上げる。蒼太の風呂敷包みを手渡しつつ、夏野は言った。

「鷺沢殿を待つ間に、絵草紙を読み聞かせようと思ったのですが、断られました」

「ふむ」

「鷺沢殿と読む、と」

腕の中の蒼太を見やって、ふっと恭一郎は笑みをこぼした。

それから夏野に目を戻すと、温かい声で言った。

「明日はちゃんと、州屋敷に戻られよ」

「はい……」

鏑屋の亭主は、夏野からの金を受け取らなかった。恭一郎が行きがけに既に充分な金と心付を置いて行ったという。

己が持ち込んだ厄介ごとゆえに、一人だけのうのうと帰宅できぬと思った夏野だったが、かえって恭一郎に負担をかけてしまったようだ。

心苦しさに胸が痛んだ。

†

鏑屋の二階窓から見えないところまで歩くと、恭一郎は蒼太を抱えた腕を揺らした。

「蒼太」

ぱちっと目を開くと、蒼太はするりと恭一郎の腕から下りた。犬や猫ではないと馨には言ったものの、こうした身の軽さ、しなやかさは猫を思わせる。

恭一郎の手から風呂敷包みを取ると、蒼太は先導するように歩き出す。

「なつ。た、くさ……ん、しん、ぱ、い。たか、ら、た……ぬ、きね……し、た」

どうやら不安を隠せぬ夏野の相手が面倒で、鏑屋で膳を食べ終わった後は狸寝入りを決め込んでいたらしい。

「――判らんでもないが、ちゃっかり者め」と、恭一郎は笑った。

「ちゃ……?」

「よい、よい」

まるで修業のごとくかしこまって恭一郎を待っていた、若く一途な夏野だった。

なればこそ、蒼太の目を差し引いても、力になりたいと恭一郎は思う。

いや、これは既に他人事(ひとごと)ではないようだ。

あの女――富樫永華が絡んでいるとあらば。

長屋に帰ると、恭一郎は夜具を、蒼太は掻巻(かいまき)を、それぞれ広げる。

枕元(まくらもと)へ大事そうに風呂敷包みを置く蒼太に、恭一郎は話しかけた。

「今日はもう遅い。本は明日の朝だ」

判っていたように蒼太は頷いたが、どこか残念そうでもある。

ごろりと夜具に横になると、恭一郎はつぶやくように言った。

「その代わり、一つ、昔話をしてやろう」

薄闇に、掻巻に包まって横になった蒼太の目が、恭一郎をじっと見つめた。

記憶を手繰るように、恭一郎は束の間、目を閉じた。

胸中に滲み出てきた寂しさを、ゆっくり目を開いて微笑で誤魔化す。

「昔むかし……といっても、それほど遠い昔ではないぞ。俺が、そうだな、お前と同じくらいの年頃だった十五の春に——俺は、一人の女と出会った」

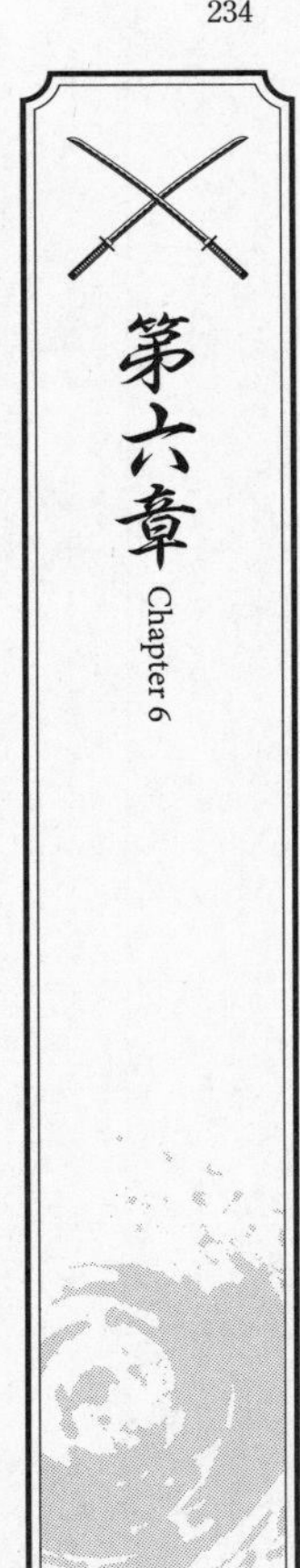

第六章 Chapter 6

まだ幼顔だった十五歳の恭一郎がその女——のちに奏枝(かなえ)と知る——と出会ったのは、七条堀川に架かる糸橋(いとはし)の上だった。

糸橋はその名の通り、幅半間余りの細い橋だ。

当時、恭一郎の剣の師匠であった神月彬哉は西都・斎佳を訪ねており、その間、他の門人とは別に、恭一郎は彬哉の剣友である柿崎に預けられていた。

神月道場は御城の真南に位置する幸町(さいわいちょう)にあり、晃瑠では五指に入る大きな道場で、それゆえに剣には無用の派閥争いも絶えない。神月家の縁者とはいえ、若くして侃士(かんし)号を得た恭一郎をよく思わぬ門人も当時は多かった。自分が留守の間に恭一郎が諍(いさか)いに巻き込まれぬようにと彬哉が配慮したのだが、腕に自信があった恭一郎は不満であった。

やつらが束になって来ようとも、叩(たた)き伏せてみせる。

そう息巻く恭一郎を、彬哉は苦笑してなだめた。

「他の道場を見ておくのも、お前の修業になろう」と、言うのである。

若き日の恭一郎が住んでいた屋敷は、幸町から一つ町を挟んで南の稲葉町(いなばちょう)にあり、糸橋を渡って更に八町ほど歩いた。

――時は夕暮れ。

堀沿いに咲く桜の花びらが舞い落ちる中、恭一郎は家路を急いでいた。

火宮堀川沿いから糸橋を駆け抜けようとした恭一郎は、橋の上に立ちはだかった侍によって阻まれた。後ろには更に二人の侍がいて、二人して一人の老人を足蹴にしている。

「一つ向こうの橋へ回れ」

まだ背丈がそうなかった恭一郎に、居丈高に男は言った。

「俺の家はこの先なのだ」

「しるか。さっさとよそへ行け。痛い目に遭ってもしらぬぞ」

「……そのご老人と一緒にならば、行ってもいい」

「ふん。我らはこいつに用があるのだ」

「三人がかりでか？　卑怯にもほどがある」

「言ったな、小僧！」

男の張り手を、恭一郎はひょいとかわした。剣に慣れた恭一郎である。張り手を見切るなぞ造作もなかった。

「おい、何をしている。早く追い払ってしまえ」

仲間の叱咤を受けて、男は腰の大刀を抜いた。

同時に、恭一郎も腰から下げていた木刀を抜き放ち、男が構える前に腕を打った。侃士であるにもかかわらず、若さゆえに恭一郎はまだ真剣の帯刀を師から許されていなかったが、木刀でもそこらの剣士に負けるつもりはさらさらなかった。

呻(うめ)き声を上げた男の手から刀が落ちた。

欄干を踏み台に、よろけた男の首筋を斜め上から打ち据える。男はそのままふらふらと欄干にもたれかかって動かなくなった。

「こいつめ！」

「叩き斬(き)ってやる！」

着地するや否や恭一郎は木刀を突き出して、抜刀した二人の内一人を弾(はじ)き飛ばした。

続いてもう一人を打ち伏せようとした矢先、男の後ろから飛んできた何かが、風を切って男の頭を打った。刀を持ったまま、ぐらりと男の身体(からだ)が前にのめる。

ぽとりと橋の上に落ちたそれは扇子(せんす)だった。

ただの扇子ではない。仕込み鉄扇と呼ばれる立派な武器だ。

身体を起こした老人が、鉄扇を拾い上げた恭一郎を凝視した。

が、恭一郎の目は、橋の向こうから歩み寄って来る女を見つめていた。

二十歳をいくつか越えているように見える。藤色(ふじいろ)の着物を着、長い髪は髷(まげ)にせず、後ろでくくってあった。

遠目には判らなかったが、近くで見ると凛(りん)とした姿が美しい。都にありながら、森の静けさを湛(たた)えたような澄んだ目をしている。

恭一郎が差し出した鉄扇を受け取った女から、ほのかに甘い香りが匂い立った。

「かたじけのうございます」

丁寧に頭を下げると、女は倒れている老人へ腰を折った。恭一郎も慌てて女に倣う。

蹴り倒され、足蹴にされたものの、幸い老人に大きな怪我はなかった。

「まことに、かたじけなく……」と、老人もまた、少年の恭一郎に頭を下げた。

腰に下げた刀は抜けずとも、かつては腕の立つ剣士だったのだろう。老いても尚、鍛えた名残が身体のあちこちに窺えた。

女と老人を支えながら橋を渡り、南の袂で振り返ると、のろのろと起き上がった無頼たちが、互いを支え合いつつ北へと逃げて行くのが見えた。

散歩からの戻り道中で、くだらぬ因縁をつけられたと老人は言った。

「金が欲しかったのであろう。財布と刀を置いてゆけと言われてな」

そう言って、老人は自嘲を浮かべた。

「ただでくれてやるのが惜しくての。忘れておった。この、壊れかけの身を、な」

刀にかけた左手は震えているが、怖気や恐怖からではないと恭一郎は踏んだ。

老いというのはかくも残酷だ。若い時はいざ知らず、今の老人には刀を腰にして歩くことさえ大きな負担のようである。

「この辺りも、昨今は何やら物騒になりましたゆえ……」

庇うように言葉を濁した恭一郎を、老人は目を細めて眩しげに見た。

「おぬしは若いのに、随分遣うようだの」

「恐れ入ります」

「速く、無駄のない、見事な剣であった」

「恐れ入ります」

再び頭を下げた恭一郎が顔を上げると、差し出された刀が目の前にあった。

「おぬしにやろう」

「まあ」と、女が驚きの声を上げる。

「ならぬか？」

老人が、意味深長に女を見やって問うた。

「それは……」

言葉を濁した女より先に、恭一郎が応えた。

「いただけませぬ」

「木刀よりも、ずっと役に立つぞ」

「しかし」

恭一郎は躊躇った。

真剣を帯刀したい気持ちはあった。自分にはそれだけの腕があるという自負も。

だが、「慢心してはならぬ」と常々諭す師の彬哉を尊敬していた。神月道場にいる限り、恭一郎は師の言いつけに従うつもりだった。

「……私はまだ、帯刀を許されておりませぬゆえ」

やや無念を滲ませて応えた恭一郎へ、老人がくすりとした。

「ならば、それまで仕舞っておけばよい」

皺の刻まれた手で恭一郎の手を取り、老人は刀を握らせた。

「おぬしのような剣士に渡るのであれば、少しも惜しくない。――精進せよ」

老人は大男ではないが、この時分の恭一郎よりは上背があった。

まっすぐ恭一郎を見つめて一つ頷くと、老人はくるりと踵を返して歩き出した。

どうしたものか躊躇う恭一郎へ、女が微笑んだ。

「お受け取りくださいまし」

「ですが……」

「祖父にも昔、あなたのように若く健やかで、剣に打ち込んでいた時があったのですよ」

まるで見てきたかのごとく女は言った。

この女とて、只者ではない。

女が投げつけた仕込み鉄扇は、見事一撃で、無頼の一人を倒したではないか。

もっとも、そんな「助け船」がなくとも、三人目を討ち取る自信はあったが……

そんな恭一郎の気持ちが伝わったのか、女は顔を寄せて囁いた。

「先ほどは、差し出がましいことをいたしました」

またしても甘い香りが、恭一郎の鼻をくすぐる。

恭一郎が応えにまごつく間に、女は再びにっこり微笑んでから老人を追った。

「お待ちください」

女の声に老人は振り返く。

「……もうよいのだ。一人でゆく」

「冗談はおよしになって。お伴いたします」

振り向いて恭一郎に小さく一礼すると、女は老人と共に歩み去った。

二人の姿が見えなくなってから、恭一郎は改めて手中の刀を見つめた。

木刀とは違う、鋼の重さがずしりと心地良い。

ふと、己が名乗りもせず、また老人や女の名も訊かなかったことに気付いた。

――老人からもらった刀は、やがて彬哉が帰って来るまで、抜かずに仕舞っておいた。

帰都した彬哉は恭一郎から話を聞いたのち、手にした刀をゆっくり抜いた。

「ほうっ」と珍しく、感嘆の溜息を漏らす。

細かな板目肌に杢目がなびく、二尺二寸八分の一振り。

「これはもしや」

彬哉が推察した通り、柄から抜き出した茎には、「八辻九生」の銘が入っていた。

八辻九生は二百年ほど前に没した刀匠である。どの一振りも、神刀とも、妖刀ともいわれ、千両を下らぬ値がついている稀代の名匠であった。

「この刀に恥じぬ、剣士となれ」

彬哉はそう言って、恭一郎に帯刀を許した。

柄は黒鮫皮、鞘も黒漆と、目立たぬ一刀だが、今も尚、恭一郎が愛用する唯一無二の剣である。

†

きゅっと蒼太は、掻巻を寄せた。

「寒いか？」

今夏は残暑が厳しかったが、葉月ももう半ばを過ぎた。

秋が深まって、日はますます短く、朝晩は冷え込むようになってきた。

恭一郎の問いに、蒼太は小さく首を振った。

「眠くなってきたか？」

また首を振る。

恭一郎がこれまで口にしなかった過去を話してくれるのが、蒼太には嬉しかった。

「続きが聞きたいか？」

「ん」

蒼太が頷くと、恭一郎は手枕を直して再び口を開いた。

「俺がその女に再会したのは、何年も経てからだ……」

†

――恭一郎は二十二歳になっていた。

十九歳で晃瑠を出てから、諸国を渡り歩き、斎佳に居ついて一年が過ぎた頃だった。ろくに仕事もしていなかったが、暮らし向きは悪くなかった。神月の分家筋にあたる生川家の離れを借り受け、晃瑠からは折々に仕送りが届く。仕送りはけして多くはないものの、恭一郎一人には充分な額だった。

相変わらず剣を中心にした暮らしでありながら、恭一郎は酒も女も嗜む、いっぱしの男に成長していた。斎佳は晃瑠より一回り小さい都だが、盛り場や花街の数と賑やかさはけして東都に負けていない。

馨と出会ったのもこの頃だ。

恩師・彬哉の紹介で通い始めた斉木剣術道場に、馨は道場破りのごとく現れた。

御前仕合の勝者を破った男、と恭一郎は斎佳でも剣士の間で噂になっていたからだ。

「一手ご指南願いたい」と、強引に恭一郎と向き合った馨は、構えてすぐに竹刀を下ろした。相対してほんのひとときで、到底勝てぬと悟ったという。その潔さが道場主の斉木正造に気に入られ、しばしば客として道場を訪れるようになった。

武家生まれでも四男とあって、馨の小遣いは微々たるものだったが、その分世情に通じていた。代稽古や用心棒などの仕事に加え、安くて良い娼妓がいる妓楼や、あこぎな真似をしない賭場の話を、どこからともなく集めてくる。

馨の通う新堂剣術道場では師範代だというので、同じ一刀流ということもあって、やがて斉木道場でも時々若い者への代稽古を務めるようになった。

「お前が稽古をつければよいのだ」

師範代の馨でさえ、十本に一本ほどしか恭一郎からは取れぬ。

「俺は、人に教える器ではない」

「莫迦にしとるのか？　俺とてそんな器ではないぞ」

「そうか？」

口を曲げてむくれた馨を恭一郎はからかった。

罵声を交えた馨の厳しい教え方を好まぬ者も少なからずいたが、そのほとんどが剣に本腰を入れていない者たちだった。口は悪いが馨は一人一人をよく見ていて、助言がそれぞれ的確だ。剣を愛している門人たちは、恭一郎同様、そのことをよく心得ていた。

高みを目指す剣士というだけでなく、妾腹と四男という、世間では浮かばれぬ立場も二人の親交を深めたのだろう。稽古の後、馨と連れ立って街に繰り出すことが増えた。

恭一郎が件の女に再会したのは、馨と二人で花街に泊まり込んだ翌朝のことだった。

湯屋で昨夜の汗と白粉の匂いを流し、空き腹を抱えて飯屋へ向かう途中の三条大橋で、笠を深く被った女とすれ違った。

忘れ得ぬ甘い香りがふわりと恭一郎の鼻を撫で、その足を止めた。

「どうしたのだ？」

「先に行ってくれ」

短く告げて、恭一郎は小走りに女を追い越し、前に回った。

「……無礼は百も承知でお訊きしたい」

「なんでしょう？」

女は笠を上げずに応えたが、その声を聞いて恭一郎は確信した。

「この刀に、見覚えがござろう？」

腰にしていた八辻九生を外して差し出すと、女は無言で笠を上げげた。

あれから七年も経たというのに、記憶と違わぬ女の顔がそこにあった。

「あの時の……ご立派になられましたこと」

成長した恭一郎を見上げて、女はにっこり微笑んだ。

花街帰りの己が急に恥ずかしくなって、恭一郎は次の言葉に迷った。

「祖父も、さぞや喜ぶことでしょう。――申し訳ございませんが、先を急ぎますゆえ、ごめんくださいませ」

女が一礼して去ろうとするのへ、恭一郎は慌てて言った。

「あの。お――私は、鷺沢と申します。鷺沢恭一郎です」

「承りました」

「……お名前を教えていただけませぬか？」

女は一瞬躊躇い、小声で言った。

「奏枝と申します」

「かなえ、殿」

「はい。枝を奏でると書きます」

「祖父君の名は……？」

ぺこりと頭を下げると、今度は止める間を与えず、奏枝は先を急いで行った。

とっさに後をつけようかと思ったが、奏枝の後ろ姿には隙がなかった。糸橋で投げられた鉄扇といい、華奢ながら、武芸に秀でた女のようである。下手に後をつけて、気を損ねたくはなかった。

まあよい。あてがない訳ではないのだから……

十五歳の時に出会った女を、どこかでずっと心にとめていた恭一郎だった。七年間の思慕は、再会の一瞬で恋心に変わった。

それからしばし三条大橋に日参した恭一郎は、五日目にして再び奏枝の姿を見つけた。

「今日もお急ぎか？」と、恭一郎が問うのへ、

「今日も急いでおりまする」と、奏枝は微笑んだ。

そんな短いやり取りが幾度か続き、やがて二人は並んで橋を渡るようになった。

奏枝は住処を明かさず、恭一郎も強いて訊かない。

接吻はおろか、手を握ることもなく、ただ橋の袂から袂へと共に歩くのみの二人だった。

「鷺沢はどうやら、女にうつつを抜かしているようだぞ？」

「真木の話だと、随分気を持たせる女らしいじゃないか」

連日、気もそぞろな恭一郎を、道場の男どもが冗談交じりにからかった。

†

橋を渡るだけの短い逢瀬(おうせ)が二月も続いたある日、奏枝が言った。

「——祖父が、お目にかかりたいと申しております」

「それは……願ってもない」

二月の間に、恭一郎の想(おも)いは膨れるばかりだった。恭一郎の想いを知りながらも、出会った時から変わらぬ様子の奏枝が恨めしく思えてきた頃でもあった。

「よろしければ、今日にでもご案内するように言い付かってきました」

「構わぬとも」

自然と弾んだ声で恭一郎は応えた。

案内された一軒家は北門に近い町外れにあり、質素だが手入れは行き届いていた。

「……鷺沢様をお連れしました」

通されたのは座敷ではなく寝所だった。

七年前、通りすがりの恭一郎に稀代の名刀を手渡した老人は、いまや病床にあった。

一目で死病だと知れた。

「このような姿にて、失礼つかまつる」

「どうか、お気遣いなく」

手をついて、恭一郎は老人に頭を下げた。

「鷺沢恭一郎と申します」

老人は頷くと、奏枝を見やった。心得たように奏枝が部屋から出て行き、恭一郎は老人と二人きりになった。

「あれから話は聞いておる。どうやら、立派にひとかどの剣士となられたようだ」

「いただいた剣に恥じぬよう、精進して参りました」

刀を差し出すように前に置き、恭一郎は言った。

「うむ」と、老人は嬉しげに目を細めた。

身体を起こそうとする老人を手助けしながら、恭一郎は痛ましさを隠し切れなかった。変わらぬ奏枝とは裏腹に、七年前とは比べものにならぬほど老人は痩せ衰えていた。

「ご無理をなさらない方が」

「よいのだ。儂はもう長くない。おぬしにも判っておろう。今日明日の命と思えばこそ、おぬしに来てもらった」

「そのような」

「よい。儂のことは儂が一番承知しておる」

身体の痛みに僅かに口を歪め、老人は恭一郎を見つめた。

「おぬし、あれに惚れておろう？」

「……はい」

素直に恭一郎は頷いた。

「あれと、夫婦になりたいか？」

「はい」

迷わず応える恭一郎へ、老人はふっと、試すように笑った。

「生半なことでは叶わぬぞ。……あれは人ではないゆえ」

†

闇の中で、蒼太は思わず目を見開いた。

「驚いたか？」

恭一郎が笑った。

「俺も驚いた。俺の惚れた女は実は、お前と同じ、森に生まれた妖かしだったのだ」

†

「さんゆう？」

「さよう。樹海に住む妖魔の一族だ」

老人は五歳の時に初めて奏枝に出会ったそうである。祖父の友が遠方へ移る前に、暇を告げに来た折に連れて来た「孫」が奏枝であった。老人が奏枝に再会したのは、それから十二年後、かつて出会った女の「娘」としてだった。更に二十五年の年月を経て再会した奏枝は「他人の空似」と言い張ったが、老人は信じなかった。

「それは、つまり」

二人は血縁ではなく、夫婦であったのか？

「いや、儂があれと暮らすようになったのは、それから更に二十年も後だ」

若い恭一郎をからかうように、老人は笑った。

「あれとはずっと、祖父と孫であった」

「はあ」

「あれはいまだ多くを語らぬ。あれがいつから人里に現れるようになったのかも、あれが今いくつになるのかも儂は知らぬ。おぬしが見た通り、あれは歳を取らぬゆえ」

七年経っても記憶と違わぬのも道理である。

「ただ……世を捨て、あれと暮らした余生に悔いはない。世を捨てるまでの儂の暮らしは、実に殺伐としたものであった」

「……三國正右衛門殿」

ひたりと、老人の目が恭一郎を見据える。

「知っておったか」

「我が師、神月彬哉が存じておりました」

七年前に八辻九生を初めて見た時に、彬哉は言ったのだ。

――このような八辻を帯刀している剣士を、私は一人しか知らぬ――

「剣士と言ってくれたか」

「ご謙遜を」

彬哉によれば、三國はその昔、四都に聞こえた名人だったという。

「安良一になられたこともあったとか」

「五十年も昔のことよ」

つぶやくように、三國は言った。

「――おぬし、この家も知っておったのだろう？」

「はい。いささかつてがなきにしもあらず、しばらく前に、お名前を頼りに身辺を探りました。その……いずれはご挨拶に伺うつもりでしたので」

「ご挨拶か。それで、どうなのだ？」

「どう、と仰るのは？」

「あれが妖かしと知って尚、あれと一緒になりたいか？」

「はい。是非、お許しいただきたい」

すかさず手をついて、恭一郎は頭を下げた。

奏枝が妖魔だと聞かされても、心は揺らがなかった。

狗鬼や蜴鬼なら幾度か見たことがあった。

旅の途中で世話になった村に妖魔狩りの助っ人を頼まれたこともあれば、街道を外れたところで襲われたこともある。向かって来たものは迷わず斬って捨てた。どれも学問所で習った通り、絵草紙で見た通りの、悪意と殺意を剥き出しにした獰猛な妖魔であった。

だが、奏枝からそういった陰の気配を感じたことはなかった。

妖魔でも、奏枝が「善」であることを、己の心は微塵も疑っていない。

そして恭一郎は、往々にして心が感じるままに生きてきた。妖魔と知って奏枝を厭うどころか、むしろ妖魔に対する考えが改まったようにさえ思える。

三國が笑い出すまでのひとときが、随分長く感じた。

「許す」

「はっ」

「あの時と同じだの」

「はあ」

「おぬしのような者に渡るのなら、少しも惜しくないということよ」

「ただ……」

「ただ？」

「奏枝殿の気持ちが、今一つ判りませぬ」

頭を上げた恭一郎は、三國の瞳に一瞬、羨望に似たものが走るのを見た。

「案ずるな。儂には判る……あれもおぬしに惚れておる」

翌日の明け方、三國は奏枝に看取られて、静かに八十二年の生涯を閉じた。

†

同じ斉木道場の門人である村瀬昌幸が決闘を申し込んできたのは、三國の密葬を終えた数日後だった。

師の斉木正造を始め、その場にいた誰もが耳を疑った。昌幸は次男で恭一郎より二つ年上の二十四歳。剣術は家の体裁のために嗜む程度で、到底、恭一郎の敵ではない。

「この勝負、許すことはできぬ」

恭一郎と昌幸以外の門人を下がらせて、斉木は言った。

「ですが……鷺沢は、私の許婚を寝取ったのです！」

決闘の申し込みに続いて、恭一郎は唖然とした。

まったく身に覚えのないことである。

「鷺沢、まことか？」

「滅相もございませぬ」

「嘘をつくな！　おぬしは、永華と……」

ここしばらくの、恭一郎の噂を耳にしていたのだろう。斉木は激昂する昌幸をなだめて、言い分を聞いた。斉木は昌幸の許婚が、村瀬家よりも少し下位階級の富樫家の長女・永華だということを知っていた。

永華から、藪から棒に破談の文が届いたのが二日前。承服できぬと、昌幸が富樫家に乗り込んだのが昨日のことであったという。「理由を言え」と迫った昌幸に永華は告げた。

恭一郎と夫婦になるという約束で、既に一夜の契りを交わしたのだ、と。

ここに至って、恭一郎は驚きよりも憤りを覚えた。

昌幸の許婚ならば、二度、街で顔を見たことがある。

一度は梨子神社の前の茶屋にて昌幸と一緒のところを遠目に、今一度は由良木町の小間物屋で、奏枝への贈り物を探している時のことであった。二人きりでの逢瀬どころか、言葉を交わしたこともない。

「誤解です。私の想い人は、まったくの別人でございます」

昌幸につられて声を荒らげぬよう、努めて平静に恭一郎は奏枝のことを語った。その上で、誰かが自分の名を騙っているのではないか、とも。

恭一郎の理を尽くした釈明に、斉木は頷いた。

「村瀬、鷺沢はどうやら、お前の仇ではなさそうだ。証拠もなしに、かようなことを軽はずみに持ち出してはならぬぞ」

微笑んで諭す師の言葉に、恭一郎が安堵したのも束の間だった。

「誤魔化されんぞ！　この外道めが！」

師の前で言葉を改めることも忘れ、昌幸は恭一郎につかみかかった。

——三日後、村瀬、富樫、生川の三家が、斉木の屋敷に集った。

一同が顔を合わせた座敷で、恭一郎は改めて富樫永華を見た。

誰もが認めるだろう美しい容貌に加え、二十歳とは思えぬ色気がある。だが、以前は気付かなかった底の知れない危うい光が永華の瞳には宿っていた。

永華と目が合った途端、恭一郎の本能が警鐘を鳴らした。

驚いたことに永華は、相手が恭一郎本人であると言い張ってやまなかった。

「何ゆえ、そのような嘘を」

己が想う奏枝とでさえ、いまだ接吻しか交わしていない恭一郎である。富樫永華は道場仲間の許婚であって、言われるまで名を思い出すこともなかった女だ。

「あなたこそ、どうしてそのように、私のことを隠そうとするのです？」

涙を流さんばかりの永華に、話し合いは当初、恭一郎に不利に進んだ。

恭一郎が、奏枝を斉木家へ呼ぶのを渋ったせいもある。

三國正右衛門は世捨て人として余生を過ごしてきた上に、奏枝を表舞台に引っ張り出して、万が一にも妖かしだと知れては困ると思ったのだ。

話し合いは長引いたが、やがて皆が永華の話のほころびに気付き始めた。

幾度となく問答を繰り返すうちに前言と違うことを言ったり、どう考えても辻褄（つじつま）の合わぬ日時に「恭一郎と忍び逢った」と主張したりしたのである。

斉木の他、昌幸の父親の村瀬幸広（ゆきひろ）が、三國の名を覚えていたのも幸いした。

永華の父親の富樫道治（みちはる）が、腫（は）れ物に触れるように娘をなだめ、話し合いは落着した。

年頃の娘の過ぎた夢想だった——というのが、富樫家の言い訳であった。

のちに馨や他の門人が聞き及んだ話を合わせて判ったことだが、永華は半年ほど前、駕（か）籠（ご）で斉木道場を通りかかった際に恭一郎を見初めたらしい。既に昌幸と言い交わしていたが、二人は幼馴染（おさななじ）みといっていい間柄で、永華は一目で恭一郎に惹（ひ）かれたようだ。

想いを募らせるうちに昌幸が煩わしくなり、婚約を断るのについ恭一郎の名を口にしてしまった。話が大きくなってしまったがゆえに、どうにも引っ込みがつかなくなったのであろう——というのが概ねの見解だった。

内輪で決着したことといえども、人の口に戸は立てられぬ。

噂はやがて、道場の外へと広がっていった。

二月後、富樫家は「気鬱」と称して永華を西都の外の親類宅に移し、次女の雅子に婿を取らせることにした。今度は次女の許婚として打診された村瀬昌幸は、家に無断でこの話を蹴って父親の逆鱗に触れた。村瀬家では、家中の厄介者になりつつある次男の将来を案じ始めていた折だった。

居酒屋で恭一郎が昌幸を見かけたのは、そのすぐ後だ。

父親から怒鳴られ、家を飛び出してからずっと盛り場をさまよっていたらしい。

話し合い以来、昌幸は道場に顔を出さなくなっていた。しばらくぶりの昌幸は、傍から見ても荒んでいた。

「お前のおかげで、永華は狂人扱いよ」

さして酔った様子もなく、だが剣呑な目をして昌幸は言った。

「嘘もあそこまで大きくなると、冗談では済まされぬからな」

実際いい迷惑だったと、恭一郎は思っていた。

「嘘か……」

ふっと、嫌な笑みを昌幸は漏らした。

「よく言う。お前の女こそ大嘘つきではないか」

「何をまた」

　奏枝の正体が知れたのかと、恭一郎の声は上ずった。気付いた昌幸が調子づく。

「三國正右衛門は、生涯独り身だったと聞いた。なればあの女は、三國の孫などではなく、囲われ者だったのだろう」

「戯言を抜かすな」

「そうか？　よく見ればなかなか良い女ではないか」

　はっとして恭一郎は昌幸を見た。驚いた恭一郎の顔を見て昌幸がにやりとする。

「ちと、調べてみたのよ。お前が惚れ込んでいる女が、どれほどのものかと思ってな。辺りの話だと、三國とは似たところがなかったそうだな」

「三國殿の御祖父の、昔馴染みの血縁だ」

「つまりは他人ではないか。どうせ三國も女で身を持ち崩し、剣を捨てたのであろうよ」

「……三國殿を侮辱することは許さん」

「ふん、死人に義理立てするか……あの女、三國が死んで、今は一人暮らしのようだな。今頃、お前とは別の男を引き入れているやもしれぬぞ」

「くだらん」

「もしくは、押し入った無頼どもの餌食になっているやもな……」

「なんだと？」

　狼狽して思わず声が高くなった。

返事を待たずに踵(きびす)を返し、店を出た恭一郎の後を、昌幸が小走りに追って出た。

後ろから抜き打たれた昌幸の刀を、背中に目がついているかのごとく感じ取って、恭一郎はかわした。そのままくるりと身を返しつつ、居合い抜きに放った己の剣が、昌幸の右手を斬り落とす。

絶叫が上がった。

「奏枝に大事あらば、腕だけでは済まぬぞ」

言い捨てて、恭一郎は奏枝のもとへ走った。

昌幸の言ったことは戯言に過ぎず、奏枝は無事であった。

だがこのことは、迷っていた恭一郎の心を決めた。

三日後、恭一郎は奏枝を連れて斎佳を出た。

†

人に紛れるすべをいくつか心得ている奏枝だったが、ほとぼりが冷めるまで、恭一郎の方が人目を避けたかった。

転々と住処を移し、二人はやがて奏枝の案内で那岐(なぎ)州の「隠れ家」に落ち着いた。

隠れ家は山中の、人里の結界の外にあり、二人して周りを畑として耕した。

奏枝は木彫りが得意で、凝った細工の人形や根付を、少ない道具で片手間に彫り上げる。

出来上がったものを州府の神里に持って行くと、良い値で売れた。神里の万屋(よろずや)・蔓屋(かずらや)は街道沿いにある那岐州では知られた大店(おおだな)で、恭一郎はここで奏枝の作った細工物を売ってもらい、同時に細々と都とつなぎをつけていた。

二人分の畑など小さなものだ。暇ができると、恭一郎は一人で剣の修業に勤しんだ。食べるために狩りをすることが増え、昔はそれほどでもなかった弓の腕が上がった。

三國正右衛門が恭一郎に与えた刀は、八辻九生の作品の中でも傑出した一振りで、奏枝に言わせると、それ自体が護符のごとく、妖魔にとっては脅威らしい。よって奏枝は斎佳の橋ですれ違った時、恭一郎はともかく刀はすぐに判ったそうである。

「この刀には強い力が宿っていて、私にはとても触れませぬ。私はこの刀が恐ろしい。ですが、恐れながらも私はこの刀の持つ不思議な力に魅(み)せられているのでございます。ゆえに祖父——三國殿があなたにこれをあげてしまった時は寂しく思い、再びあなたが携えてきた時には、何やらほっといたしました」

「成程。それで俺を好いてくれたのだな?」

「まあ」と、奏枝は微笑んだ。「大人気ない」

「見ての通りだ」

抱き寄せた腕の中で、己を見上げた奏枝を恭一郎は見つめた。

「……今なら判ります。あの刀はあなたのために打たれたようなもの。またあなたほど、あの刀にふさわしい者もおりますまい」

「そうか?」

若さに任せて恭一郎は、奏枝を抱く腕に力を込めた。

「俺はこれからもっと強くなる。お前にふさわしい男であり続けるために……」

肩に落ちる髪を払い、奏枝の首筋に唇を寄せて囁く。

「老い、朽ちるまでとは言わぬ。俺が負けぬうちは、俺の傍にいてくれぬか？」

恭一郎の愛撫に応えながら、奏枝は愛おしげに囁き返した。

「勝ち負けなど……あなたは私を見くびっておられます。私があなたについて来たのは、剣術の腕前に惹かれたからではございませぬ」

「俺には金も地位もない。剣しか知らぬ身ゆえ、剣でしか物事を測れぬ」

　くすりとして奏枝は言った。

「不思議なお方。剣しか知らないお方のもとで、どうしてこのように安らげましょうか」

「からかっておるのか？」

「いいえ」と、奏枝は恭一郎の胸に顔を埋めた。「お傍におります。いつまでも。願わくば、あなたが老い、朽ちた後もずっと」

　細くしなやかな腕が己の背中に回って、恭一郎を滾らせた。

　奏枝の言うように、三國からもらった刀に宿る力か、はたまた奏枝という妖かしの存在のおかげか、二人が住む山中の家を襲う妖魔はいなかった。

　寝食を共にし、時に睦み合い、争うこともなく、二人は互いがもたらす幸せに浸った。

　奏枝には笑われたものの、恭一郎は剣の修業を怠らなかった。

　相手のいない修業だが、己の剣が日に日に研ぎ澄まされていくのを恭一郎は感じた。

抜き身を構え、山中を渡る風や、遠くを流れる渓流の音を聴いていると、何か強大な力が突き上げてくる。やがてそれがふっと消え去る時、かつてない身体の自由が得られることを恭一郎は知った。

まるで、己自身が風の――空の――一部となったかのごとく。

†

「……正味四年。今思えば夢のような時であったな」

つぶやくように言った恭一郎の声に、その先の不幸を予感して、蒼太は眉をひそめた。

「ある日、町から帰ってみると、奏枝はいなくなっていた」

家は荒らされており、土間には大量の血痕があった。

慌てふためいた恭一郎のもとに、蔓屋から一通の文が届けられた。

「そこには奏枝を攫った村瀬が、玖那に潜んでいることが記されていた」

「く、な」

「そうだ。思い出したくもないだろうが、お前が囚われていた、あの屋敷、あの座敷牢に、奏枝も閉じ込められていたのだ」

思わず蒼太は唇を噛んだ。

恭一郎に助け出される前に、盗人たちに閉じ込められた地下蔵の座敷牢で、口にできぬほど非道な仕打ちを受けたことは、よもや忘れぬ。

「村瀬は術師と一緒でな。奏枝は力を封じられ、逃げ出すことができなかった……」

奏枝の角は蒼太のように折られてはいなかったが、術師の施した術によって、念力が使えぬばかりか、身体を動かすのもままならぬ有り様だったという。

「術師と村瀬は、その場で俺が叩き斬った。術師の死によって術は解かれたが、もはや手遅れであった。奏枝の亡骸は、村からほど近い丘の上に埋めた」

――蒼太が恭一郎と初めて会った夜、恭一郎と別れた蒼太は踵を返して屋敷に戻った。

足音を立てずに、眠っていた盗人頭の枕元に立つと、左手に気を集めて指を折り込んでいった。

カシュタの心臓を思い出しながら、妖力で盗人頭の心臓をまさぐり、握り締める。

盗人頭は跳ね起き、もがいたが、蒼太は力を緩めなかった。胸を押さえて盗人頭はよろけ、声に駆けつけた手下の二人のうち一人を、苦し紛れに抜いた刀で斬り捨てた。

絶叫に怖気付いたもう一人は、出刃を持ったまま逃げ出した。

二人の男がこと切れて、家に静寂が戻った後、蒼太は悠々と箪笥から着物と金を奪って屋敷を出た。金の価値が今一つ解せぬ蒼太だったが、人間が金を重宝していることは知っていた。

野原の、草木が生い茂った場所に身を隠すと、夜が明けるまでまどろんだ。

翌朝、陽が充分に昇った後に、蒼太は風の音を聴き、恭一郎の気配を探すべく、大気に意識を集中させた。

微かな気の道しるべをたどって丘の上に行くと、木陰に座り込んだ恭一郎がいた……

「そうだ。あのとねりこの木の下だ」

「……」

「悪いものが来る、と、少し前にお前は言ったな。馨の話だと、村瀬の兄が俺を討とうと晃瑠に来ているようだ。村瀬一広。弟とは違い、斎佳では知られた遣い手よ」

五年も経った今になって、一広が仇討ちに奮起したのには理由があった。

「富樫の狂女は、弟のみか、兄までたぶらかしてのけたようだ。——五年前、村瀬昌幸をそそのかして奏枝を攫わせたのも、その村瀬の隠れ家を蔓屋に託して俺に知らせたのも、全てあの、富樫永華という狂女が仕組んだことだったのだ。あの女、此度は兄の方をたぶらかして俺を討たせることにしたんだろう。しかもまたもや術師と組んで、他にもよからぬことをしているらしい」

薄闇に、微笑んだ恭一郎が夜目の利く蒼太には見えた。

そっと伸ばされた手が、蒼太の頰を一撫でする。

「俺のことは案ずるな。村瀬など、返り討ちにしてくれる」

蒼太の搔巻の襟を寄せると、恭一郎は今度は真顔を作った。

「それよりも、富樫と共にいるという術師が気になる。表向きは理術師の他、都で術を使える者はいないというが、蛇の道は蛇。妖魔知らずといわれた都にも、こうしてお前や伊紗がいるのだからな。油断は禁物だ。いかぬと思ったら、その足に物を言わせて、走って逃げるのだぞ、よいな？」

「ん」

「よし」

一つ頷くと恭一郎は、ぽんぽんと掻巻の上からあやすように蒼太の背中を叩いた。それからあくびを嚙み殺すと、仰向けになる。

眠りにつくのかと思いきや、恭一郎はじっと天井を見据えている。

恭一郎の寝息を聞かぬうちに、蒼太の方が先に眠りに落ちた。

第七章 Chapter 7

翌朝、朝餉を済ませた恭一郎が、約束通り蒼太に絵草紙を読み聞かせているところへ、高利貸・さかきの榊清兵衛その人が訪ねて来た。

「非番のところ、すまぬが……」

一つだけ、どうしても今日中に取り立てて欲しいところがあるという。

「それは構いませんが、二人に何か？」

今日は取立が少なく、亮介がやくざ者の井上と組んで出かける筈だった。

だが、その井上が昨夜から、賭場へ行ったきり帰って来ないらしい。

義忠の似面絵を借りて行った井上が、千寿堂からの文を届けて以来、恭一郎は井上を見ていない。

「あやつは近頃、なかなか羽振りがよかったようじゃ。幾度か賭場で良い目が出たようでな。調子づいて大枚を張り出したところで運が尽きたようでのう。肩代わりしろと今朝方、赤虎から遣いが来たわえ」

国皇直轄の四都はもともと政治と経済のために造られたもので、妖魔という外敵を警戒しなくてよい代わりに人のしがらみが複雑だ。人口に比例して裏稼業も多く、赤虎というのは、晃瑠の西側に勢力を持つ、赤い虎の刺青を背負った香具師の元締めの二つ名だ。虎が赤いのは返り血ゆえだといわれるほど、荒事を好むことで知られている。

「儂にも面目があるでな」

金を持たせた番頭の孫七と赤虎を訪ねて借金を綺麗さっぱり片付けたのち、その場で赤虎を証人にして井上に暇を出したという。井上は過去に三度、請人である清兵衛の手を煩わせている。喧嘩がもとで町奉行所からお叱りを受けた三度目の時に、「次はない」ときつく言い渡されていた。

此度、清兵衛が肩代わりした借金は四十両。

「あやつにしては、高い暇金だったわえ」と、清兵衛は苦笑を漏らした。

そのまま孫七を遣せばいいものを、わざわざ自ら出向いて来るあたりが清兵衛らしい。

「おお、この子がおぬしの」

寝転んで絵草紙を眺めていた蒼太は、清兵衛の関心が己に向いた途端、絵草紙を抱えて部屋の隅へと逃げた。

「……遠縁から引き取った子にて」

「よしよし。怖がらずともよい。ほれ、小遣いをやろう」

懐から財布を取り出す清兵衛に目もくれず、ぷいっと蒼太はそっぽを向いた。

「――おぬしに似て、可愛げがないのう」

馨と似たようなことを言いながら、気を悪くするどころか相好を崩して、清兵衛は財布から金を取り出して恭一郎に握らせた。

「ほれ、二人で何か旨いものでも食うがよい」

「はあ」

恭一郎の腕前は認めているものの、清兵衛にとって恭一郎は剣士である前に「うちの若いもん」であり、独り身で縁故のいない清兵衛にとって「うちの若いもん」は、息子たちも同然だった。

ゆえに此度、井上のことを最も残念に思っているのは清兵衛に違いなかった。

清兵衛が帰ると、読み物を邪魔されてむくれていた蒼太をなだめて、二人で表に出た。

蒼太を手習いへ送り出してから、亮介が待つという駒木町の蕎麦屋へ向かう。

亮介は店先で煙草をふかしていた。

「井上の話を聞いたか？」

「ああ」

「あの野郎、しばらく博打から遠ざかっていたくせに、あの様だ」

「このところ、随分羽振りが良かったようではないか」

「大方、どこかの店を強請っていたんだろう」

「ふむ」

夏野の弟が偽者ならば、井上が千寿堂とつるんでいる見込みが高い。さすれば、井上の金の出どころは千寿堂と思われる。

「仕方のねぇ野郎だ」

亮介の口調には、井上への非難よりも清兵衛への同情が滲んでいる。

「そうだな」

肩をすくめて応えると、恭一郎は亮介を促して歩き始めた。

†

五条大路で、見覚えのある後ろ姿を伊織は見つけた。

まだ八ツ前で陽は高く、東都の真ん中を走る五条大路は行き交う人々が引きも切らぬ。

恭一郎ではないか——？

そう思った矢先に、くるりと男が振り向いた。

立ち止まって手を挙げた恭一郎に、伊織は足を速めて近付いた。

「驚かしてくれる」

「それはこっちの台詞だ」と、恭一郎。

「お前は、本当は後ろにも目がついているのではないか？」

「まさか。なんとなく後ろが気になっただけだ」

「なんとなく、か」

勘が良いにもほどがある——と、内心呆れつつ伊織は言った。

常人離れしていることは充分承知していても、こうして時折、恭一郎には意表を突かれる時がある。

既に亡くなった恭一郎の母親と、伊織の母親は昵懇だった。ゆえに恭一郎が柿崎道場に預けられる前から、伊織は恭一郎を見知っていた。

世間の幼馴染みのように、共に遊んだ記憶はあまりない。

家の隣りが道場だったこともあり、伊織も侃士となるまでは剣を嗜んだが、恭一郎とは腕があまりにも違ったために、打ち合うことも滅多になかった。恭一郎は剣、伊織は術と、それぞれ違う道を歩んできたものの、伊織は友の志には常に一目置いてきた。

幼い頃から類稀なる剣の才を発揮してきたとはいえ、大老になれたやもしれぬ順境をあっさり捨てて、恭一郎は剣を選んだ。

それだけでも充分変わり者だといえるのに、晃瑠を出て斎佳に落ち着いたかと思えば、女一人のために今度は人里を捨てたという。のちの悲劇がなければ、今に至ってもあのまま山中で、のんびり夫婦で暮らしていたと思われる。

向こう見ず、と、人はいうかもしれない。

愚か者、とも。だが伊織は、そんな恭一郎の奔放さを好ましく思っていた。己にはけして真似できぬと知りつつ、である。恭一郎は剣しか知らぬ無学者でもなかった。むしろ大老の息子だけに、そこらの者より学はあるのに、総じて物事の可否や見込みを勘で判じている節がある。いくら気が合ったとはいえ、妖魔の蒼太とあえて都で暮らそうなどと、術師でも考えはしないことだった。

　こういったことも、伊織にはまた興味深い。

　理術の根底にあるのは自然との融合だ。自然のみならず、自身も解きほぐさねば同化は図れぬ。俗世に執着しないこと、観念に囚（とら）われぬことは、理術を修めるにあたって重要な素質でもあった。

「学問はもうたくさんだ」と、当人には既に一笑に付されたが、心のままに生きる恭一郎なら、術を学ばせても大成するのではないかと伊織はかねがね思っていた。

「ところで伊織、お前は何ゆえ晃瑠に？」

「秋には祝言を挙げるつもりだと言ったろう。所用で少し延びそうだが」

空木（うつぎ）村（むら）に住む小夜（さよ）との、祝言の段取りをつけるために晃瑠まで戻って来たのである。

「宮司（ぐうじ）様が喜ぶな。俺（おれ）にとっても好都合だ」

「なんだと？」

「ちと、お前の助けが入り用になりそうだ。術師にはやはり術師だろう」

「なんだと？」

　眉（まゆ）をひそめて繰り返した伊織に、恭一郎はにやりとした。

「詳しい話は後だ」

　恭一郎は手習いに行った蒼太を迎えに行くついでに、道場で一汗流そうと思って来たらしい。行き先が同じだと判って、二人は並んで歩き出した。

志伊神社に着くと、伊織は父親の高斎と短く再会の言葉を交わした。

「何よりの吉報だ。仁斎は今他行中だが、夕刻には戻る。あいつのいないところで話を進めると後がうるさい。お前の土産話は夕刻までお預けとしよう。それまでは鷺沢殿とゆっくりするがよい。互いに積もる話もあろう」

「……こいつの話など、面倒なだけですよ」

仏頂面でつぶやく伊織へ、高斎は出仕に持って来させた酒瓶と杯を手渡した。

「蒼太は隣りですか？」

恭一郎の問いに、高斎は小首を傾げた。

「今日は見ておらぬが……」

「そうですか。本が途中だったので、続きは宮司様に読んでもらうように言い聞かせたのですが——どうせまた、先生と茶でも飲んでいるのでしょう」

「ふふ。柿崎殿も近頃はよく道場の方へいらっしゃる」

高斎と別れて庭に下りると、伊織は恭一郎を促して道場へ向かった。

まずは裏手の馨の小屋へ寄って、酒と杯を置いて行く。相談事や飲み事には馨の小屋がよいが、先に柿崎に挨拶を済ませておきたい。

道場では、馨が大音声で稽古をつけていた。門人はそう多くはないが、皆必死だ。竹刀の打ち合わさる音が、絶え間なくそこここで響いている。

入り口から覗いた二人に気付くと、馨は打ち合っていた門人を止めて歩み寄った。

「伊織ではないか」

「久しぶりだな」

斎佳出身の馨に、晃瑠の柿崎を紹介したのは恭一郎だ。道場と神社が隣り合わせていることから伊織と馨は既に友といっていい間柄で、たまさかに伊織が帰都すると、恭一郎がいるいないにかかわらず、道場で打ち合うこともあれば、酒を酌み交わすこともある。

伊織が帰都の理由を話すと、「ううむ」と馨は唸った。

「まさかお前に、先を越されるとは」

「俺も思いも寄らなかった」

澄まして応えた伊織に、恭一郎が噴き出した。

「馨、羨ましいだろう？」

「なんの。独り身も気楽でいいもんだ」

「こいつ、つまらん負け惜しみを」

「うるさい。——稽古が終わったら、飲もうではないか」

「うむ。酒は宮司様からもらってある」

「俺が行くまで残しておけよ」

「約束はできん」

恭一郎と声が重なって、互いに顔を見合わせてにやりとした。

「ところで蒼太が来ているだろう？」

「いや、今日はまだ見ておらん」

馨の応えを聞いて初めて、恭一郎の顔が少し曇った。

稽古中の馨を残して小屋まで戻ると、酒瓶を開けた。まずは再会と祝いの杯を兼ねて一息に飲み干すと、空になった杯に酒を注ぎながら伊織は訊ねた。

「浮かない顔だな。蒼太が心配か？」

「顔も見せておらぬというのが気にかかる」

絵草紙の続きを気にしており、別れた時には足を志伊神社の方に向けていたという。

「……術師がどうのと言ってたな？」

「それよ」

杯を傾け、忌々しげに恭一郎は言った。

「村瀬一広が晃瑠に来ている」

「お前が斬った男の兄か。今更なんだ？　まさか仇討ちでもあるまい？」

「そのまさか、だ」

「莫迦な」

恭一郎の妻を伊織は知っていた。

山幽だったということも。

奏枝が存命中、術師として伊織を見込んだ恭一郎に、家に招かれたことがあった。

表向き、奏枝は人として——恭一郎の妻として死んだ。

那岐州の評定では「村瀬昌幸に非有り」。昌幸殺しは妻の仇討ちとして、恭一郎に咎めはなかった。斎佳閣老の西原家が手を尽くしたおかげで、事件は世間に知られることなく、密やかに終決した。

昌幸に助力した術師も、御上非公認といういわば闇の存在ゆえに、ただの無頼として記録に通り名を記されただけだった。

「西原が黙ってはおるまい」

終決した事件を私怨で蒸し返すとなれば、ことを収めた西原家の顔が潰れる。

「うむ。だがどうやらやつは、富樫永華と共にいるらしい」

その名を聞いて、伊織は舌打ちした。

「血迷ったか。斎佳屈指の剣士ともあろう者が」

「しかもあの女、またしても術師を抱き込んでいるようだ」

どういうつてからか、永華は奏枝が妖かしだと知っていた。だからこそ術師を雇い、奏枝の力を封じた上で、昌幸に攫わせて陵辱させた。その後に昌幸を悪者に仕立て上げ、恭一郎に昌幸を討たせんと文を送ったのだ。

昌幸はおそらく、奏枝が妖かしとは知らずに死した。術師も死していたため奏枝の正体は世間に知られることはなく、昌幸がことに及んで術師を頼んだのはただ、全てを秘密裏に済ませたかったからだろうというのが評定所の推察だった。

富樫永華に咎めはなかった。

恭一郎の受け取った文にその名は記されておらず、たとえ記されていたとしても、元許婚の悪事を知らせたのである。昌幸の勝手な行いだったと言われればそれまでだ。

「毒婦とは、よくいったものだ」

「此度抱き込んだ術師がまた、一癖ありそうなやつらしい」

「そのような者を易々と入都させるとは、晃瑠の護りも衰えたものだ。門役は一体、何をしているのだ」

蒼太を入都させた己を棚に上げ、伊織は憮然として言った。

「そう思うなら、戻って来い」

「ごめんこうむる」

「嫌な予感がするのだ……」

つぶやくように恭一郎が杯を持ち上げた時、ばたばたと駆けて来る足音が聞こえた。

「あのぅ」と、声をかけた志伊神社の若い出仕を押しのけて、戸口に半纏に股引姿の男が立ちはだかった。

「鷺沢の旦那」

「一二三か。どうした？」

「こいつをその、蒼太に頼まれやしたんで」

急いた様子で、船頭の一二三は風呂敷包みを突き出した。

「なんだと」

立ち上がった恭一郎に包みを渡すと、顔を歪めて一二三は言った。

「なんだか嫌な予感がしやすんで……」

†

――一二三が蒼太を見かけたのは、蒼太が恭一郎と別れた少し後だったと思われる。

五条堀川沿いを小走りに駆けて行く子供が見えて、一二三は呼んだ。

「蒼太！」

蒼太は数歩戻るようにして、川面の一二三の方を見た。

「旦那の遣いかい？」

風呂敷包みに目を留めた一二三が訊ねると、首を振って蒼太は応えた。

「てな、ら、い」

「おお、そりゃ感心だ。どこまで行くんでぇ？」

「し、いじ……じゃ」

「なら、橋向こうまで乗ってきねぇ」

ちょうど五条梓橋を越えた今里まで、得意客を迎えに行くところだった。

「……」

黙り込んだ蒼太に、一二三は微笑んだ。

「金ならいらねぇ」

その一言で、近くの船着場まで走って、蒼太は一二三の舟に乗り込んだ。

堀川を抜けて梓川を渡り、今里の船宿に着ける直前、陸から声が聞こえてきた。

「鷺沢」「要町（かなめちょう）」と言ったようだが、すぐに他の声や音に紛れていった。

声のした方を見やると、身なりの整った侍と、どう見ても浪人風情（ふぜい）の男が、二手に分かれたところだった。

「——旦那の知り合いかい？」

蒼太はじっと、二人を見つめたまま応えない。

侍は土筆堀川（つくしほりかわ）を北へ、浪人は今里の方へと去って行く。

桟橋に上がった蒼太は、背負っていた風呂敷包みを一二三に差し出した。

「なんでぇ？」

「しいじ、じゃ」

「うん？」

首を傾げた一二三に包みを押し付けると、蒼太は浪人と入れ違いに駆け出して行った。

「おい！」

一二三は呼び止めたが、蒼太はあっという間に土手を上って行く。

「頼めるかい？」

「すいやせん。先約がありやすんで」

声をかけてきた男に、一二三は上の空で応えた。

船宿の丁稚に舫い綱を渡していると、土筆堀川沿いを北へ行く蒼太の後ろ姿が見えた。志伊神社は五条堀川より北にあるので、方向としては間違っていない。

では何ゆえ、風呂敷包みを置いていったのか？

†

「これはあっしの勘ですが、蒼太はあの侍をつけて行ったんじゃねぇかと……」

恭一郎の通う道場が、志伊神社の隣りにあることを一二三は知っていた。

一二三が取り急ぎ、得意客の待つ料亭を兼ねた宿屋・富長まで行くと、ちょうど先ほど見た浪人が足を洗わせていたという。得意客を拾って送り届け、一二三は再び引き返して笹川町の船宿に舟を預けた。だが、水上と違い、陸の道には明るくない。辻を間違えて迷った末に、やっとここまでたどり着いたそうである。

「手間をかけたな」と、恭一郎は一朱を差し出したが、

「とんでもねぇ」と、一二三は口を尖らせた。

礼金のためではなく、善意でここまで走って来たのだろう。

手を返して金を引っ込めると、恭一郎は一二三に頭を下げた。

「かたじけない」

「とんでもねぇ……しかし、今日いちんちで、三月分くらい歩きやしたぜ」

一二三の言葉に苦笑を漏らしてから、恭一郎は問うた。

「宿の名は富長というのだな？」

「女将が出迎えて来やしたからね。あそこの客なのは間違えねぇ」

「その浪人のなりを、もう少し詳しく聞かせてくれ」

一二三から話を聞いた恭一郎は、伊織から矢立を借りて文をしたためた。

「こいつを帰りしな、五番町奉行所に届けてくれぬか？」

「お安い御用で」

五番町奉行所は幸町にあり、一二三が根城としている船宿に近い。

出された椀酒を一息に飲み干すと、今度は迷わぬように出仕を案内役にして、一二三は舟へ戻って行った。

――その日、蒼太は結句、志伊神社にも長屋にも戻って来なかった。

†

夏野が控えの間に行くと、女は優雅に手をつき、頭を下げた。

「新見千草と申します」

「黒川夏野と申します」

由岐彦の斜め後ろで膝を折り、夏野も丁寧に礼を返した。

牡丹色に百合の花をあしらった着物を着た千草は、三十路をいくつか越えた年頃で、伊紗とは違う大人の色香を漂わせている。

一体どこの誰なのかと、訝しむ夏野に応えるように、千草は口を開いた。

「本日は柿崎道場より、柿崎錬太郎の遣いで参りました」

同じ一刀流で名を成した黒川弥一の孫を、是非とも道場に招きたい、というのである。

「夏野様は既に侃士でいらっしゃるとか。よろしければ当道場の門人たちに一手ご指南いただき、そののち別宅にてゆっくり黒川様を偲び、語らいたいと柿崎は申しております」

「別宅とな？」

硬い口調で問い返した由岐彦へ、千草は顔を上げて凛として応えた。

「はい。私どもの家はこちらのお屋敷とはとても比べものになりませぬが、誠心込めておもてなしいたしとうございまする」

「失礼だが新見殿は……？」

「柿崎の内縁の妻でございます」

「さようか」

どうする？――と、目で問うた由岐彦に、一も二もなく夏野は応えた。

「是非ともお伺いしたい」

「ありがとう存じます」

急ぎ身支度を整えて、いつもの少年剣士の姿になると、夏野は千草と共に屋敷を出た。

一昨日の夜、千寿堂ではなく鏑屋に泊まったことが千寿堂からの文で由岐彦にばれ、夏野は昨日は、またしても一日中屋敷で謹慎させられていた。

千寿堂からの文によると、いまだ修次郎の行方は知れず、身代金の要求もない。更にはことが落ち着くまで太一郎の件は留め置き、夏野から訪ねることも控えて欲しいと記されていた。

知らせを受けて、由岐彦の方でも町奉行所へのつてを駆使して修次郎の行方を探ってくれているらしいが、めぼしい知らせはまだなかった。

己の無力さに、くさくさしていた矢先である。

久しぶりに、思い切り竹刀を振って、憂さを晴らしたい——

そんな夏野の思惑をよそに、千種が案内したのは道場の裏口であった。

「新見殿？」

問いかけた夏野には応えずに、千草は馨の住処である小屋まで来ると、小気味よく拍子をつけて三度、戸を叩いた。

するっと引き戸が開くと、恭一郎が立っている。

「鷺沢殿」

「黒川殿。こんなところへお呼び立てしてすまない」

「では、私はこれにて」と、千草。

「お手間を取らせました。御新造様」

「ふふ。あの人の茶飲み友達のためですものね」

柿崎も千草も、まさか蒼太が妖魔だとは思ってもいまい。千草は蒼太を見たこともないようだが、柿崎から話は聞いているらしい。

「急に稽古熱心になったと思ったら、縁側で日向ぼっこしていると言うんですもの」

「かたじけない。私ではきっと門前払いされたでしょう」

鏑屋での外泊は夏野の意思であったが、それを手配したのが恭一郎とあっては、由岐彦の渋面は想像に難くない。

恭一郎にいざなわれて、夏野が小屋へ入ると、長屋と変わらぬ狭い部屋に男が二人座っている。一人は馨だが、もう一人は初めて見る顔だ。

「黒川殿。こちらは宮司様の息子で、伊織という者だ」

「樋口伊織と申す」

「黒川夏野と申します」

挨拶が交わされてすぐ「早速だが」と、恭一郎がかしこまって手をついた。

「黒川殿の力をお貸しいただきたい」

「鷺沢殿。どうかお顔を……」

ただならぬ様子の恭一郎に夏野はうろたえた。と同時に、都へ来て初めて人から――それも恭一郎から――頼りにされたことが、ひどく嬉しい。

顔を上げた恭一郎が、昨日の一二三の話を夏野に語った。

「晃瑠は三里四方の都だ。侍の家が都の外れにあろうとも、蒼太が戻って来られぬ道のりではない。つなぎのつけ方も知らぬから、一人で家を見張っているとは考えられぬ。とすると――」

「怪我を負ったか、囚われたか……」

もしくはもはや亡き者に。

しかし夏野はすぐさま首を振って打ち消した。

何故(なぜ)かは判らぬ。

だが、蒼太に大事ある時は、蒼太の目を宿した左目が教えてくれると感じていた。

「私にできることであれば、なんなりとお申しつけください」

「黒川殿にしかできぬことなのだ」

じっと恭一郎に見つめられて、夏野はたじろいだ。

「前に、見事蒼太の居所を探し当てたことがあっただろう?」

夏野が伊紗に騙(だま)されて、蒼太を斬(き)った時である。

「あれは、その」

「あの時と同じようにして、蒼太を探し出していただきたい」

はっとして、夏野は恭一郎を見つめ返した。

あの時たどった青白い軌跡。

伊紗は言った。夏野へ入り込んだ蒼太の目が、蒼太へ導く——と。

「——判りました」

伊紗が教えたように、目を閉じて、意識を左目に集中させる。

ゆっくり息を吐き出すが、以前見えたような幻影は浮かんでこない。

目を開いてみても、青い軌跡はどこにも見えなかった。

その代わり、大の男三人が夏野をじっと覗き込んでいて、夏野は頬を熱くした。六尺超えの馨を始め、恭一郎も伊織もそこらの男より上背がある。そんな三人がかしこまり、身を乗り出すように夏野を囲んでいるのだ。

「見えませぬ……」

萎縮した夏野の声は、自然と尻すぼみになった。

やはり私は役立たずだ——

そう思うと、つい涙ぐみそうになる。

「黒川殿」

唇を嚙んでうつむいた夏野の頭上から、低く落ち着いた声で恭一郎が呼んだ。

「黒川殿、気になさるな」

「しかし……」

「こちらの伊織が手助けいたすゆえ」

夏野が顔を上げると、恭一郎が頷いて、伊織の方へ顎をしゃくった。

眼鏡をかけて、学者然としているが、学者にありがちな身体のひ弱さは見られない。

「こいつは、今は那岐の田舎に引っ込んでいるが、こう見えて元都師、更に一位の称号を賜った理術師でもあるのだ」

「一位の称号を……あっ、樋口理一位様——」

今更ながら、国に五人しかいない理一位の名を夏野は思い出した。

ひれ伏そうとした己を止めて、伊織が夏野の前に進み出て向かい合う。

「今一度、目を閉じてみなさい」

伊織が夏野の左目に手のひらを翳した。

言われた通りに夏野が目を閉じると、伊織の口から囁くように低い詞が流れ出る。それは呪文というより祝詞のごとく心地良く、耳からではなく、身体の内から聞こえてくるようであった。

触れてもいないのに、伊織の手のひらの熱を左目に感じる。それがすっと引いたかと思うと、「開いてみなさい」と伊織の声がした。

おそるおそる目を開くと、するりと、細く青白い光が夏野の膝から肩へと抜けて行く。

「あっ！」

慌てて腰を浮かせた夏野を見て、恭一郎と伊織が頷き合う。

「なんぞ、手がかりが？」

安堵の表情で馨が問うた。

「はい。見えましてございます」

先ほどとは打って変わった、弾んだ声で夏野は応えた。

「それにしても、術とは不思議なもんだな。一体どんなからくりなのだ？」

真顔で問うた馨に、伊織も真顔で応える。

「自然のからくりだ」

「ふむ」

夏野と目が合った恭一郎が、くすりと忍び笑いを漏らした。

†

目覚めた蒼太は身体を起こし、ぐるりと辺りを見回した。

夜だと判ったのは、一瞬で闇に慣れた目が、上の方にある格子窓を見つけたからだ。

星が一つ二つ、格子の間から瞬いている。

月は見えぬが、星よりも明るい下弦の月が格子窓の外にはある筈だ。

どうやら己は蔵の中にいるらしい。長持がいくつか置かれているのが見える。

長持の陰で何かが呻いて、蒼太は身構えた。

だが、それもほんの束の間で、呻き声が聞こえた長持の向こうをそっと覗くと、蒼太よりずっと小さい、三、四歳ほどの子供が怯えた瞳で蒼太を見上げた。蒼太から逃げるように身をよじった子供からは、糞尿の臭いがした。

蒼太は子供を放っておいて、蔵の唯一の出入り口と思しき鉄の扉を叩いた。扉は思ったよりも厚いようで、手が痛むだけでびくともしない。

天井は高く、格子窓は蒼太の頭から、更に二間ほど上にある。梯子は見当たらぬが、蒼太は長持の上から梁へ飛び移った。しかしながら、梁を伝って窓の鉄格子越しに外を覗いてみるも、灯りの消えた屋敷が見えるだけである。

梁から下りて、片端から長持を開けてみたが、入っているのは着物ばかりで武器になりそうなものは何もない。舌打ちする蒼太を、子供が興味深そうに窺(うかが)っている。

「……だれ？」

子供がおそるおそる問うてきた。

「そう、た」

「そう、た？」

「ん」

「……しゅうじろ」

薄闇に己を指差して言う子供を蒼太は見つめた。たった今聞いた名前には覚えがある。

確か夏野の、偽者の弟の——

「おと、と。……か、とわ、か、さ、れた」

蒼太の言葉は判らずとも、自分を脅かす者ではないと判(わか)って安心したようだ。修次郎の目から涙が溢(あふ)れた。

「……おしっこ……」

どうしたものかと蒼太が改めて見回すと、蔵の隅に瓶(かめ)を見つけた。蓋(ふた)の上の柄杓(ひしゃく)を取り、蓋を開けると思った通り、中は水だ。長持の中から着物を取り出し、修次郎をその上に寝かせて、おしめを外してやった。別の着物を引き裂いて、水で湿らせて汚物を拭(ぬぐ)うと、更に着物を引き裂いて新しいおしめを作る。着物はどれも一流品と思われたが、蒼太はその値を知らぬし、また知っていても気に留めぬ。

何者かが確かな意思と共に、己と修次郎を閉じ込めているのだ。

――一体、どれだけ気を失っていたんだろう……？

一二三の舟に乗った蒼太は、今里の船宿であの侍の声を聞いた。

一二三には「鷺沢」「要町」だけしか聞こえなかったようだが、人ならぬ蒼太の耳には更に多くの言葉が聞こえた。

――鷺沢の住処を突き止めたとか――

――ああ。要町の長屋に、餓鬼と二人で暮らしてるようだ――

――子供と？――

――そうだ。いつ殺(や)る？――

――逸(はや)るな。まずは様子を見てからだ――

「わるいもの」だ、と蒼太は直感した。

「きょう」をつけ狙(ねら)う、「きょう」の伴侶(はんりょ)を殺した人間の兄。

一二三に荷物を押し付けて、蒼太は侍の後をつけることにした。侍が「きょう」を襲う前に侍の「いえ」を突き止めて、「きょう」に教えてやろうと思ったのだ。

片目とはいえ、大自然の中で育まれた山幽は、夜目のみならず遠目も利く。充分な間合いをとり、怪しまれぬよう蒼太は侍の後を追った。

やがて武家屋敷が連なる町に着くと、侍は海鼠(なまこ)壁に囲まれた小ぶりの屋敷の門の向こうへ姿を消した。閉ざされた門の前まで行って、蒼太はその形や辺りの景色を頭に叩き込んだ。しばらく門を見張りたかったが、閑静な武家町である。蒼太のような子供がうろうろしていては人目を引いて仕方ない。

ひとまず退散しよう——

そう思って踵を返した蒼太の後ろで、門が開く音がした。

嫌な空気が流れ出て来るのを背中に感じながら、振り返りもせずに蒼太は駆け出した。

が、遅かった。

門から流れ出たどろりと重いもの——なんらかの術——が、背中からおぶさるようにして己にのしかかる。

背中から足まで全身の力を奪われ、蒼太は前のめりに倒れた。

——いかぬと思ったら、その足に物を言わせて、走って逃げるのだぞ——

——きょ、う——

恭一郎の言葉を思い出しながらその名を呼ぶと、蒼太は意識を失った……

いきさつを思い出しながら、苛立ちを抑えるべく蒼太は一つ大きく呼吸した。

術のせいか、目が覚めた今も尚、身体は重い。

再び格子窓の向こうに光る星を見上げると、急に空腹を覚えた。

柄杓に水を汲んで、喉を潤す。それから修次郎を抱き上げて、同じように水を含ませてやった。ふと見ると、水瓶と壁の間に革袋が挟まっている。

袋の中には、蕎麦粉と米粉を混ぜ合わせた兵糧が少しと、黒飴が一つかみ入っていた。

己を捕えたのはおそらく恭一郎が言っていた術師だろうが、飢え死にさせるつもりはないらしい。

黒飴を嚙み砕き、修次郎にも含ませると、修次郎は声を上げて喜んだ。

兵糧を食み、また、口に含んで柔らかくしてから修次郎にも食べさせる。

しばらくあやしていると、修次郎は蒼太の腕の中でうとうとし始めた。着物を敷き詰めて修次郎を寝かせると、蒼太は自分も着物に包まり目を閉じた。

まずは身体を回復させせねばならぬことを、蒼太は本能で知っていた。

†

同じ頃、まんじりともせずに、夏野は寝返りを打った。

柿崎の――というより、千草の――家の客間に夏野は寝ていた。柿崎の「別宅」に泊まることは、近くの駕籠舁きに頼んで州屋敷に文で知らせてある。

文を読んで由岐彦は顔をしかめただろうが、由岐彦の機嫌よりもいまだ行方が判らぬ蒼太を案じて、夏野は溜息をついた。

†

――日中、夏野は勇んで蒼太の行方を追ったが、さしたる成果は上げられなかった。

蒼太が一二三の舟を降りた今里から、北に半里ほど行ったところまでは、はっきりと軌跡が見えたのだが、そこから先には進めなかった。目を閉じ、開いた時には青白い光が浮かぶというのに、それはどこにも向かおうとしないのだ。

「ここまでか」と伊織が言うと、馨が露骨にがっかりとした。

「すみませぬ」

「いや、黒川殿のせいではない。何者かが、故意に蒼太の足取りを消したとみえる」

「それは――」

「こんなことは術師にしかできん。恭一郎の勘が当たったな。蒼太は術師に攫われたのだ。おそらく……」

「伊紗が茶屋で見た者であろうな」と、恭一郎。

「うむ」

蒼太と夏野が「見た」、修次郎の拐かしにかかわる女が富樫永華ならば、修次郎を実際に連れ去ったのは、恭一郎を弟の仇とする村瀬一広。

その一広をつけて行った蒼太を攫ったのが術師となると、それこそ伊紗が吉桃という店で出会った、永華と共にいた「怪しい者」であろう。

「富樫家縁の屋敷は？」

「五番町奉行の瀬尾様に頼んで調べてもらっているが、今少し時がかかりそうだ」

「そうか。――どうする？」

「黒川殿と伊織には引き続き、この辺りを探ってもらおう。俺は馨を連れて富長へ行く」

一広と別れた浪人らしき男から、一広の居所を突き止めようというのだ。

「それがいい。黒川殿もその方が集中できようし、何しろ目立たぬ」

伊織の言葉には一理あった。大の男三人が、道を確かめながら歩く「少年」の後ろをぞろぞろ連なって行くのだから、人目を引いて仕方ない。

恭一郎と馨が富長へ向かうと、「一休みしよう」と伊織は近くの茶屋へ夏野を促した。

「しかし」

「少し休んで、心を落ち着けねば、見つかるものも見つからん」

伊織が茶と白玉饅頭を二人分注文した。白玉の中に餡を仕込んだ小振りの饅頭は、夏は冷やして出されるらしいが、秋が深まってきた今はほんのり温められている。

出された白玉饅頭を、夏野はじっと見つめた。

「どうした?」

「その、白玉は蒼太の好物ゆえ」

「そうらしいな。面白いものだ。ああいう者が、恭一郎に懐くなど」

「聞いたことがありませぬ」

——妖魔が人に懐くなど。

夏野が知る限り、人は常に妖魔と戦ってきた。

国史には戦の顚末ばかりで、二つの種が共存していたという記述は皆無だ。

「あれは——そうだな、やつの才といっていい。俺は理屈で物事をとらえるが、恭一郎は勘で判ずることが多いからな。あいつの剣が強いのもその流れだ。こうすればよいと、感じたままに身体が解して即座に動く。そうなすための身体の強さも備えている。蒼太ではないが、あいつもまた野山の獣と変わらん。なればこそ蒼太も恭一郎に、仲間に似たものを感じたのだろうよ」

「仲間、ですか？」

「都生まれゆえ、蒼太よりは口が達者だがな」

夏野をからかうように、伊織は口角を上げた。怜悧な、澄ました顔の伊織しか見ていなかった夏野の気持ちがややほぐれた。恭一郎の友とはいえ、国に五人しかいない「理一位様」と話し、行動を共にするなど思いも寄らぬことだった。しかも「妖魔の目」を使っての探索だ。知らず知らずに随分気を張っていたようである。

緊張が緩むと、ふと夏野は気付いた。

伊織の言った「蒼太も」というくだりである。「も」と言うからには、他にも恭一郎と親しくなった妖魔がいたのではなかろうか。

そして思い出した。

初めて出会った日、恭一郎は伊紗に向かって言ったではないか。

妖かしには縁がある、と。

馨の家で、恭一郎は夏野に多くを語らなかった。

ただ、昔、妻の仇として斬って捨てた村瀬昌幸という男の兄・一広と、かつて昌幸の許婚だった富樫永華という女が、今度は共に恭一郎を討たんと晃瑠に潜んでいるということ。永華が術師とよからぬことを企んでいるらしいということ。また、永華こそが夏野と蒼太が「見た」、「見知らぬ部屋にいた赤い唇の女」だろうということのみであった。

由岐彦の話では、ある女がもとで、恭一郎と村瀬家——引いては西原家との間に確執が生まれた。そのため恭一郎は神月家と疎遠になり、斎佳を出たという。

恭一郎が「妻」と呼んだのは、その時の女性に違いない、と夏野は踏んだ。

そして、その女性はもしや。

「もしや……鷺沢殿の奥方は……」

「うむ。蒼太と同じ一族の者であった」

茶屋を出て、再び歩きながら、伊織は少しだけ恭一郎の過去に触れた。

術師に嵌められ、非業の死を遂げた恭一郎の妻。

百歳をゆうに越していたと思われるが、歳を取らぬ妖魔である。見た目は二十二、三歳で、たおやかだが芯が強く、武芸にも秀でていたらしい。

「さぞ——美しい方だったのでしょうね？」

「何故そう思う？」

あの鷺沢殿が、妻に望んだほどの女性なれば……と思うも、口にはできぬ。

「それはその、同じ一族の蒼太があのように愛らしく……」

くすりとして伊織は微笑んだ。

「蒼太が愛らしいとな。馨も黒川殿も、随分蒼太に入れ込んでいるようだ。だが、そうだな。恭一郎の亡き妻女は美しい女性だった。人目を引くというよりも、目立たぬが、見る者が見れば愛(め)でずにはおられぬ類(たぐい)の……山野に生きる草花のような美しさを持っていた」

「そうですか」

何やら気落ちしてうつむいた夏野に、伊織は温かい眼差(まなざ)しを向けた。

「恭一郎とは違った形で、黒川殿もあの者たちに縁があるらしいな」

「そうでしょうか？」

「うむ。浪人が見た竹筒は空だったと、黒川殿の話にあったな。常人ではまず、封じられた妖魔の角や目など見えはせぬ。恭一郎が蒼太の角を取り戻すことができたのは、あいつが山幽を妻にするような男だったからだ。あいつは生前の妻女に、妖魔に関するあれこれを仕込まれたらしい。恭一郎のようにあれらと暮らしを共にする者も稀(まれ)だが、黒川殿のようにあれらの一部を――力を――己に取り込んでしまうなど、生半(なまなか)の人間にできることではない。そういった話を聞かぬでもないが、俺が知る限り、それらの人間は十中八九、狂い死にしている」

「なんと……」

慄(おのの)いた夏野に、淡々として伊織は続けた。

「恐れるには及ばん。俺の見立てでは、無理がまったく感ぜられぬ。狂うのは、あれらを調伏せしめんと、無理矢理己の中に閉じ込めた術師か、あれらに意に染まぬ融合を強いられた人間のどちらかだ。黒川殿の場合は違う。入ってしまったのは偶然だろうが、蒼太も承知しているのだろう。黒川殿に己の目を預けた気でいるのだ」

「それにしても、うまいこと入ったものよ……」

「はあ」

理一位とあって、不可思議なことへの興味が尋常ではない。まじまじと瞳を覗き込まれて、夏野はまたしてもうつむいてしまった――

†

伊織の言葉を思い出しながら、夏野はまた一つ寝返りを打つ。

「蒼太……」

薄闇に、夏野は蒼太の名を呼んだ。

目を閉じて、蒼太を想い、左目に意識を集中する。

左目がぼうっと淡く、熱を帯びた。

心地良い、眠気を誘う温かさである。

夏野はひとまず安堵した。

どこにいるかは判らぬが、蒼太は無事だと信じられた。

少なくとも、今はまだ。

†

夏野を柿崎の別宅に送った後、伊織は宿屋・富長へ向かった。

仲居に案内されて部屋へ入ると、恭一郎と馨は、蒸した鶏(とり)を肴(さかな)に酒を飲んでいた。

「浪人はどうした？」

「朝から出かけたまま、まだ帰って来んらしいのだ」

「それでこのていたらくか」

「他にすることがないんでな。まあ、お前も一杯飲め」

「飲むとも」

　差し出された杯を、一息に伊織は飲み干した。

「黒川は？」

　訊ねる馨に空の杯を差し出して、伊織は酒を催促した。

「先生の別宅に送って来た。夜通しでも続けると言い張っていたが、あんなに疲労していては見つかるものも見つからん」

「自然のからくりを使っても、疲れるものか？」

「慣れればそれほどでもない」

「慣れ、か」と、恭一郎はにやりとした。「そのうち嫌でも慣れよう。蒼太は黒川殿が亡くなるまで待つそうだからな」

「待つ、とは？」

　怪訝な顔をした馨に、恭一郎が説明するのを聞いて、伊織は微笑む。

「黒川殿も面白いが、蒼太もまたしかり。晃瑠では難しいだろうが、あの娘が氷頭に帰れば、いくらでも機会はあるだろうに」

「それは、黒川を殺し、目を取り返す機会ということか？」

「そうだ」

「蒼太がそんなことするものか」

憤然とした馨へ、眼鏡を正しながら伊織は微笑んだ。

「相変わらずだな、馨」

「うるせぇ。莫迦にしやがって」

「莫迦になどしとらん。その反対だ。お前はまこと、良いやつよ」

「うるせぇ」

ふてくされてごろりと横になった馨をよそに、伊織は恭一郎に向き直る。

「明日、あの女に会うのだな？」

「ああ」

明日、吉桃という茶屋で、伊紗が永華と会う。そこをつけて、永華の家を突き止めようというのである。

「うまくいけば、術師も現れよう」

「だと、いいがな」

「……斬るか？」

「そのつもりだ」

†

――伊織が奏枝に初めて会ったのは、奏枝が亡くなるほんの半年前のことだった。

既に都師を辞め、空木村に移り住んでいた伊織は、久しく便りのなかった恭一郎から文をもらうと、喜んで絵図に記されていた友の家を訪ねた。

奏枝は一人で、結界のない山中の隠れ家にいた。

恭一郎は裏山で剣の稽古をしているという。

一目で奏枝の正体を見破った伊織は、手持ちの符呪箋を使って、恭一郎を呼びに立とうとした奏枝をその場で斬りつけ羈束した。

手足を縛り上げ、猿轡を咬ませたところへ、帰って来た恭一郎が驚いて刀を抜いた。

「何をする！」

「この女、妖魔ぞ」

「……承知の上だ」

「なんだと？」

目を剝いた伊織と対峙したまま、恭一郎は刀を鞘へ収めた。

「承知の上で夫婦になったのだ。頼む。放してやってくれ」

「莫迦な」

吐き捨てて伊織が奏枝を見つめると、奏枝もまっすぐ伊織を見つめ返す。

やがて伊織は、小柄を抜いて奏枝の前にかざした。

「伊織！」

慌てた恭一郎を目で止めると、伊織は小柄で己の指を小さく斬りつけた。

滲んだ己の血をぽとりと符呪箋の上の奏枝の血に落とすと、奏枝が安堵の溜息を漏らした。効力を失った符呪箋で小柄を拭い、それから符呪箋を引き裂いた。

「かたじけのうございます」

両手をついて、奏枝は深々と頭を下げた。

伊織のために湯を沸かそうと、水を汲みに恭一郎が外へ出た後、伊織はじろりと奏枝を睨みつけた。

「人をたばかるなら、誰か他のやつにしろ」

「たばかるなど……滅相もございませぬ」

「ふん。妖魔が人と夫婦になるなど笑止千万だ」

「私も同じように思っていました……あの方にお会いするまでは」

落ち着き払って応えた奏枝の目には、確かな恋情が宿っていた。

妖魔と共に暮らす人の話は、稀に聞かぬでもなかった。仄魅に執着した男や、妖力を我がものにせんとして妖魔を捕らえた術師の話だ。だが、それらの者たちは一様に悲劇の終末を迎えていた。

仄魅に精を吸い尽くされ、骨と皮になって死んでいった男。

妖魔を屈服させ、妖力を得たはいいが、やがて取り込んだ妖力に頭を侵されて狂い死にした術師……

伊織が夏野に語ったことに嘘はない。かくいう伊織の大叔父がそうであった。

大叔父もまた、伊織と同じくらい妖魔が「見える」者だった。自然と理術師になる道を選んだまではよかったが、捕えた妖魔を「ものは試し」と己の内に取り込んで、一年と経たぬうちに狂い死にしたのである。

妖魔の脅威は獣のそれとは大きく違う。

本能に左右されがちな性質は獣に似ているが、桁違いの殺傷力に加え、人と変わらぬ知恵を持つものもいる。妖魔を憎み、蔑みながらも、人はどこかで妖魔に執着してきた。一つにはその妖力、また一つには、不老不死ともいわれるその生命力ゆえに。

だが、妖魔が人に執着するなど……

「十年。いや、二十年はよかろう。だが、三十年も経てば恭一郎も衰える。……それでもおぬしは若いままだ。人との夫婦ごっこなど、所詮泡沫の夢に過ぎぬ」

「……泡沫の夢と仰いますか」

「そうではないか」

「人は老いるもの。長年生きてきて、充分に承知しております。ですが私は、あの方の魂に惹かれた者として、あの方が老い衰えようとも、最期までお傍にいたいのです」

「ふん。そしてやつの命果てた後は、次の夢を探しに出るか……」

「いいえ」

皮肉を込めてつぶやいた伊織へ、奏枝は静かに、だが決然として応えた。

「人の命は廻ると聞いております。あの方亡き後は、その血筋を見守りながら、あの方の命が再びこの世に廻り出るのを待つ所存です」

「たとえ生まれ変わったとしても、安良様ではあるまいし、あいつはお前のことなど覚えておらぬぞ」

「たとえそうでも、私にはきっと判りますよ」

自信に満ちた奏枝の声に、伊織ははっとした。

血筋を見守りながら、と奏枝は言った。

「おぬし、まさか」

「はい」と、愛おしげに腹へ手をやる。「あの方のお子が、ここに」

「ありえぬ」

「何故ですか？　私はもう随分昔に、一族から子を孕む許しを得ているのです」

「ありえぬ。人と妖魔の間の子など……」

驚きを隠せぬまま、それでも伊織は二人に助力することにした。

山中の出産は心許ない。初産、しかも人と妖魔の混血とあれば尚更である。恭一郎が伊織を呼び寄せた理由も実はそこにあった。

恭一郎に頼み込まれて、出産間近には空木村の自宅に二人を招き、その後も子供が大きくなるまで、村で暮らせるよう取り計らうと、伊織は約束した。

学者として、生まれてくる子供に興を覚えなかったと言えば嘘になる。

だがそれ以上に、この夫婦の行く末を見守りたい気持ちがあった。

奏枝と暮らした三年余りを経て、恭一郎が剣士として、更に高みに上ったのが見て取れた。慈愛に満ちた暮らしと、自然に調和した稽古の賜物だろうと思われた。奏枝もまた恭一郎と出会い、永の生を受けてこのかた、初めてともいえる安らぎを得ているという。

この二人ならば……と、伊織は思った。

奏枝は生まれてくる子供と共に、恭一郎の命果てる時まで添い遂げ、その後は諸国を巡り、恭一郎の生まれ変わりを待つのだろう。

そして生まれ変わった恭一郎は、再び奏枝と恋に落ちるに違いない……

そんな未来が見えるようであった。

二人して伊織に礼を述べるその仲睦（なかむつ）まじい様子に、朴念仁（ぼくねんじん）といわれている伊織でさえなにやら羨望（せんぼう）を覚えたくらいだ。

あののち、まさか半年足らずで奏枝の命が果てようとは思いも寄らなかった。

富樫永華の企みによって、恭一郎は愛する妻と子供を同時に失ったのだ。

†

――「村瀬昌幸に非有り」の評定が下ったのち、富樫永華は行方をくらませた。

だが、恭一郎は永華を追わなかった。

奏枝を丘の上に葬ってからは、どうしようもない虚（むな）しさが恭一郎を支配した。

永華を追うどころか、何をする気にもなれず、うつろにその日暮らしをしながらさまよううちに、いつしか恭一郎は斎佳に戻っていた。

斎佳に戻った恭一郎は、今度は込み上げる怒りに自暴自棄になった。
己に――奏枝を護り通すことができなかった自分自身に――怒りが収まらなかった。斎佳の無頼たちはそんな恭一郎につけ込んで、恭一郎もまたそれをよしとした。斎佳では名の知れた香具師の元締め「鷹目の重十」のもと、自堕落な日々が二年続いた。昼間から賭場に出入りして、金ができると花街に向かう。金が尽きるまで流連け、女を抱き、酒を飲んだ。賭場で目が出ない時は、重十の遣いとして人を脅し、時には斬って金を得た。

斉木でさえ見限った恭一郎に活を入れたのは、馨だった。

言っても聞かぬ恭一郎にではなく、重十に直に談判した馨は、当時重十の商売仇といわれていた「蝮の右京」一味のもとに一人で乗り込んで、右京を含む六人を斬った。馨の左肩に今も残る傷痕は、右京の右腕だった男から受けたものである。話を伝え聞いた恭一郎が駆けつけた時、馨はちょうど最後の一人を斬り伏せ、刀に拭いをかけたところだった。

全身、返り血に染まっている。

「何故だ？」と、恭一郎は問うた。

「理由は重十から聞いたろう」

「何ゆえ、お前がここまでするのか問うておるのだ」

大刀を鞘に収め、馨は口角を上げた。

「そんなことを訊ねるために、駆けて来たのか？」

もちろん、馨を案じて飛んで来た恭一郎だった。それはそのまま、恭一郎の問いに対する馨の答えでもあった。

返答に窮した恭一郎に、馨は更ににやりとした。

「お前は面白い男さ、恭一郎」

「なんだと？」

「安良一の剣士を倒したというのに、仕官もせずにのうのうと斎佳に流れて来やがった。剣の腕が立つだけでなく、花街に行けばちやほやされ、他人の許婚に岡惚れされるほどの男振りだ。なのに、素人の年増女(としまおんな)にうつつを抜かしていると思ったら、友に一言もなく斎佳を出奔しやがった」

「……文を送った」

「那岐の田舎で女とよろしゅうやっとるとかいう、あれか？」

「……そうだ」

「怒っているのではないぞ。届いた文を読んで、実にあっぱれと笑ったものよ。——跡目のことやら御前仕合やら、世間の男が目の色変えるようなことには、お前は一切頓着しねぇ。そのくせ時折、妙な意地を見せやがる。女一人のために全てを捨てたり、でしゃばりな友のために——ん？　もしや花街から来たのか？　女に悪いことしちまったな」

血の臭いの中に白粉(おしろい)の香りを嗅(か)ぎ取って、馨が茶化した。

「ともかく、俺はそういうやつは嫌いじゃねぇ。身分や名聞にこだわるやつより、余程、実があると思うのよ。妻女のために、西原を敵に回してまで村瀬を討ち取ったのも褒めてやる。お前にそこまでさせるとは、妻女は実に大した女だったのだな」

おどけた言い方だったが、事情を知っているだけに、目は痛ましげだ。馨はそういった感情を隠すのが下手なのだ。

「ああ。俺には過ぎた女だった」

「抜かしやがる。——行くぞ」

恭一郎に顎をしゃくって、馨は自ら町奉行所へ向かった。

厳正な取り調べを経て、一月後に馨は釈放された。馨の襲撃によって、右京の悪事が次々と暴かれたからである。殊(こと)に数箇月(すうかげつ)前に起きた一家皆殺しの極悪非道な強盗が右京一味だったと知れて、殺された商家に縁故がいた武家が馨の釈放に尽力してくれた。

重十は馨との「約束通り」、恭一郎を「手放した」。

恭一郎の剣の腕に惚れ込んでいたこともあり、渋々といった様子だったが、多くの者を束ねる元締めだけあって約束を違(たが)えることはなかった。また、重十自身もどこかで、堕ちていく剣士を惜しんでいた——と、のちに恭一郎は耳にした。

釈放された馨を出迎えたのは無論、恭一郎である。

「貸しにしておいてくれ」

「おう。利子をつけて返せよ」

復讐(ふくしゅう)に燃える右京の残党から馨を遠ざけるため、晃瑠の柿崎に頼んで馨を送り出した。

馨を追うように、恭一郎が晃瑠に戻ったのはそれから三月後である。

「奏枝の墓参りをしてから戻る」

そう言った恭一郎を信じて馨は先に出立し、恭一郎もまたその言葉を守った。

†

「……結句俺は、恭一郎の妻女に会うことはなかったな」

肘(ひじ)をつき横になったままで、馨が蒸し鶏をつまんで言った。

「俺はある」と、伊織は応えた。

「そうか。お前は那岐にいたからな。で、どうだったのだ？」

「どう、とは？」

「こいつが惚れるくらいだ。さぞ見目良い女だったのだろう？」

「馨。俺は奏枝の見目姿だけに惚れたのではないぞ」

口を曲げた恭一郎を見やって、伊織は笑った。

「――同じことを、黒川殿にも訊(き)かれた」

「黒川が？」と、馨と恭一郎が声を合わせる。

「ああ。恭一郎の妻女を随分気にしていたようだ」

「ふむ。あの黒川が……あの娘、恭一郎に惚れたのではないか？」

「冗談にもほどがある。まだ子供ではないか」

鼻を鳴らした恭一郎へ、馨がにやりとした。

「何を言う。十七ともなれば立派な女だ」

「たわけ」

「いや、馨の言うことももっともだ」と、伊織は口を挟んだ。「女は早熟だからな。それに、惚れた腫れたに歳はかかわりなかろう」

「それはお前自身のことだろう。十も年下の女房をもらうのだからな」と、恭一郎。

「違ぇねぇ」

お前こそ、百も二百も年上の女に惚れたくせに――

そう言おうとして、伊織は口をつぐんだ。

馨と二人して笑い、杯を傾ける恭一郎の心中に寄り添わずにはいられない。

たった五年前のことなのだ。恭一郎が妻子を失ったのは。

今度こそ、全てに方を付けてくれよう。

馨と冗談を交わす恭一郎の胸底に、そんな決意を伊織は見て取った。

第八章 Chapter 8

「くれぐれも、怪しまれるなよ」

言って聞かせる恭一郎へ、伊紗は笑った。

「そう案じずとも、旦那を裏切ったりしないさ」

「女の他に件の術師を見かけたら」

「鼻緒を直す振りをすることで、旦那に知らせるよ」

一通り打ち合わせると、伊紗は階段を下りて吉桃に向かった。

伊織と夏野は既に、料理屋・吉桃の向かいの茶屋で辺りを窺っている。永華に顔を知られている恭一郎は、その茶屋の二階にある座敷を借り受けていた。

窓の外には通りを挟んで吉桃が見える。やがて、茶屋の裏口を出て通りを迂回してきた伊紗が、ぷらりぷらりと歩いて来る。

一方馨は一人で、富長に泊まっている浪人を追っている。村瀬一広と共にいたこの浪人は、富長の宿帳によると石黒正毅という名であった。

——今朝のこと、軽口を叩きながらも、どこか緊張した夜を過ごした男たちが、昼餉に近い膳を食べ終えた頃、夏野が富長にやって来た。今日も少年剣士の出で立ちで、祖父の形見の一刀を腰に下げている。

富長から二手に分かれて吉桃に向かおうと皆で部屋を出た矢先、心付を渡しておいた仲居がやって来て恭一郎に囁いた。

昨晩は出会茶屋に泊まり込んだ石黒が、言伝を伝えに遣いを寄越してきたという。

――夕刻にはこちらへ戻るそうですが――

――よし。それなら俺が今から行こう――と、即座に馨が言った。

――そうしてくれるか――

一広が永華と共に暮らしているとは限らない。つなぎは五番町奉行の瀬尾の手の者を通じてつけることにして、馨は出会茶屋の遣いと共に早々に富長を出て行ったのだ。

吉桃に着いた伊紗はまず暖簾をくぐり、だがすぐに表に出て来て、店の前に並ぶ縁台の一つに腰かけた。そのまま給仕に茶を頼んでいる様子を見ると、永華も術師もまだ見当たらないのだろう。

やがて駕籠が一丁やって来て吉桃の前につけた。

駕籠が去った後に佇む女を見て、恭一郎は奥歯を嚙んだ。

女が着ている柿茶色に白桔梗の意匠の着物は、奏枝と共に持ち去られたものだ。まだ顔をしかとは見ておらぬが、女は富樫永華に違いない。

――一刻が過ぎた。

待つ身には長い時だが、恭一郎に焦りはなかった。

剣士としての本分が、心を静め、五感を研ぎ澄ます。

——一体なんのために、その女性(にょしょう)は子供を攫(さら)うのでしょう？——

そう、夏野が問うたことがあった。その時は「判(わか)らぬ」と応(こた)えた恭一郎だったが、馨はともかく、恭一郎と伊織には推量がなくもなかった。

ここで永華を斬(き)る訳にはいかない。

蒼太を助け出し……更なる犠牲を増やさぬためにも。

再び駕籠が一丁、店の前で止まった。店の者が頼んだ空駕籠らしい。

去って行く駕籠を見送る伊紗がちらりとこちらの窓を見やる前に、恭一郎は腰を浮かせていた。表へ出た恭一郎は笠(かさ)の下から辺りを見回し、見張りがいないことを確かめる。

伊織と夏野が連れ立って、駕籠の前を歩いて行くのが見えた。

吉桃を離れて歩いて来た伊紗が、すれ違いざま、周囲に聞こえぬよう低く囁く。

「娑名女町(さなめちょう)の北だとさ」

「うむ」

目も合わさずに、恭一郎は駕籠を追って歩き出した。

†

またしてもぷらりぷらりと歩き出した伊紗は、通りすがりの、商家のぼんぼんらしき男に声をかけた。

「ちょいと、頼まれてくれないか？」

にっこり笑い、ふわりと両手で男の手を包み込む。

「あそこに、駕籠が行くのが見えるだろう？」

「ああ」

声を上ずらせて男は伊紗を見つめた。

「あの前を行く、二人連れの若い方に、こっそり伝えて欲しいのさ」

そう言って伊紗は男に耳打ちした。

「——姿名女の北？　それだけでいいのか？」

「そうだ。くれぐれも、他の者に聞こえないように、こっそりとだよ」

「おぬしの男か？」

「まさか。私の可愛い弟さ」

立ち去り難い様子の男に、伊紗は艶やかに微笑んだ。

「金と暇があるなら、向井町の茜通りにある蔦田屋に、瑪瑙を訪ねておいで」

「蔦田屋の瑪瑙……」

「さ、早く」

伊紗に急かされて、男が駆け出して行く。

†

名を呼ばれて、蒼太は目を覚ました。

蒼太の顔を覗き込んだ修次郎が、左目を見てびくりと後じさる。

辺りを見回して、蒼太は己が蔵に閉じ込められていることを思い出した。

随分長いこと眠っていたようだ。

気怠さが抜けて、身体が軽い。

だが、裏腹に蔵の中は重苦しく、いつにも増して妖力を封じられている気がした。

水瓶の蓋を取ると、柄杓を満たし、喉を鳴らして蒼太は水を飲んだ。

「……そうた？」

おずおずと呼んだ修次郎に柄杓を差し出したが、修次郎は怯えたまま近寄って来ない。

「しゅ、し、ろ？」

追うように腕を伸ばしかけて、ふと思いつき、蒼太は枕元に置いたままだった鍔の眼帯を目にかけた。眼帯をかけた蒼太を見てようやく、修次郎はぎこちない笑みを浮かべて歩み寄って来る。手習いに来ていた子供たちもそうだったが、幼子の中には蒼太の白く濁った瞳から、妖魔の本質を察して恐れをなす者がいるらしい。

「そうた」

昨夜と同じように、水を飲ませ、飴を含ませたが、兵糧はもう残っていない。

「もっと」と、せがむ修次郎に空の袋を見せ、蒼太は溜息をついた。

身体が回復した今、蒼太自身もひどい空腹を覚えていたからだ。

表は曇り空らしい。日影はよく見えぬが、昼を回ったところだろうと蒼太は踏んだ。

自分がいなくなって、少なくとも一日、もしくは二日。

「きょう」は心配しているだろうか。

おれを探しに——もう一度、助けに来てくれるだろうか？

「そうた」

空の袋を見せられても尚、修次郎はまとわりついて来る。

「そうた。はらが、すいた」

「おれ、も」

「そうた……」

みるみるその目から涙が溢れ出し、座り込んで修次郎は泣き出した。

煩わしさに修次郎から離れようとしたものの、修次郎は泣きながら、おぼつかない足取りで追って来る。払いのけようとした手を、蒼太はぐっと丸めた。叩かれると思ったのか、修次郎がはっと顔を伏せる。拳を開いて蒼太は、その小さな背中へそっと触れた。

「なく、な」

修次郎を抱き上げ、背中をさすりながら、蒼太は蔵の中をゆっくり歩いてあやした。

しばらくして、着物を敷き詰めたところへ腰を下ろすと、泣き止んだ修次郎が蒼太を見上げて微笑んだ。

既視感が蒼太をとらえた。

——よしよし、泣くな……——

あの時も泣いてぐずるカシュタを、抱いてあやした。
どくん、と心臓が一つ大きく鳴って、蒼太は胸を押さえた。
身の内から、どす黒い、嫌な予感が染み出してくる。
同じだ。
血の気が引いて手が震えた。
同じだ。あの時と。
ずくっと頭に鈍い痛みが走り、蒼太は思わず額に手をやった。
『シェレム……』
蒼太を呼ぶ声が頭に響いた。
もう何年も聞いたことのない、蒼太の本当の名だ。
立ち上がって、蔵の中を見回した蒼太にまたしても声が届く。
『シェレム』
幻聴ではない。
シダルが近くにいる――
扉の向こうで、鉄の合わさる音が聞こえ、続いて錠前が外れる音がした。
ごとっと鈍い音がして、扉の上部にある格子窓が開く。
幅一尺、高さ五寸ほどの格子窓の向こうには、蒼太の見知らぬ若い男の顔があった。
若い、男――だろうか?

じっと見据えた蒼太に、その者は微笑んだ。

「シェレム」

その者が人の声で、蒼太の名を呼んだ。

「外で見つからないから、もしや人に紛れているのではないかと思っていたが……まさか東都にいるとはね。あの女について来た甲斐があった。ずっと探していたんだよ、お前のことを」

『……シダルなのか？』

『そうとも。こんななりだが、お前と同じ森で生まれたシダルだよ』

『お前は、おれをだました』

『まだ、私を怒っているのだね』

『サスナをねたんで、カシュタをおれに殺させた』

睨みつける蒼太を、愛おしげに見つめてシダルはなだめた。

『サスナはね、私に子を孕む資格がないと、ことあるごとに翁らに言い含めたのさ。翁どももまた、それを易々と信じた』

『おきなたちはまちがっていなかった。カシュタは、まだ何も知らない赤子だったじゃないか。なのに、お前のせいでカシュタは』

『おや、お前はまだそんなことを言っているのかい？』

格子窓の向こうでシダルはくすりとした。

『あの後、お前は黒耀に片目を奪われ、角を落とされたじゃないか。お前は私に騙されただけなのに、黒耀へ裁きを乞うたのはサスナにそそのかされた翁どもだ。一族の者も誰一人逆らわず、角を落とされたお前を一人で、森の外に追いやったじゃないか』

ぐっと蒼太は言葉に詰まった。

シダルに言われるまでもなく、それらの事実は蒼太の中に澱のごとく溜まり、時折、思い出したように蒼太のまだ幼い心を濁す。

確かに自分はカシュタを殺して喰らった。

それもこれも、シダルに嵌められたからだ。

おれは罰を受けて片目と角を失った。

この上、尚、命をもってあがなえというのか……

容赦なく襲って来る妖魔たちから逃げながら、蒼太は恨まずにはいられなかった。

己を騙したシダルはもとより、妖力を失った己を庇護することなく放り出した仲間たち、そして己を安良中の妖魔の賞金首にしたサスナと翁たち……

『シェレム。私はお前を騙したけれど、それはお前を憎んでいたからじゃない。お前が可愛くて……あまりにも可愛くて、お前を子供のままにとどめておきたかったのさ』

『お前のせいで、おれはこれからもずっと小さいままだ』

格子窓を見上げて怒りを燃やす蒼太へ、シダルは苦笑した。

『そうだ。だがね、身体の大きさなど妖力に比べたら瑣末なことさ』

『妖力？』

『私たちの妖力は、子供の頃が一番強いのだ。そう……大人になる少し前が一番、ね。大人になると少しずつ妖力は弱まっていく。だから皆、あまり妖力を失わないうちに、互いの血をもって成長を止めるのさ』

『おれは、もっと大きくなりたかった』

『ふふふ。そうなってからでは遅いんだよ』

『おそい？』

『お前は黒耀を見たことがあるかい？』

蒼太は小さく首を振った。

己の左目の力を奪い、角を落としたのは黒耀だが、黒耀を間近で見た訳ではなかった。

忌まわしい記憶がよみがえり、蒼太は身を震わせた。

†

——あの日、カシュタと共に穴から助け出されたのち、蒼太は翁たちに従って、森の聖域とされる場所で一族の裁決を待った。

黒耀の裁きを仰ぐことに一族が合意してからは、聖域の土に描かれた円——今思えばおそらくある種の結界——の前に引きずり出された。

何も知らされずに円に放り込まれた蒼太が、翁に向かって問いを発する前に、細く、鋭い光が天から落ちてきて、左目をえぐった。

蒼太は絶叫した。

目玉を根こそぎ引き抜かれた気がしたが、手をやると目玉はまだそこにある。だが、手を離しても左目に見えるのは闇だけだ。

続けざまに落ちてきた光が、今度は蒼太の角を落とす。

衝撃とあまりの痛みとに、蒼太はその場で気を失った。

左目の力を封じた玉と折れた角を、それぞれ違う竹筒に封印したのは翁たちだ。それらはのちに一族の者が、黒耀が指示したところへ届けたと聞いた。

そうして意識が戻ると同時に、蒼太は森の外に放り出された……

†

『黒耀はね、お前と同じデュシャの子供さ』

シダルの言葉に蒼太は思わず目を見張る。

黒耀の存在は、蒼太のような若い妖魔や、狗鬼や蜴鬼のような下等妖魔も知っている。

黒耀は安良のような統治者ではなく、余程のことがなければ表に出て来ぬが、妖魔の間では最も力を持つ者としてどの種族からも恐れられていた。

黒耀の正体は知られておらず、稀に現れても、漆黒の闇に包まれたその姿をまともに拝んだ者はかつていないと聞いている。

『私はね、ずっと探っていたんだよ。鴉猿どもでさえ恐れる黒耀が何者なのか。黒耀のことは、誰も、何も知らない。妖魔の王といわれながら、仲間を束ねることも、仲間と戯れることもない。時折気まぐれに現れ、裁きや命を下すだけだ。抗うものは、問答無用で討ち払う。人の「御上」が代替わりする間も、黒耀は変わらず、常に私たちの世界に君臨してきた。黒耀は「安良」のように死なぬからな。だがね』

　シダルがにやりとする。

『黒耀より強い者がいれば、その座を奪うことができる』

『黒耀様より強い者？』

　首を傾げた蒼太を見て、ふふっとシダルは楽しげに笑った。

『お前だよ、シェレム』

「なっ……」

『お前の妖力は、赤子の時から誰よりも秀でていた。それは私がよく知っている。お前は知らなかっただろうけど、翁どもはお前を恐れていたのだよ。いや、お前ではなく、黒耀を恐れていたのだ。お前が黒耀を脅かす者となれば、あの森の一族にきっと累が及ぶだろうからね』

『うそだ』

『嘘じゃないよ。それもあってお前を罰するのに、翁どもは黒耀の意向を仰いだのさ。黒耀はお前を甘く見ていた。大人にならぬデュシャでも、角さえ落としてしまえばいいと高をくくっていたのさ。シェレム、お前を殺してしまわなかったことを、黒耀に後悔させてやろうじゃないか』

『おれは、黒耀様みたいに強くない』

『お前がまだ、お前自身をよく知らないからだよ。お前の妖力は、この私がよく知っている。なればこそお前を見込んで、大人にならぬよう苦心したのだ。妖力の強い者の成長を止めるには、仲間の血に勝るものが必要だ。たとえば、そう——赤子の心ノ臓のような』

シダルにとっては一石二鳥だった。

憎いサスナの赤子を殺し、同時に蒼太の成長を止める。

『私もお前と同じように森を追われたが、こうして姿を変えても生き延びてきた。全てシエレム、お前のためにしたことなのだよ』

シダルは己の妖力を餌に術師をそそのかし、蒼太を罠にかけた。

もともと蒼太を連れて森を出て行く心積もりであったから、追放されたことは痛くも痒くもなかった。誤算だったのは、蒼太が角を落とされ妖力を失ったこと、シダルが森を出た時には既に行方が判らなくなっていたことだ。蒼太の行方を探すためにも、己を取り込ませんと術師を騙し、術師の中に入り込むや否や、反対に術師の身体を乗っ取った。

『私の可愛いシェレムが——私が手塩にかけて育てたお前が——全ての妖魔の上に立つ。これほどの幸せは、この世に二つとないだろうよ』

『おれは、黒耀様になんか、なりたくない』

蒼太はシダルを睨みつけたが、シダルは裏腹に目を細める。

『お前にはまだ判らないかもしれない。けれどもシェレム。生きていくには力が必要なのだ。力があればあるだけ自由になれる。欲しいものを手に入れ、望むままに生きていける。力さえあれば翁たちの言うなりにならずともよいし、あんな山奥のちっぽけな森で暮らさずともよい。この国は広いぞ、シェレム。この術師の力とお前の力を合わせれば、どこに行こうが、何をしようが自由だ。何も——誰も恐れることはない。黒耀さえも……』

『おれは……』

『私とお前なら、この国の全てを手に入れることもできる。黒耀さえ倒してしまえば、翁どもも私たちを認めざるを得ない……』

『おれは、国なんかいらない。黒耀様と戦うつもりもない』

『お前にはもう、他の道などありはしないよ。忘れたのかい？　デュシャの森は、どこももうお前を受け入れてはくれない。賞金首である限り、お前はどこへ行っても追われる身だ。一体これから、どうしようというのだ……』

『おれは、「きょう」といっしょにくらすんだ』

『「きょう」？』

『おれを助けてくれた人間だ』

「はっ。ははっ」

声に出してシダルが笑った。

『シェレム、お前は妖魔なのだよ？　人は弱く、命も短い。人は食べるものではあっても、連れ添うものではないのだよ』

『おれは人を食べたりしない』

シダルはふと真顔に戻って蒼太を見つめ、再び口元に薄く嫌な笑みを浮かべた。

『「きょう」とやらは、小賢しい割に物事の道理を知らぬようだ。人の振りをさせただけで、妖魔が人になるものか。人はただの獣に過ぎない。少しばかり口達者な、だが、愚かで醜い獣でしかないのだ。シェレム、私が思い出させてくれよう。お前の本分を……』

目を閉じたシダルの口から、低く詞が流れ出す。

ずくん、と再び大きな痛みが額の上に走って、蒼太は頭を抱えた。

「う……」

頭皮を突き破り、新しい角が生えてくる。

シダルが口をつぐんで、閉じていた目を開いた。

詞が止まると痛みが嘘のように引いた。額に手をやると、僅かに覗いた角に触れる。

少し出血したらしい。じわりと鉄の臭いが鼻をついた。

と同時に、先ほどとは比べものにならない飢えを蒼太は覚えた。

己の内に、黒い穴がぽかりと口を開いた気がする。

「うう」

空腹に呻きながら、蒼太は己の妖力が戻ってくるのを感じた。

あの時と同じだった。

穴の代わりに蔵という閉じた空間に、妖力ごと封じられている。その上で、飢餓という幻術をかけられているのだ。

外に出ることはできないが……

「さあ、お食べ」

シダルが毒々しく微笑んだ。

「そうた？」

それまで黙って様子を見守っていた修次郎が、震える声で蒼太の名を呼ぶ。

不安な顔で己を見上げる修次郎から目をそらして、蒼太はぎりっと奥歯を噛んだ。

†

吉桃を後にしてすぐ、恭一郎を追い越していった男が一人、駕籠の前を行く夏野に何やら——おそらく伊紗の言伝を——耳打ちしているのが見えた。

永華は伊紗に、「娑名女町の北」に住んでいると言ったらしい。

駕籠をつけ始めて半刻ほどして、恭一郎は見覚えのある街へ足を踏み入れた。

つい昨日、夏野についてうろついた街である。

駕籠は夏野が軌跡を見失った、更に先の通りを進んで行く。

駕籠のずっと前を、伊織と夏野がしかとした足取りで歩いて行くのが見える。大通りに比べ人通りは少なくなってきたが、前をゆく二人が後ろの駕籠をつけているなどと、気付く者はいないだろう。

娑名女町はここから更に半里ほど行ったところにある。寄り道せずにまっすぐ帰宅すると見て、恭一郎はやや安堵した。とりあえず娑名女町にたどり着くまでは、怪しまれずに尾行できそうだ。

今にも降り出しそうな曇り空であった。

五年前、玖那村のあの屋敷に駆けつけた時も、空は厚い雲に覆われていた。

笠の下で、恭一郎は痛恨の思いに顔を歪めた。

†

奏枝を亡くした五年前——

神里から帰った恭一郎は、我が家を遠くに一目見て異変を察した。

急ぎ駆け戻ると、開け放されたままの戸口で立ち尽くした。

荒れた土間に飛び散った大量の血痕。

その量や桶でぶちまけたような痕からして奏枝の血とは思われなかったが、奏枝の姿が見当たらぬ以上、不安は膨れるばかりだった。

まずは家や畑の周りを、恭一郎は奏枝を探して走り回った。

辺りを探し尽くすと、今度は帰って来た道を戻り、家から一番近い村で片端から村人を捕まえ、奏枝の行方を知らぬか問うた。と、村人の幾人かが、男女の二人連れを目撃していた。男は大きな葛籠を載せた荷車を引いていたという。

「右手がなかったよ。荷車を片手で支えてたし、こう、袖が風になびいてさ」

村瀬だ、と、恭一郎はすぐに悟った。

とすると、女は。

「女の方かい？ 頭巾で顔を隠していたが、世辞にも美人とは言い難い、陰気な面をしていたよ。唇の上に、ぽつんと一つ大きな黒子があったな」

どうやら永華とは違うようだが、心当たりはない。

荷車を引く男と、唇の上に黒子がある女というのを手がかりに、恭一郎は二人の足取りを追った。

荷車と葛籠は隣村に捨てられていた。何か他のものに奏枝を移したと思われる。

その先の足取りがつかめず、恭一郎は途方に暮れた。

そんな矢先、神里の蔓屋からの遣いに呼び止められた。先の村では行き違いになったようで、恭一郎を追って隣村まで来たという。文を言付けた者は余程の大枚を払ったらしい。できるだけ早く、必ず恭一郎本人に手渡すように頼まれたと、まだ若い遣いは言った。

奏枝が攫われてから二日が経っていた。

遣いから渡された、差出人の名が記されていない文を開いて、恭一郎は二日の疲れを物ともせずに玖那村へ走った。

恭一郎が玖那村にたどり着いてまもなく、雨が降り始めた。

ぱらぱらと、大粒が落ちてきたかと思うとあっという間に豪雨になった。

ずぶ濡れで文に書かれていた屋敷を探し当て、裏口から忍び込むと、中の様子を窺った。

幸い、雨音が恭一郎の気配を隠してくれる。

どうやら、女が一人で留守居をしているようだ。

一息に戸を引くと、座敷で酒を飲んでいた女が飛び上がった。

唇の上に大きな黒子がある。

「術師だな？」

「しらん！」

「奏枝は——お前が攫った女はどこだ？」

「しらん！」

「嘘をつくな！」

女の目の前に、文を開いて突きつける。文には屋敷の場所と併せて、村瀬昌幸が術師を使って奏枝を攫ったことが記されていた。

文を見た術師がみるみる顔色を変えた。

「この筆は永華様……先にお発ちになったのは、よもや——」

「奏枝はどこだ！」

刀を抜いてつかみかかる恭一郎に、術師は吐き捨てるように言った。

「山幽なら、とっくにあの世さ」

「なんだと！」

「あの男が、散々嬲りものにしたからね……永華様に袖にされた分、いい憂さ晴らしになったようだよ……」

にやりとした術師が言い終える前に、恭一郎は術師を放し、一歩退く。

と同時に、一閃。

笑みを浮かべたままの術師の首が跳ね飛んだ。

返り血を浴びる前に、恭一郎は次の間へ討ち入っていた。

屋敷の中は静まり返っていて、表の雨音だけが激しく聞こえる。

じっと気配に耳を澄ませると、雨音に混じって、微かに板が軋む音がした。

奥の茶室に入ると、床の床板が外されている。

遠ざかる足音を追って、床板の下に続く階段を下りると、地下蔵があった。

薄暗い闇の中、むっと血の臭いが鼻をつく。壁の一部が隠し戸になっていて、逃げて行く足音と息遣いが遠くなる。

迷わず戸の向こうの闇に飛び込み、恭一郎は足音を追った。

穴は涸れ井戸の底に通じていた。見上げた恭一郎の顔を、雨が激しく叩く。

ぬっと顔が上に覗いたかと思うと、にやりと笑った。

昌幸だった。

既に抜いていた小柄を、まっすぐその顔に投げつける。

絶叫が上がって、昌幸がのけぞった。

その機を逃さず、恭一郎は梯子を上って井戸の外に躍り出た。

小柄は昌幸の右目を射ていた。

左手で顔を覆い、よろめきながらも、昌幸は恭一郎を見て笑みを浮かべた。

「鷺沢……遅かったな」

「村瀬、きさま！」

「お前が執心したのも判らんでもない。ぼて腹というのもまたそそるものだな……」

瞬時に払った恭一郎の剣が、顔を覆っていた昌幸の左手を斬り飛ばした。

豪雨のもと、昌幸が獣のように咆哮を上げた。

肘の斬り口から、鮮血がほとばしる。

「言った筈だ。奏枝に大事あった時は、腕だけでは済まぬ、と」

静かに、恭一郎は刀を一振りして血を払った。

ひたりと冷たいものに触れたかのごとく、昌幸はふと正気に戻った。

己の確かな死を予感したのか、残った片目に恐怖の色が宿る。

「鷺沢、俺は……」

「聞かぬ」

下段からすくうようにして、昌幸の腰から上を斬り放つ。

胴が地に落ちるより先に、返した太刀で昌幸の首をはねた。

叫び声を上げる間も与えなかった。

†

昌幸を斬ってすぐ、恭一郎は地下蔵へ戻った。

――とっくにあの世さ――と、術師が言ったにもかかわらず、奏枝はまだ生きていた。

とはいえ、虫の息であった。

奏枝を襲った術師はまず、己の血を混ぜた大量の獣の血を浴びせ、術で己の血を枷にすることで、奏枝の身体の自由を奪った。

術師の死によって術は解けていたものの、もはや手遅れであった。

出血が過ぎた。術師の術は思ったより強く、術が効いている間は、妖魔特有の治癒力が働いていなかったようである。人ならば既に息絶えていたところだが、とどめを刺されなかったことが、奏枝に最期のひとときを与えていた。

起き上がることもできず、奏枝は潤んだ目で恭一郎を見上げた。

昌幸に嬲られているうちに破水したのだろう。腰から下がぐっしょり濡れている。

着物の下の片腕に、何やら小さな塊を抱いていた。

問うまでもなく、死産であった。

「奏枝」

「あなた……」

奏枝を腕に抱いた時、その命が尽きかけているのを、恭一郎は悟った。

「すまぬ。俺のせいでこのような……」

「いいえ」と、奏枝は小さく首を振った。「けして、あなたのせいではありませぬ」

「奏枝……」

「この世に生を受けて長幾年……多くの仲間や人をあの世へ見送って参りましたが、とうとう私が、見送られることに……」

「そのようなことを申すな」

「いいえ、あなたにもお判りの筈。この命、もう助かりませぬ。このようなことになる前にあなたの子を産みたかった。ですが……無念ではありますが、今はただ嬉しく……」

息をついた奏枝の口の端から、血が一筋流れ出た。

「何を言う」

「あなた」

奏枝の目に涙が溢れた。

「もう二度と会えぬかと思いました」

「奏枝」

「最期に、一目会いたいと……願っておりました」

溢れた涙が頬をつたう。

口元にうっすらと穏やかな笑みが浮かんだ。

「……あなたと暮らしたこの年月……私はまことに……幸せでした」

「俺とて同じこと」

「人の命は廻るといいますが、妖魔はただ闇に還るのみ……」

「戯言だ。妖魔とて命あるものではないか。人の命が廻るのならば、妖魔のそれも廻るに違いない」

そのような話は聞いたことがなかった。だが、願わずにはおれなかった。

あんまりだと思ったのだ。

最愛の者と、このように別れを迎えるなど……

「ふふ」と、奏枝は目を細めた。「優しいことを仰(おつしや)います……あなた……一つお願いがございます……」

「なんだ？」

「私の命が果てたのち……落ちた角を……御身に含んでもらえませぬか？」

「角を……？」

「一族の儀式にございます。誓って毒にはなりませぬ……」

「たとえ毒でも、それがお前の望みとあれば俺は恐れぬ」

「……お護(まも)りしたいのです……お傍(そば)でずっと……」

それだけ言うと、すぅっと、それこそ眠りに落ちるように目を閉じて、奏枝は恭一郎の胸に顔をうずめた。

「奏枝……？」

頰(ほお)を撫(な)でるが、奏枝はもう応えない。

乱れた前髪を分けてやると、合間からころりと小さな白い塊が落ちた。人を装っていた間は、見つけるのが難しいほど小さく目立たなかった角は、奏枝の死によってもとの大きさに戻っていた。

白練色の、貝殻のような角を恭一郎はそっと口に含んだ。それは微かに甘く、まるで干菓子のようにさらりと舌の上で溶けていく。

「奏枝……」

血の臭いがこもる座敷牢で、恭一郎の嗚咽が虚しく響いた。

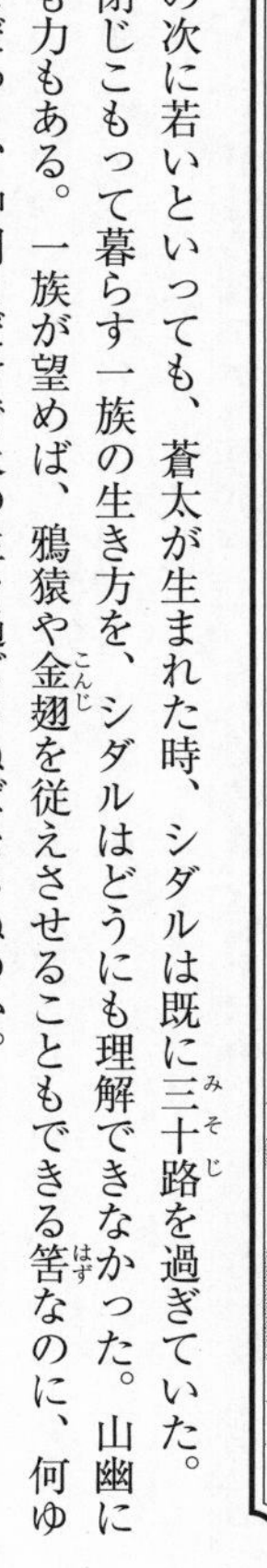

第九章
Chapter 9

蒼太の次に若いといっても、蒼太が生まれた時、シダルは既に三十路(みそじ)を過ぎていた。

森に閉じこもって暮らす一族の生き方を、シダルはどうにも理解できなかった。山幽には知恵も力もある。一族が望めば、鴉猿や金翅(こんじ)を従えさせることもできる筈(はず)なのに、何ゆえ森にこだわり、仲間とだけで永の生を過ごさねばならぬのか。

幼いうちから疑問に思い続けてきたシダルは、一族には異端者であった。

必要なだけの知恵と力を身につけたら、森を去ろう。

そう、シダルはまだ少女だった時分から決めていた。

世を知りたい、もっと自由に生きたいという思いは、黒耀に対する憧(あこが)れの念を、若いシダルに抱かせた。

だが黒耀が山幽であると知った時、誇りよりも先に、シダルは黒耀に嫉妬(しっと)した。

崇敬してきた黒耀は、「なれたやもしれぬ」己であった。

既に大人になっていた己の身体(からだ)をシダルは恨んだ。

仲間の血を飲んだのは、十八歳になってすぐだった。まだ早いという翁(おきな)の反対を押し切るように、仲間の一人にねだって成長を止めた。

己の妖力が日に日に衰えていくのを恐れたからである。

以来、子供を所望してきたが、ついに叶えられないまま今に至る。一族の許しがなくては、いくら睦みあっても山幽は孕むことができない。

欲しいものが手に入らぬ苛立ちが、シダルの野心の炎に油を注いだ。

蒼太が生まれた時、一族の誰よりも喜んだのはシダルだ。蒼太が、並外れた妖力の持ち主だと知れた時には運命を感じた。

蒼太は我が子の代わりに、シダルの欲する力と自由を与えてくれる筈だった。

シダルは己を殺し、一心に森のために尽くして仲間を欺いた。やがて蒼太の世話を任されるようになり、それこそ我が子のように可愛がった。

——その蒼太が今、歯を食いしばり、シダルに憎しみの眼差しを向けている。

『何ゆえ耐えるのだ？　その子は人の子ぞ。我らの敵ぞ』

『「しゅうじろ」はおれのてきじゃない』

『私の言うことが信じられないのかい？　確かに私はお前を欺いた。たった一度——たった一度、やむを得ず、だ。お前をまことに我が子のように思えばこそだ。あれからずっと探していたんだよ。そのためにこうして、力のある術師の身体を乗っ取った』

蒼太の目元がふと緩んだように見えた。

『仲間から追われるのはつらかったろう。これからは私がいる。この術師と私の力を合わせれば、お前の妖力をすっかり取り戻すことができる。都の術も怖くない。人の助けなど、二度と必要ないさ』

『……おれは、「きょう」とくらす』

『シェレム』と、言い聞かせるようにシダルは蒼太の名を呼んだ。『その人間はいくつだい？　人の命は長くともたったの百年。あっという間に老いて死んでしまうんだよ。そののち、お前はどうするんだい？　いや、それより先に、歳を取らない妖魔の子など、人間の方で放り出してしまうさ』

蒼太は眉はひそめたものの、目はそらさなかった。

『……それは「きょう」が決めることだ』

『「きょう」とやらは、余程うまいことお前を丸め込んだようだね。「きょう」が言ったのかい？　人を食べてはならぬと？』

『ちがう』

はっきりと蒼太は応えた。

『これは、おれが決めたことだ』

今になってシダルは、蒼太の目元を緩ませたものが何かを察した。

蒼太の目に浮かんでいるもの……それは、哀れみと呼ばれるものに似ていた。

『おれはお前を信じていた。今でも、少し信じてる。おれはいろいろ知らなかった。今も、知らないことがたくさんある』

『シェレム……』

『たくさんあるけど、今のことは、おれが今、決める。おれは「しゅうじろ」を食べたりしない。おれは黒耀様になんかなりたくない。おれは「きょう」とくらす。「きょう」が死んだら……「きょう」がおれをいらないと決めたら……おれは出て行く』

『そしたら、私のもとに戻って来てくれるかい？』

期待にやや声を上ずらせたシダルを、蒼太は射るように見上げた。

『「きょう」を殺したら、ゆるさない』

怒りだけではない。侮蔑を込めて蒼太は言い放った。

束の間呆然としたものの、シダルはゆっくりと口角を上げた。

『殺す必要なんてないさ。ちょいと思い出させてやるだけでいい。己の助けた者が、人ではなく、妖魔なのだということを……』

†

錠前が外れる音がして、蒼太の目の前でずずっと重い扉が開いた。

白装束に身を包んだ、若い男の姿をしたシダルが立っている。シダルが身体を乗っ取った術師はおそらく二十歳前後。もともと童顔だったのだろう。シダルの少女のような容姿と混ざり合い、中性的な、愛らしいともいえる面立ちをしていた。

薄い笑みを浮かべたままの唇から、詞が再び低く流れ出した。

ずくっと、またしても蒼太の角が痛む。

シダルの呪詞が角の成長を促していることは間違いない。

飢えが一層ひどくなる。

ちらりと、蒼太はシダルが背中にしている、開かれた鉄扉の向こうを見やった。

己だけなら逃げ切れるかもしれない。だが、修次郎を見捨てて逃げたくはなかった。

蒼太の葛藤に気付いたシダルが、呪詞を止めてくすりと笑う。それからすっと指を二本、唇に持っていったかと思うと、ふっとその隙間を吹いた。

「あ」

修次郎が驚いて、左手を耳にやった。手に触れたものを見て、修次郎の顔が歪む。耳たぶが切れて、椛のごとき小さな手には血が付いていた。

「そうた」

修次郎の目がみるみる潤み、涙が嗚咽と共に溢れ出す。

その間にもぽたぽたと、修次郎の耳たぶから落ちる血が肩を汚した。

角が生え、全ての感覚が研ぎ澄まされた蒼太だった。人よりも数倍鋭い嗅覚が、修次郎の血の臭いを一瞬にして嗅ぎ取った。

ごくっと、蒼太の喉が鳴る。

『……「しゅうじろ」をきずつけるな』

くすくすと笑いながら、シダルは言った。

『あれは、旨かったろう？』

『あれ？』

『お前が喰ろうた、カシュタの心ノ臓は、旨かっただろう？』

眩暈に似たものが蒼太の視界を揺らした。

思わず目を閉じると、今度はあの暗闇で見た、己の手のひらで蠢くカシュタの心臓が思い浮かんで、蒼太は急いで目蓋を開く。

なんともいえぬ甘美な味が舌によみがえってくる。

ごくり、と、蒼太は再び喉を鳴らした。

『カシュタほどではなかろうが、人も旨いぞ。殊に赤子の、ほら、お前の片手に易々と納まろうかという、小さな心ノ臓は……』

ぐっと蒼太は、改めて両手の親指を握り込んだ。

修次郎の泣き声が、耳鳴りのように響いて蒼太の心を乱し始める。

おれはカシュタを食べた。

左目を奪われ、角を落とされた。

仲間に捨てられ、森を追い出された。

妖魔に追われて——人間に囚われた……

『ふふ。この子は一体どんな味がするのだろうね、シェレム？』

「きょ、う」

搾り出すように蒼太は恭一郎を呼んだ。

ひゅっと、再びシダルが息を吹く音がして、今度は修次郎の右耳が切り裂かれる。

「わあああぁぁん」

血に染まった両手を見て、修次郎は一層大きな声で泣き出した。

「きょう」

「聞こえぬよ。人に、お前の声は届かぬ」

絶望が蒼太を襲った時、ぴくっと左目が微かに疼いた。

一筋の光が見えた気がした。

「さあ、遠慮はいらない」

「なつ、の」

「――お食べ」

ぎゅっと目を閉じ、今一度歯を食いしばる。

――なつの！

左目に意識を集中させ、蒼太は内から夏野の名を呼んだ。

†

橋を渡って、伊織と夏野は娑名女町へ入った。

伊紗からの言伝によると永華の住処は「娑名女の北」らしいが、しかとは判らぬため、この先は後ろの駕籠の行方に一層気を配らねばならない。都の端の町だけに、店よりも家屋敷が多くなってきて、反対に人通りは減ってきた。

ふいに額の上に鈍い痛みを感じて、夏野は思わず足を止めた。

「どうした？」

「いえ、その」

後ろの駕籠舁きたちに怪しまれてはならぬ。夏野は額に手をやって歩き出した。痛みは一瞬だけで既にない。

足を踏み出した途端、今度はふっと視界が揺らぎ、若者の顔が左目に映って消えた。

「あっ」

「黒川殿？」

「今、何か」

これも一瞬で消えた顔は、夏野と変わらぬ年頃の少年のものと思われた。目鼻立ちは整っていたが、能面のごとく静かな笑みを浮かべていて夏野をぞくりとさせる。

清水に墨を垂らしたような不安が胸の内に広がった。

胃の腑が何やらちりちり疼く。

「樋口様。もしや……蒼太の身に何か」

言いかけた夏野の目の端を、するっと青白いものが抜けて行った。

「あ……」

瞬きをすると、今度ははっきりと目の前に軌跡が見える。

「見えるのか？」

「見えます」

足を速めて夏野は応えた。

青白い軌跡が、導くようにすうっと現れては消え、また現れる。

しばしまっすぐ進んだのち、それは辻を左に折れて行く。

伊織を見やると、伊織は小さく頷いた。

「今は、蒼太のことだけを考えよ」

辻を折れてまもなく、伊織が懐から手鏡を取り出して、そっと背後を確かめた。同じく辻を折れて来た駕籠が鏡に映るのを見てにやりとする。

夏野は左目に意識を集中させながら、蒼太の軌跡をただ追った。

――いざとなれば、駕籠は恭一郎に任せてもいい――

そう、伊織から前もって告げられている。

――蒼太は村瀬を追って行った。ゆえに、村瀬の住処に囚われている見込みが高い。それは永華の住処と同じやもしれぬし、違うやもしれぬ。同じ家屋敷なら一石二鳥だが、違っていたとしても、両家はさほど離れてはいまい――

蒼太が一広ではなく術師に捕えられたことを、伊織は疑っていない。なればこそ、自分たちは、永華ではなく、蒼太を追うべきだ、と言うのである。

胃の腑の疼きがひどくなった。眩暈もする。

思わず立ち止まると、左目に眼前の通りの他に幾重にも違うものが浮かんでは消えた。

散らばった着物。

鉄格子。

輪郭の定まらぬ子供の顔。

親指を握り込んだ手。

先ほど見えた若い男。

薄い笑みを浮かべた、同じく若い、夏野と変わらぬ年頃の女――

『……の』

蒼太の声が聞こえたような気がして、夏野は辺りを見回した。その間にも、目まぐるしく左目に映るものが変化していく。

座敷牢。

下卑た笑みを浮かべた男。

暗闇。

走る景色。

枝をかき分ける、白く、幼い腕。

走る景色――否、走っているのは蒼太だ。

ありったけの力で、背後から襲って来るものから逃れようとしている。

以前見た、赤い、血にまみれた手のひら。

その上で蠢く、黒い小さな塊……

『なつの！』

今度ははっきり聞こえた。

「蒼太」

つぶやいて夏野は駆け出した。

†

夏野と伊織が走り出して行くのを、恭一郎は笠の向こうに見た。

駕籠は、夏野と伊織が走って行った一つ手前の辻を右に折れて行く。

駕籠を追って、恭一郎は迷わず辻を曲がった。

つなぎも受けずに駆け出して行ったのだから、夏野が蒼太の手がかりを得たのは間違いないと思われた。夏野の腕前はよく知らぬが、伊織がついていれば並の剣士や術師は物の数ではない。

問題は村瀬一広だが……やつは斬るまい、と恭一郎は思った。

ただの勘である。だが、剣士としての勘だった。

一広には一度、昌幸の兄として顔を合わせている。村瀬家の家督を継ぐ者として、弟の若気の至りをわざわざ斉木道場まで陳謝しに来たのだ。

永華が斎佳を追い出される前のことである。

当時の一広は、既に今の恭一郎と似たような、三十路をいくつか超えた年頃だったと記憶している。礼儀正しく、堅苦しさがかえって好ましい男だった。

一広は斎佳では剣士として名が知られていて、恭一郎も一目で「かなり遣う」と気が引き締まる思いがした。剣士の矜持が残っているなら、この期に及んで恭一郎以外の者を殺めることはないだろうと思われた。

斉木道場に現れた一広は、永華への執着を捨てようとしない弟を「醜聞でしかない」と恥じていた。ゆえに恭一郎は、一広が己を討ちに斎佳から晃瑠に向かったと馨から聞いて驚いた。永華にそそのかされたとあっては尚更だ。

――だが、堅い男ゆえの脆さもある……

二町ほど先で駕籠が止まった。

永華が駕籠を降り、駕籠舁きに金を渡しているのが見える。

足を緩め、笠で顔を隠したまま、恭一郎は歩み寄った。

駕籠が折り返して、恭一郎とすれ違い、足早に来た道を去って行く。

門が開く音がしたが、中へ入って行く足音はしない。

「お待ちしておりました、恭一郎様」

忘れたくとも忘れられぬ、永華の声がした。

ゆっくりと、恭一郎は笠を上げた。

斉木の家で見た時と、ほとんど変わらぬ顔がそこにあった。

恭一郎と目が合うと、永華は艶やかに微笑んだ。

「どうぞ、お入りになって」

「御方様、これは一体……？」

門を開けた下男と思しき男が、永華と恭一郎の顔を交互に見やってうろたえる。

「久治、おゆみに言って、酒肴の支度を。――さ、恭一郎様はこちらへ」

目を白黒させている久治をよそに、永華は恭一郎を奥へといざなった。

無言のうちに、恭一郎は永華の後をついて行く。

屋敷は家屋に対して庭が広く、小さくも贅沢な造りをしている。

縁側を渡るうちに、ぽつりと足元に大粒の雨が落ちた。

ぽたぽたと縁側の端に次々と染みができ、あっという間に白雨となる。

雨雲のせいで、日暮れでもないのに屋敷の中は暗い。

小走りに現れた女中が、久治同様驚きを隠せぬ様子で座敷の行灯に火を入れた。

「今、酒肴を用意させますから」

微笑んで恭一郎に上座を示し、永華は自分も寄り添うように腰を下ろす。

「いらぬ」

短く応えて、恭一郎は隣りに座る永華をまっすぐ見下ろした。

「富樫」

「まあ、なんて他人行儀な。名前で呼んでくださいまし」

「他人だ。昔も、今も」

「ひどいことを仰います」

「子供はどこだ？」

「子供、とは？」

「お前が村瀬や術師に攫わせた子供らだ」

「なんのことやら」

口に手をやって、声を立てずに永華は笑った。

「ならば村瀬はどこだ？」

「昌幸殿なら、とうの昔に亡くなったと聞いておりまする」

「はぐらかすな。兄の方だ」

「さあ？　存じませぬ」

「そうか。ならばもうお前に用はない」

冷ややかに一瞥して腰を浮かせた恭一郎に、永華がすがった。

「お待ちくださいませ」

「狂人と話している暇はない」

「狂ってなどおりませぬ」

ひたっと、永華の目が恭一郎のそれをとらえた。

奏枝の着物を着て、奏枝のように黒く長い髪を後ろでくくっている。

だが着物の上に載っているのは、奏枝と違い、白粉を塗り、真っ赤な紅を差した唇を持つ、人形のような女の顔だ。

「狂ってなどおりませぬ」

永華は繰り返した。

勝ち誇ったような瞳（ひとみ）で、恭一郎を見上げている。

†

――永華は「見える」者としてこの世に生を受けた。

伊織と違い、妖魔ではなく、物事や先のことが「見える」能力を持つ者としてだ。

幼い頃から様々なものを永華は「見て」きた。

閃（ひらめ）きのごとく見えることもあれば、夢で見ることもあった。

用人の隠匿。

女中たちの悪口。

男女の不義密通。

そしてその者たちの末路……

己が語る話を聞いたのちの人々の不審な顔から、永華は早いうちに己の力に気付き、賢くも口を閉ざした。

力を恐れるのではなく、利用してやろうと、幼心に決めたのだった。

一度、母親の伴として行った芝居小屋で、西原家の娘を見たことがあった。

一目で裕福かつ身分ある家の者と判る、贅（ぜい）を尽くした着物に小間物。鷹揚（おうよう）で自信に満ちた立ち居振る舞いを、皆が眩（まぶ）しげに見つめている。その娘は永華より幾分年上で、充分美しい見目姿をしていたが、永華は密かに己の方が勝っていると判じて悦に入った。

力と共に、己はいずれ世を動かす者になれると、永華は信じて疑わなかった。

表向き、美しく聞き分けがよかった永華は、家族にも使用人にも愛された。時折ぼうっと未来の己を夢想している姿でさえ、愛らしいといわれたものだ。

いつか、あの娘よりいい着物を着て、もっと多くの人間をかしずかせてみせる……

そんな永華の夢は、長くは続かなかった。

十二歳で初潮を迎えた後、頼みの力が急速に衰えていったのだ。

嘆き、悲しんだが、どうにもならなかった。

村瀬昌幸に出会ったのはこの頃だ。

元服前に顔を合わせた昌幸は一目で永華の虜になったらしく、「永華殿を嫁にする」と決然と口にして富樫家を喜ばせた。

村瀬家、ひいては西原家に縁ができると、富樫家は惜しみなく方々に働きかけ、幼い昌幸の言葉を言質に、早々に二人の婚約を固めた。

昌幸は短慮だが、その分裏表がなく、永華に心酔しているのが見て取れた。容姿もそう悪くなく、何より格が上の家の出だけあって、永華に惜しみなく金を使う。昌幸を殊更好いてはいなかったが、夫婦になれば不自由ない暮らしが約束されていた。「悪くない」と、割り切るだけの世知が永華には既にあった。

力があればともかく、それが衰えた今、己の美貌だけでは世は渡れぬ。

武家としては「そこそこ」の富樫家が、西原家の縁家に嫁ぐのだ。それだけでも並の女には望めぬ幸運だった。

――だが、あの日。

「ここが昌幸様が通っていらっしゃる道場です」と、伴の者に言われて、駕籠の御簾を上げた永華は、ちょうど表へ出て来た恭一郎に目を奪われた。

それだけではない。

恭一郎の姿を見た途端、長いこと忘れていた閃きを脳裏に覚えた。

広く、長い廊下。

束帯姿の者たちがぬかずく中、「その者」は座敷に足を踏み入れる。

座敷の奥にたゆたう、金の御簾。

御簾の向こうの人影……

力が衰えてこのかた、こんなにもはっきりと「見えた」のは初めてだった。

これが運命でなくて、なんなのか。

すぐさま手の者に、恭一郎の身上を探らせた。

するとどうだ。あの神月家の、当主になるやもしれぬ者だというではないか。

失った筈の野心に再び火がついた。

小間物屋で二度目に恭一郎を見た時には目が合った。

恭一郎が小さく会釈をこぼした途端、一度目とは比べものにならぬほど、鮮明な閃きが起きた。

日々、恭一郎を想うちに、夢とうつつの境が怪しくなっていった。

斉木の家では恭一郎に袖にされたが、西都から遠ざけられた後も、今度は力は消え去らなかった。幼い頃に比べればまだまだ足りぬが、恭一郎を――まだ見たことのない晃瑠の御城や、安良を――思い浮かべる度に、少しずつ力が戻ってくるようであった。

まこと、これが運命でなくてなんなのか……

†

「あなた様は、神月家の御当主となるべくお生まれになったのです。私はもう何度も『見て』おります。あの金の御簾は安良様のものに違いありません。安良様にお一人で接見が許されているのは、神月本家の御当主――大老様のみと聞いております……」

目を輝かせて語る永華を見て、恭一郎の内に忸怩たる思いが湧き上がる。

「神月家を継ぐのは、嫡男の一葉様だ」

神月一葉は十七年離れた、恭一郎とは腹違いの弟である。

一葉が生まれるまで、世間では恭一郎が神月本家を継ぐと思われていたが、恭一郎自身がそれを望んだことは一度もなかった。そのように母親から育てられたこともあるが、物心ついた時には既に剣に夢中で、剣士より他の道を歩むことなど考えもしなかったのだ。

一葉の誕生を恭一郎は心から喜んだ。父親である大老は世継ぎを必要としており、己も無用の取り巻きから解放されると思ったからだ。

「案ずるには及びませぬ。一葉様は遠からず身罷られます」

「なんだと？」

「湊がそう申しております」

「湊、とは？」

「私に力を与えてくれる者です」

「術師か」と、恭一郎は吐き捨てた。

「彼の者なら、一葉様を亡き者にすることなど、容易いことでございます」

「俺が許さん」

「恭一郎様に御当主になっていただくためです」

「俺は、神月家を継ぐ気などない」

「これは運命でございます。私は、繰り返し『見て』おります」

「運命など」

静かな怒りを込めて恭一郎は言った。

「玖那村にいた術師は、あの文を見てお前の名を呼んだぞ。村瀬をそそのかし、あの術師を使って奏枝を捕えさせたのはお前だろう。村瀬に奏枝を殺すように仕向けておきながら、その村瀬を討たせるために、俺にやつの居所を知らせて遣したのも」

「あの者は随分役に立ってくれました」

昌幸と共にいた術師は八年前、西都の外へ追いやられた後に、とある村で拾ったのだと永華は言った。あの術師がいたからこそ、恭一郎の居所を探り出し、その妻が妖魔だと知ることができたのだ、とも。

「……ですが、あの者はわからずやでもありました。使命を心得ている湊とは違います」

昌幸と術師の死後、密かに戻った斎佳で、永華は湊に出会ったそうである。

少年のごときあどけない顔に少女のごとき華奢な身体の湊は、微笑みながら、永華を我がものにしようとした無頼たちを追い払った。その長く細い指の間から、目に見えぬ小さな矢を放ち、無頼たちの目を次々と射抜いていったという。

「湊は私の使命を聞いたのち、私に永久の力と美を約束してくれました」

斎佳で一人、二人と赤子が攫われるようになり、二度と戻らなかった。

永華の憎む妖魔――奏枝――が死んで、四年の月日が経っていた……

「大老となり、私を傍においてくださいませ。力をすっかり取り戻した暁には、恭一郎様と共に安良国をお護りする所存でございます。それが私の使命なのでございます」

「……お前の使命とやらのために、一体何人を犠牲にしてきた？」

「全ては安良国のためでございます」

「笑止な」

永華を振り切って立ち上がると、入って来た縁側の方ではなく、次の間に続く閉じられた襖戸を恭一郎は見据えた。

「――出て来い」

ぱっと襖戸が開いたかと思うと、匕首(あいくち)が飛んで来る。

かわしざま恭一郎は刀を抜き、同時に斬り込んできた男の腕を、横から斬り放った。

叫び声を上げて、男が痛みに転げ回る。

「この野郎!」

声を上げて別の男が飛び込んで来た。

男の振るう大刀を、一閃(いっせん)、二閃、子供をいなすように恭一郎はかわした。男はそこそこ遣うようだが恭一郎の敵ではない。

・

勢い余って、床に転がった仲間に躓(つまず)いた男を、恭一郎は峰打ちにして眠らせた。

ついでに腕を斬った男の襟首をつかんで起こすと、首を締めて気絶させる。

立ち上がって、刀に血振りをくれた恭一郎は息切れ一つしていない。

「お見事」

開け放たれた襖戸の向こうから、今一人の男が姿を現した。背丈は恭一郎とそう変わらぬが、不惑の歳を迎えた者にふさわしい、がっしりと鍛えられた身体つきをしている。

袴(はかま)を穿(は)いた、折り目正しいこの侍こそ村瀬一広だ。

「その者たちの命を乞いたい。おぬしには手を出さぬよう言い含めておいたのだが、若気の至りというやつだ」

「好きにされよ。俺もこの者たちには関心がない」

恭一郎を見据えたまま、一広は背後の者に声をかけた。

「こいつらを連れ出せ。それから、俺がよいと言うまでこの部屋には近付くな」

そろりと、襖の陰から男が二人現れると、倒れている二人を背負って行った。

床に落ちたままの腕を見やって、一広が沈痛な面持ちをする。

「あの男を憐れむか？」

応えぬ一広に、恭一郎は更に問うた。

「ならば、おぬしの攫った子供らはどうだ？」

「……気の毒なことをした」

「一人残らずか？」と、恭一郎は眉根を寄せた。

「いや、最後に攫って来たのはまだ蔵にいる」

「そうか」

恭一郎たちは三間ほど離れたまま対峙している。

永華は部屋の隅で、恐怖ではなく、興奮に打ち震えているようだ。

「……おぬしは、問わぬのだな」

一広の口元に自嘲が浮かんだ。

「何ゆえこのような始末になったのか……いや、問われたところで俺にも判らぬが……」

「そこが女の恐ろしいところだ。富や力に血迷うのとは訳が違う」

恭一郎がにやりとすると、一広も口角を上げて応えた。

「いかさま」

雨足が強くなったようだ。

叩きつけるような音が、閉じた障子戸の向こうから聞こえてくる。

笑みを消して恭一郎は静かに口を開いた。

「――抜け」

†

屋敷の門まで来ると、夏野は伊織を振り返った。

道々、左目にぼんやり浮かんだ門構えと同じである。

伊織が頷くのを見て、夏野は門戸を叩いた。

雨は降り始めてまもないが、徐々に激しさを増しつつあった。

覗き穴から門番の目が窺い、訝しげに雨に濡れた夏野を見た。

脇に隠れている伊織は、向こうからは見えない筈だ。

「何用だ？」

「富樫様へ文を預かっている」

「こちらへ」

「ならぬ。直に届けるよう、固く命じられている」

「富樫様はこちらにはおらぬ」

「ならば、村瀬様でもよい」

少年の姿をした夏野を甘く見たのだろう。渋々門番は門を薄く開いた。

その僅かな隙を逃さず、横から飛び出した伊織の刀が鞘ごと門番の喉を突いた。

「ぐっ」

伊織はそのまま一尺ほど門戸を押し開いて身体を滑り込ませ、目を白黒させている門番のみぞおちに拳を入れて気絶させる。伊織の鮮やかな手並みに夏野は息を呑み、門戸を閉じるのを一瞬忘れた。理一位である伊織が、眉一つ動かさず男を打ち倒したのも驚きだったが、己が戦いの場にいるのだと初めて気付いた。

道場で己より大きな男たちと打ち合うことはあっても、実際に喧嘩や斬り合いをしたことはない。侃士ゆえに故郷では幾度か妖魔狩りに呼集されたが、蒼太のことを除けば妖魔と戦ったこともなく、抜き身を手にしたことさえ数えるほどしかない夏野だった。

蒼太を斬った時の感触が右手によみがえり、夏野は身震いした。

人間でも、本気でかかって来られたら、刀を抜かぬ訳にはいかぬ。

……斬れるだろうか？

思わず柄に触れた夏野を、伊織が促した。

「蒼太はどこに？」

「こちらです」

屋敷には目もくれず、青い光に導かれて夏野は庭を回った。

庭の奥に、高くそびえる蔵が見える。

庭に面した鉄扉は、半分ほど開かれており、青い光はまっすぐその奥へ通じている。

小走りに蔵へ向かった夏野の前に、土間から飛び出した男が白刃を閃かせた。

迷う暇はなかった。

考えるより早く右手が刀を抜いていた。

峰で受けた剣は思いの外重く、眼前に自刃が迫る。身体を沈めて、すり抜けざまに返した刀に手ごたえがあった。

短い悲鳴が上がり、振り向いた夏野の目に、腿（もも）から血を噴き出した男が映った。

続いて打ち込んできた今一人の男の太刀を二度かわし、三度目を払った。

背後で打ち合う音がしたかと思うと、悲鳴が聞こえた。伊織が一人倒したようだが、確かめる余裕は夏野にはない。目の前の刀をかわすのに精一杯で、敵が何人いるのかもつかめていなかった。

二人目の男は馨ほどの背丈はないが、そのどっしりと大きな身体からはとても想像できぬほど敏捷（びんしょう）だ。

幾度目かに身体が入れ替わった時、脇腹に浅手を負った。

向き合った男がにやりとし、恐怖心が夏野を襲う。

――殺す気だ。

動きを封じ、捕えようというのではない。

この者は、私を斬って捨てるつもりなのだ――

「鋭ッ」と、夏野が渾身（こんしん）の力で打ち込んだ太刀は、読まれていたように強く払われた。

これまでか。

振り上げられた刀に身をすくませた夏野の頭上を、風が走った。

「うっ」と、呻いた男が刀を落とす。

手首に小柄が刺さっていた。

「ここは俺が」

囁くように言いながら、伊織は刀を落とした男のみぞおちに拳を入れた。悶絶した男が膝を折るのを横目に、伊織が蔵の方へ顎をしゃくる。

ちらりと振り返ると、四人もの男が倒れているのが見える。夏野が二人目にてこずっている間に、伊織は三人を討ち取り、夏野が斬った一人目も気絶させたようだ。

新たな男が表へ飛び出して来た。

廊下を駆けて来る足音も続く。

騒ぎを聞きつけ、屋敷の中に残っていた者が集まって来たらしい。

「蒼太を」

「はいっ」

柄を握り直すと、夏野は蔵へ向かって走り出した。

†

一広と、睨み合うことほんのひととき。

先に仕掛けたのは恭一郎だった。

刃と刃の合わさる音が鈍く響き、二人同時に飛びしさる。

じりっと、にじり寄った瞬間に一広が振り下ろした太刀を、寸前で見切って恭一郎はかわした。続けて繰り出された二の太刀は空を、三の太刀は縁側の障子戸を斬り放つ。

勝手の判らぬ屋敷の中よりも、庭の方が戦いやすい。

縁側から庭へ飛び下りた恭一郎を、一広が追って来る。

激しい雨足に、二人とも瞬く間に濡れ鼠（ねずみ）となった。

まとわりつく着物は煩わしく、視界も悪いが、一広の剣は勢いを増したようだった。

恭一郎の剣も同様である。

――強い。

思わず恭一郎は口角を上げた。

つかみどころのない柿崎の剣と違い、崩れぬ型が美しい恩師・神月彬哉の剣に似ている。

これほど手ごたえのある剣士と交えるのは、久方ぶりだった。

滝のごとき、沛然（はいぜん）たる豪雨の向こうで、一広の目にも愉悦に似た色が浮かんでいる。

しかし、好敵に出会えたことを、喜んでばかりはいられない。

力量が近ければ近いだけ、手加減できぬ。

どちらかの深手は避けられそうになかった。

雨水による透き通った壁の向こうの敵を、恭一郎はじっと見つめた。

一広も時が止まったかのごとく、ぴたりと正眼に構えて対峙している。

どのくらいそうしていただろうか。

ふっと雨音が途切れ、眼前の水の壁が立ち消えた。

灰色の景色の中で、一広と、一広の構えた剣だけがくっきりと浮かび上がる。

切先が微かに揺れた。

一広が打ち込んで来ると同時に、恭一郎も地を蹴った。

永華が短い悲鳴を上げた。

†

蔵の鉄扉の内側に、白装束を着た男の背中が見えた。

夏野の足音を聞きつけた男が振り返って――微笑んだ。

若く、美しい顔立ちゆえに、その無情な笑みに背筋が凍る。

「退け！　退かねば斬るぞ！」

武器を持たぬ男に、脅しのつもりで夏野は刀を構えた。

「なっ！」

「蒼太！　無事か！」

男の向こうで姿は見えぬが、蔵の中から聞こえたのは紛れもない蒼太の声だ。

「蒼太を返せ」

「断る」

睨みつけた夏野に、男は余裕の笑みを見せた。

「ならば、参る」

打ち込んだ夏野の太刀を、男は易々とかわした。

「この！」

二の太刀を繰り出しながら蔵の中に足を踏み入れると、ちらりと蒼太と、蒼太の更に後ろで怯えている修次郎の姿が見えた。

「お前が『きょう』……ではなさそうだな。そんな太刀では私は斬れないよ」

鼻を鳴らして男が笑う。

間髪を容れずに斬り込む夏野の刀を、ひらり、ひらりと、舞うように男はかわしていく。

あまり男を追い詰めると、奥にいる蒼太が逃げ場を失う。

これでもかと夏野が繰り出した太刀を、男はくるりと身を回してかわし、振り向きざまにふっと指の間から目に見えぬ何かを放った。

刃風を伴って飛んで来た「それ」は、鎌鼬のごとく夏野の左肩を斬った。

着物が切れて、肩に血が滲む。

征矢か手裏剣かという切れ味だ。

驚きと痛みに夏野は顔を歪ませた。

そんな夏野をくすりと笑うと、男は床を蹴って後ろへ飛んだ。

ふわりと宙で身を返し、蒼太の後ろに下り立つと、蒼太の首に腕を回して捕らえる。

つま先立ちになった蒼太が身をよじった。

「──っっ」

ばたばたと足を動かして蒼太は抗ったが、相手は細身とはいえ大人の男だ。

「蒼太を放せ！」

「そうはいかない。私はこの子の親も同然なのだから」

「なんだと？」

薄く微笑むと、男は二本の指を口元に寄せた。

再び放たれた「それ」を、夏野は今度は刀を楯にかわした。

「ふうん」

目を細めて、男がにやりとする。

男の手が蒼太の頭をつかんだ。首を絞められたまま、蒼太が声にならない悲鳴を上げる。

蒼太の額をまさぐった男の指の間から、白く小さなものが見えた。

ずくっと、夏野の額に鈍い痛みが走る。

「おや、この人間は……そうか、お前の目を取り上げたのだね」

『ちがう』

蒼太の声が、夏野の頭にも響いた。

「お前の目を楯に、お前を言いなりにさせているのだろう？」

『ちがう』

「角を得た今のお前なら、人間の一人や二人、容易く殺ってしまえる筈だ」

『おれは……』

「殺してしまえ。そして目を取り戻すのだ。思い出せ。お前は人ではなく、デュシャなのだ。誰よりも強い妖力を持つ、一族の頂点に立つべき妖魔なのだ……」

「蒼太を放さぬか！」

刀を構え直した夏野の後ろから、刃風が走った。

今度は男の左肩が切れて、血が滲む。首を絞めている腕はそのままだが、蒼太の額に触れていた手を男は放した。

背後から伊織の声がした。

「風針か。つまらん術だ」

「……誰だ？」

打って変わった、搾り出すような声で男が誰何した。

「俺だ。湊」

鉄扉の陰から姿を現した伊織が応えた。

「やはりお前は、試さずにはいられなかったのだな」

「お前の知ったことか」

「妖魔を身の内に取り込むなど……愚か者め」

「黙れ！」

湊と呼ばれた男が放った風針を、同時に放たれた伊織の風針が打ち落とす。

その隙をついて夏野は間合いを詰めた。

だが刀を振り下ろす前に、湊が夏野の方へ手のひらを押し出した。

触れてもいないのに、張り手を食らったかのごとく夏野は後ろに吹っ飛んだ。

壁に叩きつけられると、ずるりと思わず座り込む。

痛みに呻きつつも伊織を見やると、伊織の顔にも微かな驚きが浮かんでいる。

「昔の俺ではないぞ」

「そのようだな」

湊を見据えて、伊織は両手で印を結んだ。

湊が再び右手を上げる前に、伊織の口から詞が流れ出る。

「黙れ！」

「…………」

滔々（とうとう）と続く詞は、低く、夏野には聞き取れぬ。また、己は知らぬ言葉のようだ。だが湊の狼狽（ろうばい）ぶりからして、その効力は明らかだった。湊の左腕はがっちりと蒼太の首を抱え込んだままだが、風針を繰り出そうとしていた右手は、震えが露（あら）わで定まらぬ。

「くっ」

「…………」

「う……」

「…………みなと……」

嗚咽（おえつ）が口から漏れたのち、がくりと湊の身体が前にのめった。

蒼太を抱き込んだまま身を震わせた湊の口から血が吐き出され、血飛沫（ちしぶき）が蒼太の角に散って滲んだ。

『――っ‼』

蒼太が声にならぬ悲鳴を上げた。

蒼太の慄（おのの）きの理由を、蒼太とつながっている夏野は即座に悟った。

山幽の角は、妖力の源であると同時に急所でもある。

他人には触れさせもせぬ角を、血で穢（けが）された。しかも湊は術師だ。このまま術をかけられれば、角に滲んだ血は符呪箋（ふじゅせん）よりも強固な枷（かせ）となり、命取りになりかねぬ。

ぐったりとして、蒼太が抵抗をやめた。

ゆっくりと身を起こした湊は、口元の血を袖で拭（ぬぐ）いながら低く笑った。

「手間が省けた」

「なんだと？」

「お前のおかげで、たった今、湊の命が尽きたのだ」

姿かたちは湊のままだが、何か違うものが宿っているのを夏野は見て取った。

この者こそが、先ほど蒼太の「親も同然」だと言ったのだ。

この者は、おそらく……

伊織も悟ったようだ。

「そうか。湊が取り込んだのではなく、お前が乗っ取ったのか」

「……随分役に立ってくれたさ。時にでしゃばってくるのが玉に瑕だったがね。お前が殺らずとも、いずれ始末するつもりだった。術師としての力さえ手に入れてしまえば、人の心など邪魔なだけだからな……」

「山幽か。先ほどのあれは、山幽の念力だな」

男は応えず、鼻で笑った。

「………」

詞を唱えながら、伊織が印を結び直す。

「術師ごときにやられるものか」

男が放った風針を、伊織は僅かに動いて紙一重でかわした。

「………」

「効かぬな」

男は詞を唱え続ける伊織を嘲笑い、次々と風針を繰り出した。両手で印を結んでいる伊織は剣を抜くことができぬ。

「………っ」

風針が伊織の首筋をかすめて、うっすらと血が滲んだ。

男が左手を上げると、すぐ横にあった長持が一つ宙に浮かぶ。

男が手を振り下ろすのへ合わせて長持が空を切って飛んで行き、かわし損ねた伊織を扉の外へ突き飛ばした。

「樋口様！」

立ち上がって夏野は再び刀を構えた。

「やめぬか！」

「お前こそ、諦めぬか」

続けざまに飛んで来た風針を、夏野は刀で斬りつけて落とす。

男は不敵な笑みを浮かべて、今度は手のひらを広げたまま、立ちすくんでいた足元の修次郎に向かって押し出した。

「そら」

男の手のひらから繰り出された突風が、修次郎を着物ごと吹き飛ばした。

「修次郎！」

長持にぶつかって修次郎が倒れる。駆け寄ろうとした夏野の鼻先へ風針が走った。とっさに頭を下げて、目の前の長持の後ろへ身を滑り込ませる。

ふわりと、身を寄せた長持が宙に持ち上がった。

蔵の天井まで浮かんだかと思うと、見上げた夏野にまっすぐ落ちて来る。

夏野が飛びしさると同時に、長持は床に叩きつけられ砕け散った。

目を庇った夏野の腕を、木片が切り裂いた。

休む間もなく、宙を舞う着物を突き抜けて風針が飛んで来る。

身を翻してよけた先から、二つ目の長持が宙に浮かび、夏野を襲った。

かろうじてかわすと、夏野は修次郎を目で探した。

修次郎は二間ほど離れたところに、着物にまみれて倒れていた。

と、傍らの長持がすっと持ち上がり、今度は修次郎めがけて落ちて行く。

「やめろ!」

刀を前へ投げ出して飛び込み、片手に修次郎をしかと抱いて、夏野は床を転がった。砕けた長持から、鉄の角あてが飛んで来て夏野の背中を打った。

「――っ!」

身体を丸めて痛みをこらえ、急ぎ傍らの刀を拾って、夏野は奥に残っていた長持の後ろに隠れた。

くくっと男が忍び笑いを漏らす。

夏野の腕の中で、修次郎はぐったりしたままだ。

このままでは嬲(なぶ)り殺しだ。

修次郎を床にそっと寝かせると、膝をついたまま夏野は手中の刀を確かめた。

最後の力を振り絞るべく、かつて祖父に教えられた通り、呼吸を整え、内なる一点に意識を集める。

一太刀。

せめて、一太刀。

……と、低い詞が夏野の耳に届いた。

蔵の外から伊織が唱えている詞だ。

「往生際の悪い」と、男が伊織を嘲笑う。

柄を握り直して、長持の陰で夏野は目を閉じた。

駆け抜けねばならぬ間合いは三間。

覚悟を決めて静かに息を吐き出すと、次の瞬間、急に伊織の詞がはっきりと、意味をなして聞こえるようになった。

　彼の者の過ち犯しけむ罪事を
　天の理を以て打ち掃い
　地の理を以て無に還す……

「万理の由縁を以て禍事罪穢を祓う哉……」

つぶやくように詞を漏らした夏野に、男がはっとしたのが判った。

ゆっくりと夏野は立ち上がり、長持の前に出た。

「効かぬというのが判らんのか」

唇をひくつかせて男は笑った。

秀麗な顔立ちの、口元にこびりついた血が異様だった。

外からは、途切れることなく詞が聞こえてくる。

否、頭の中に直に流れ込んでくるようだ。

「…………」

「彼の者の過ち犯しけむ罪事を」

伊織の後を追って、頭にこだまする詞を夏野は復唱した。

「…………」

「天の理を以て打ち掃い」

「…………」

「地の理を以て無に還す」

「効かぬ……ぞ」

男は呻いたが、まだ笑みを浮かべている。

男が繰り出した風針を、夏野は此度は難なくよけた。

勢いも狙いも落ちている。男の右手はいまや小刻みに震えていた。

伊織ではなく、夏野の詞に反応しているようである。

「…………」

「彼の者の名は……」

夏野に気を取られていた男は、蒼太の腕が動いたことに気付かなかった。

すっと眼帯を取ると同時に仕込み刃を押し出し、蒼太が男の腕に切りつける。

「うっ」と、驚いて男が蒼太を放した。

「蒼太！」

蒼太は一度はよろけたものの、踏みとどまって夏野を見つめた。

夏野も蒼太を見つめ返し、再び詞を口にする。

「彼の者の名は……」

ひたりと、二人の間の空気が止まった。

『シダル』

蒼太の「声」が聞こえた。

床を蹴って、夏野は男に突進した。

「名は……シダル」

吸い込まれるように、刀が男の心臓を貫いた。

†

大きく息を呑んだシダルが夏野を見つめたのも、ほんの束の間。

心臓を刺し貫かれたシダルの身体が大きくのけぞる。

そのまま二度痙攣（けいれん）すると、シダルはだらりと両腕を垂らして後ろに倒れた。刀が抜けた胸から血が噴き出して、既に汚れていた白装束をみるみる真っ赤に染めていく。

「……」

喉を詰まらせたまま、何か言いたそうにシダルは蒼太を見上げた。

蒼太もじっとシダルを見下ろしている。

「……」

唇を震わせ、やがてがくりとシダルは息絶えた。

「修次郎」

長持の近くにいた修次郎に、夏野は駆け寄った。

意識は取り戻していたが、驚きに声を失っている。

「大事はないようだ。傷も浅い」

蔵に入って来た伊織が、一通り修次郎を見てから言った。

着物ごと吹き飛ばされたのが幸いしたようである。夏野が微笑みかけると、安心したのか、修次郎は嗚咽を漏らして泣き出した。

長持に押し飛ばされたものの、伊織にも大きな怪我はないようである。

拭いをかけて刀を仕舞った夏野は、泣きじゃくる修次郎を抱き上げ、蒼太を見やった。

蒼太はシダルの傍らに立ち尽くしたままである。

――この子の親も同然――と、シダルは言った。

さすれば、蒼太は夏野にシダルの名を伝えることで、「親」に等しい者を自ら屠ったともいえる。

伊織が亡骸に歩み寄った。膝を折ると、息絶えたシダルの目をそっと閉じてやる。

「知っている者だったのか？」

蒼太は黙りこくって頷きもしなかったが、伊織には判ったようだ。

「俺も人間の方を知っていた。史上最も早く、十三で理二位を賜った熊谷湊という者だ」

「そのような者が……」

「ああ。世間知らずというのは諸刃の剣だ。幼少の頃より理術に打ち込み、そのまっすぐな心は大人顔負けに術を会得していった。だが一方で、幼い好奇心を捨てることができず、十五の時に邪な術に傾倒し、理二位を剝奪され、都を追放されたのだ」

——妖かしなど、意のままにしてみせます——

そんな風に、その昔、若き湊は伊織に意気込んで言ったという。

「……さて、恭一郎はどうしたか」

つぶやくように言って伊織が立ち上がると、はっとして蒼太が耳を澄ませた。

「きょう」

屋敷の裏にあたる方を見上げると、蒼太は手の中の鍔を確かめ、駆け出した。

「蒼太？　鷺沢殿に何か？」

振り向いて夏野は、伊織に修次郎を手渡した。

「樋口様。修次郎をお頼み申します」

戸惑う伊織には応えず、蒼太を追って夏野は雨の中に飛び出した。

「おい」

庭に走り出た蒼太は、地を蹴って軽々と屋敷の裏塀の上に飛び乗った。

後を追う夏野は、走りながら鞘ごと刀を腰から外し、刀を塀に立てかけると、それを足場に塀の上に躍り上がる。下緒（さげお）を引っ張って刀を再び手にすると、己を見上げた蒼太に一つ頷き、塀の向こうに飛び下りる蒼太に続いた。

†

雨煙の中、二つの影が塀の向こうに消えるのを蔵の戸口から見て、修次郎を抱いた伊織は呆れつつも微笑んだ。

「小猿どもめが……」

†

刀が刀を弾（はじ）く音がした。

勢いよく降り続ける雨の中で、それは鈍く夏野の耳に届いた。

地に下りると同時に、ぬかるむ足元を物ともせず蒼太は走り出し、あっという間に夏野を引き離す。遅れまいと、夢中で後を追う夏野は身体の痛みを忘れた。

庭に二人の男の影が見えた。

影の一つが膝を折って、斜めに転がる。

血振りののち、鞘に刀を収めたもう一つの影は恭一郎だ。

声をかけるのが躊躇（ためら）われ、夏野は立ち尽くした。

少し離れたところで、蒼太もじっと見つめている。

恭一郎が倒れた男の傍らで膝を折った。刀は、男の肩から胸を斬り下げたようだ。

薄く開いた目で恭一郎を見上げると、男は声を絞り出した。

「礼を言う……」

「礼には及ばぬ」

「……けして許されぬ過ちだ。先はないと知っていた……だが」

降りやまぬ空を仰いで男はつぶやいた。

「最後の望みであった……おぬしと剣を交え……剣士として死ねぬものかと……」

息絶えた男の目を、恭一郎は左手で閉じてやった。

「恭一郎様！」

女の声が響いて、夏野は振り向いた。

縁側から身を乗り出すようにして、永華が庭を窺っている。

「あなたがこのような男に敗れる筈がないと、この私は見抜いていましたよ……」

突き上げてきた怒りに任せて、夏野は縁側に躍り上がって刀を抜いた。

ぴたりと構えて永華を睨む。

「……子供らはどこだ？」

問いながら夏野は、既に答えを知っているような気がした。

「無礼者め」と、永華が吐き捨てる。「恭一郎様。この者を下がらせてくださいませ。湊を呼びましょう。後の始末は湊がつけてくれます」

「術師なら、私が討ち取った」

「莫迦な」

夏野に刀を突きつけられながらも、永華はくすりと笑った。

「お前のような子供の手にかかるような湊ではありません。刀を引きなさい。私と湊はこれから、恭一郎様をお助けしてゆかねばならぬのです」

屋敷の表が何やら騒がしい。だが、屋敷の中は静寂に包まれていた。

「黒川殿、刀を収めよ」

庭から恭一郎が声をかけた。

「ですが……」

いつの間にか縁側に上がって来ていた蒼太が、夏野の手に触れた。

「蒼太」

蒼太が目で頷くのを見て、夏野は渋々刀を収めた。

「お前が蒼太なのだね。湊が随分気にかけていたようじゃが……」

夏野を尻目に、永華は媚びた笑みを蒼太に向ける。

腰を浮かせた永華を押しとどめようと、肩に手をかけた蒼太がびくりと身体を震わせた。

†

過去の——おそらく五年前の——景色が、蒼太の脳裏に映った。

長持の傍らで、永華が術師が背負って来た風呂敷包みを開く。

一足先に玖那村の屋敷に着いていた永華は、中身を一つ一つ手に取って検分した。

「着物も帯も悪くはないが、古いものばかりじゃ」

立ち上がると、永華は昌幸に顎をしゃくり、長持の蓋を開けさせた。

中には、葛籠から移し替えた奏枝が横たわっていた。

乾いていたが全身血まみれで、手足を縛られ、猿轡を咬まされている。

「昌幸様。この女を地下の牢へ。ただ殺すのでは復讐になりませぬ。手足を斬り落とすもよし、または他の辱めを与えるもよし……」

血の臭いに鼻を覆いながらも、永華は冷笑した。

昌幸が奏枝を担いで行くのを見送ると、再び広げた着物に手を滑らせる——

†

その着物はまさに、蒼太が手をかけている着物と同じであった。

肩にかけた手を放し、蒼太はじっと己の手のひらを見た。

蒼太を見上げた永華が訝しげに眉をひそめる。

「お前、もしや……」

妖かしか、と問いかけた永華の目が見開かれ、その手が胸を押さえた。

永華の手の上から、蒼太は刺すように永華の胸を見つめ続けた。

ぴくっと、蒼太の小指が震えた。

「蒼太。やめろ」

背後から恭一郎の声がした。

蒼太が指を微かに動かすと、胸を押さえたまま永華が呻く。

「蒼太。やめるのだ」

恭一郎の声はどこまでも静かだ。

何かをつかむように指の曲がった己の手を、蒼太はじっと見下ろした。

どくっ、どくっ、と永華の心臓が手の内で鼓動しているのが判る。

「ころ、し、た。きょう、の、たい、じ、な……」

「蒼太」

「この、にんげ、ん……か」

「蒼太」

再び呼ばれて、蒼太はようやく恭一郎を見た。

「ころ、し、た！」

「知っている」

頷いて、恭一郎が小さく首を振る。

手を震わせたまま、蒼太は恭一郎を見上げてその瞳を覗き込んだ。

やがて頬を膨らませると、指を開いて永華の心臓を「放す」。

永華が喘(あえ)いで息を整えた。

「恭一郎様……」

「私利私欲のために、子供らを攫った罪科(つみとが)は重いぞ」

「力を得るためです。恭一郎様をお護りするため……ひいては、安良様……お国のためでございます……」

「国のためか。物は言いようだな。随分と都合の良い大義ではないか」

すがるように見上げた永華に歩み寄り、その顔をじっと見つめて恭一郎は言った。

「黒川殿は嘘をついておらぬ。お前の頼みの術師は死んだようだぞ」

はっとした永華が胸元から手鏡を取り出し、覗き込んだ。

「ああっ」

悲痛な声を上げて、永華が己の頬を撫でた。

湊の術が解けた今、白粉の上からでも徐々に衰えが露わになっていくのが判る。

ばたばたと廊下を大きな足音で駆け、馨が開け放たれた襖から飛び込んで来た。三尺近い大刀を引っさげ、返り血を浴びた姿は仁王のようだ。

「皆、無事か？」

部屋の中をぐるりと見回した馨へ、恭一郎が言った。

「方は付いた」

「斬らぬのか？」

永華を見やって馨が問うた。

「斬らぬ」

「この期に及んでなんの情けだ？」

「情けなど」

鏡を覗き込んだまま慄く永華を、冷ややかに一瞥(いちべつ)して恭一郎は言った。

「――その反対だ」

†

立ち尽くしたままの夏野を、馨の後ろから入って来た男がじろりと見やった。

四十路(よそじ)に手が届こうかという年頃で、背丈は夏野とそう変わらぬが、鋼(はがね)のように無駄のない身体つきをしている。

「恭一郎様！　恭一郎様！」

泣き叫ぶ永華に、男はひょいと当身を食らわせ気絶させる。だらりと垂れ下がった永華の手から手鏡が落ちた。

「瀬尾様。かたじけのうございます」

「礼を言うのはこちらだ、鷺沢殿」

男は五番町奉行の瀬尾であった。

「おかげで、町奉行の面目も立とうというものだ」

恭一郎の知らせを受けて、瀬尾は富長に逗留(とうりゅう)していた石黒正毅、及び富樫・村瀬両家に縁のある屋敷に探りを入れていたそうである。出会茶屋で捕えた石黒は口を割らなかったが、石黒を訪ねて来た仲間の男が泥を吐いた。この男は一広が恭一郎の居所を突き止めるために雇った浪人の一人で、石黒と共に吉永(よしなが)家――村瀬家の親類にして、蒼太が攫われた屋敷——にも出入りしていた。ゆえに詳しい事情は知らぬとも、湊と顔を合わせたこともあれば、蔵に囚われていた子供の泣き声を聞いたこともあった。

「樋口理一位様が仰った所を、部下に掘り返させているところだ」

吉永家の庭からは、既にいくつかの骨が出たらしい。一広と湊に攫われた子供たちのものである。

久治とゆみを含む、両家の使用人も既に捕えられていた。

久治が知っていた「恭一郎様」は村瀬一広であった。ゆえに恭一郎を奥へ通した後、久治は一広にそのことを知らせに走ったのだ。

永華が暮らしていたのは村瀬家の晃瑠における別宅で、吉永家はその背中合わせにあった。吉永家の者はここ一年ほど斎佳に滞在しており、留守の屋敷を一広に任せていたそうである。

蒼太と夏野は塀を乗り越えて来たが、実は塀の端には、両家を行き来するための小さなくぐり戸が設けられていた。久治から知らせを受けて、一広と使用人、更に雇われの浪人たちが、このくぐり戸を抜けて吉永家から村瀬家に入り、一広が止めるのも聞かずに若い者たちが恭一郎を襲ったのだ。

浪人が白状した話をもとに、瀬尾とその部下、助っ人の二番町奉行所の与力、同心たちが両家から討ち込んだ。手向かって来た者の大半は瀬尾について来た馨があっという間に斬り伏せ、殺さずに動きを封じたという。

瀬尾の部下が一広の亡骸を運んで行くのと入れ替わりに、伊織が現れた。

「修次郎」

夏野が駆け寄ると、伊織に抱かれたまま、修次郎が嬉しそうに笑った。顔や手についていた血は粗方拭われている。

「この通り、元気なものだ」

夏野に修次郎を渡しながら、伊織も微笑む。

「よかった。無事で……まことに」

頬ずりする夏野をよそに、修次郎は小首を傾げた。

「そうた？」

修次郎につられて夏野が見やると、蒼太がじっと左手で拾ったものを見つめていた。

歩み寄った恭一郎が膝を折り、蒼太が固く握り締めている右手を取った。畳の上に二つ三つ、赤い雫が落ちている。

永華の手から落ちた手鏡である。

闇に垣間見た赤子の心臓を思い出して、夏野はぎゅっと修次郎を抱きしめた。

だが、恭一郎がそっと開かせた手のひらに載っていたのは鍔だった。永華を殺そうとした際に、刃が出たままの鍔を、そうとしらずに右手で握り締めていたらしい。

鍔を取り上げて、恭一郎は血を拭って仕込み刃を仕舞った。

懐から手拭いを取り出すと、細く裂いて包帯代わりに巻いてやる。

「己を傷つけてどうする」

呆れながらも恭一郎は微笑んだ。

蒼太は手鏡に見入ったまま、恭一郎のなすがままに任せてじっとしている。

「――その鏡はな、俺が初めて奏枝に贈った物だ。斎佳の小間物屋で見繕ってな。けして高いものではないが奏枝は喜んでくれて、外出の折にも身につけていた。家に見当たらなかったのでもしやと思っていたが、やはりあの女が着物と共に奪っていたのだな……」

蒼太が恭一郎を見上げた。

溜まった涙が頬をつたい、慌ててごしごしと右手の包帯で拭う。恭一郎がその手を静かに押さえた。

恭一郎の袖を、蒼太の手がきゅっとつかむ。

「……んな、ったら、ひ、な。おと、こ……ったら、そう、た……」

†

蠟梅の蒔絵が施された手鏡は、蒼太の瞳に、他の者には見えない絵を映し出す。

山中の質素な一軒家。

夕餉を終えた、とある日の若夫婦。

囲炉裏端で、大きな腹をした妻は、藍染の布にちくちくと休みなく針を進める。

その隣りで夫はごろりと横になり、手酌で酒を飲みながら、愛おしそうに妻と妻の大きな腹を見つめている……

「それはなんだ？　着物か？」

「この子の搔巻にと」

妻が腹を一撫でする。

「それにしては、ちと大きいのではないか？」

「なんの。すぐに大きくなりまする」

「そういうものか？」

「そういうものですよ」

顔を見合わせて二人は微笑む。

「産着はともかく、他の着物は生まれてからあつらえましょう」

「そうだな。生まれてくるのは男か女か……まあ、どちらでもいいさ。無事に生まれ育ってくれるならな……」

†

「──女だったら日南。陽だまりのごとく優しく、温かく。男だったら蒼太。蒼天のごとく、大きく、自由に……そう、奏枝と決めていたのだ。どうだ？　良い名であろう？」

拭った蒼太の瞳が再び潤むのを見て、夏野は努めて明るい声で言った。

「私はこれにて。千寿堂まで修次郎を送り届けて参ります」

「うむ。瀬尾様に頼んで、駕籠で送ってもらうといい」

「はい」

夏野を追うように、伊織と伊織に促された馨が廊下に続く。

口を開きかけた馨を、伊織が手で止めた。

襖戸の向こうから、嗚咽が聞こえた。

泣くまいと、必死でこらえている幼子のものだ。

少年のなりをしていても夏野は女で、子供のなりでも蒼太は男だ。

私がいれば泣きたくとも泣けまい……

そう思い、姿を消した夏野であった。

†

恭一郎がそっと蒼太の頰に触れた。

手鏡を手にしたまま、蒼太は膝をついた恭一郎の胸に顔を埋めた。

「よしよし」

背中をさする恭一郎の大きな手が温かい。蒼太の目から涙が溢れて、恭一郎の胸を濡らした。しゃくりあげながら、蒼太は恭一郎にしがみついた。

もう何年も、誰かの前で泣いたことなどなかった。

何ゆえこれほど涙が出てくるのか、蒼太にもよく判らなかった。

憐れだからだろうか？

生まれることのなかった妖魔と人間の子が。

ようやく孕んだ我が子を亡くし、愛する夫を残して逝った奏枝が。

我が子を抱くことなく、妻と我が子を同時に失った恭一郎が。

そして、シダル……

黒耀を妬み、その力を欲し、己では叶わぬと知ると、自ら黒耀に代わる者を創り出そうとした。

シダルの名を口にしたことを、蒼太は悔いてはいなかった。

そうしたことで、己がシダルを死に追いやったことも承知している。

悔いてはいない。

だが、恭一郎にしがみつきながら、まだ少女の姿をしていたシダルを、蒼太は思い出していた。

幼くして両親を亡くした蒼太が、最後にこのように泣きじゃくった時、己を抱きしめていたのは紛れもないシダルの細い腕だったからだ。

あの頃、二人はまだ生まれ育った森にいた。

一族が住む、人里離れた、深い、深い、森。

シダルが――おそらく蒼太も――二度と戻ることのない故郷……

「よしよし」

恭一郎が繰り返すのを聞いて、蒼太はようやくしがみついていた手を緩めた。

身体中から張り詰めていたものが解けていく。

顔は上げずに、蒼太はそのまま、甘えるように恭一郎にもたれた。

森には戻れない。

戻らない。

「きょう」と共に都で暮らす。

おれがそう、決めたのだ――

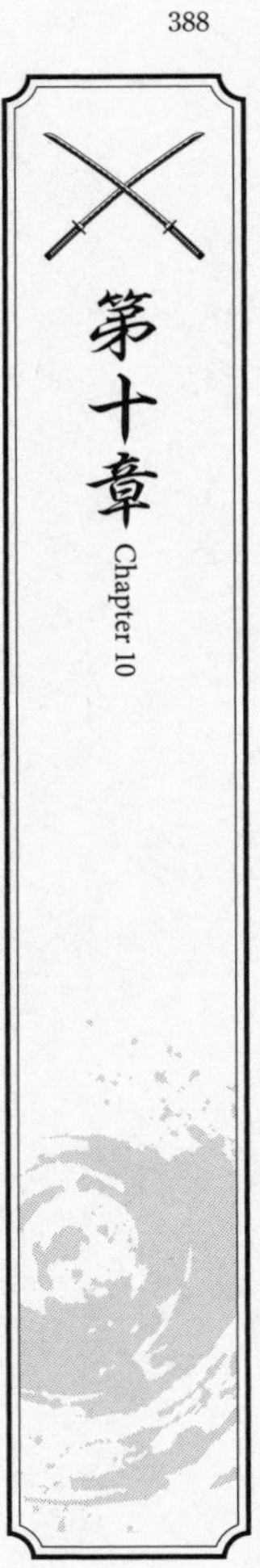

第十章 Chapter 10

修次郎を抱いて駕籠を降りた夏野へ、千寿堂の柳井瑞江は人目も構わず駆け寄った。化粧もせず、髷も乱れたままの瑞江を見て、一度は驚いた修次郎だったが、母親だと判ると途端に泣き出した。

「よく無事で……ありがとうございます。ありがとうございます……」

隠居の惣助と主の浅吉も、涙を流して修次郎の帰りを喜んだ。

大人三人が泣き濡れている後ろから、おずおずと螢太朗が顔を出す。

寂しげに歪んだその顔を見て、やはり、と夏野は口元を引き締めた。

翌日、改めて訪れた夏野は、千寿堂に断って螢太朗を連れ出した。いつものように手をつないで街を歩き、茶屋で饅頭を買い求めると、川辺に並んで腰を下ろした。

「おいしい」

はにかみながら饅頭を食む螢太朗に、思わず涙ぐみそうになる。

「螢太朗」

「はい」

「いや……太一郎」

はっと、太一郎の顔が曇った。

「お前は、太一郎だね。怒らないから、頼む、本当のことを教えて欲しい」

「わたしは……」

「わたしは……姉上……わたしは……」

小さな唇を震わせた太一郎の頭を撫で、夏野は抱きしめた。

「よいのだ。けして怒らぬ。お前の親にも咎めだてはせぬ」

千寿堂に替え玉話を持ち込んだ男のことを、太一郎はそれとなく覚えていた。

もしやと思い、太一郎が覚えていた男の顔かたちを恭一郎に告げたところ、あっさり高利貸・さかきからお払い箱にされた井上のことだと知れた。

井上とは面識のなかった馨が、偽りの儲け話を持ちかけて井上を誘い出した。馨は言葉巧みに螢太朗の替え玉話を聞き出したのち、井上を町方に引き渡した。

惣助と浅吉の両名が本町の料亭にやって来たのは、夏野が太一郎と話した五日後だ。

「螢太朗のことについて」という言伝を聞き、支度金を受け取るつもりで意気揚々と座敷に上がった惣助は、夏野と共に現れた由岐彦の厳しい顔を一目見て青ざめた。

浅吉の方は反対に覚悟を決めたらしい。慄く惣助の横で背筋を正した。

全ては浅吉が白状した。

井上の替え玉話に、惣助と瑞江はすぐさま乗り気になった。黒川家は無名だが、氷頭州の卯月家といえば政界で知らぬ者はいない。

浅吉は千寿堂の入り婿で、太一郎は浅吉が女中に手をつけて生まれた子供であった。

「その女中の父親が、黒川様の兄上様にどうも面影が似ていたようでして」

夫婦になって十二年。子供が生まれなかった瑞江は、夫の不義を咎めたが、惣助に諭され、やむなくまだ赤子だった太一郎を跡取りとして引き取った。幸い、浅吉の不義を知る者はおらず、瑞江はしばらく親類の家に身を寄せて、あたかも己が産んだかのように太一郎を連れて千寿堂に帰って来た。女中は既に実方に戻っていたが、瑞江はそれだけでは飽き足りず、太一郎には金輪際会わぬと一筆書かせた上で、東都の外に嫁がせた。

太一郎が四歳の時、酒の勢いで浅吉は瑞江を抱いた。夫婦の営みはもう何年も絶えて久しかったが、その一度で瑞江は懐妊した。しかも生まれてきたのは男である。

となると瑞江はもとより惣助も、どうにかして修次郎に跡を継がせてやりたくなった。だが、己の子として太一郎を引き取った手前、そう容易くことは進められぬ。

そんな折に降って湧いた替え玉話だったのだ。

螢太朗の振りをしていた太一郎は実はもう八歳で、歳の割に身体は小さいものの、聡い子供であった。

太一郎は己を見る瑞江と惣助の目に屈託が宿っているのを、幼い頃から知っていた。己の母親が、本当は瑞江ではないということも。

「私が言って聞かせました」と、浅吉。「これは家にとって大事なことなのだ、と」

——卯月家に縁ができれば千寿堂も安泰だ。今よりいい暮らしもできよう。案ずることはない。州屋敷にいれば、いつでも遊びに来られるのだから……——

幼いながらも、太一郎は己の立場を悟っていたようだ。父親の必死の頼みに、複雑な顔をしながらも頷（うなず）いた。

初めはおそるおそるだったが、「姉上」は思いの外、優しく、気前が良い。

腹違いとはいえ、太一郎は修次郎を大事にしていた。だが、修次郎が攫（さら）われた時、どこかで「このままでもいい」と思ったのではなかろうか。

修次郎が戻らなければ、自分はまた、千寿堂の跡継ぎとして住み慣れた家で暮らし続けることができる。そう考えたこともあったろう——と夏野は思った。

修次郎を迎え出た時の、母親と祖父はともかく、父親の涙を見た太一郎の寂しげな顔が、夏野の目に焼きついている。

「咎めだてはせぬ」

厳しい声の由岐彦に、惣助と浅吉は頭（こうべ）を垂れた。

「お前たちを許したのではないぞ。そう、この黒川が太一郎に約束したゆえ」

浅吉がはっとして、改めて夏野の前に手をついた。

「浅吉さん」と、由岐彦が続けた。

「はっ」

「千寿堂の主はおぬしで、太一郎はおぬしの長男で間違いないな？」

「はい……」

「ならばいずれ、おぬしと太一郎で、跡継ぎを決めるがよかろう」

「は、はい」

「惣助さん」

「は……」

「良い婿と孫に恵まれて、店も安泰だ。羨ましいことですな」

「は……」

隠居というなら全て浅吉に任せて、口出しするな。さもなくば、ことを公にしても構わぬのだぞ……

言外の言葉が夏野にでさえはっきりと聞こえて、夏野は由岐彦を盗み見た。口元には笑みを浮かべているものの、見慣れない、怜悧な政治家としての顔がそこにあった。

二人が退がった後、改めて由岐彦は酒と料理を注文した。

酒が運ばれて来ると、夏野が酌をした。

目を細めて、由岐彦はゆっくりと杯に口をつける。

「何はともあれ、修次郎が無事でよかった」

「はい」

夏野たちが乗り込んで行ったことは、表沙汰になっていない。一広と湊を討ち取り、富樫永華を捕縛したのは、表向きは五番町奉行所の手柄となっていた。シダルのことは町奉行所は気付きようがなく、蒼太もまた、攫われた子供の一人と思われたままだ。

刀傷を負った手前、由岐彦を誤魔化すことはできなかった。シダルや蒼太の正体には触れず、だがおよその事の次第を明かすと由岐彦は渋面を作ったが、それらを語ったのが夏野を送って来た「理一位様」とあっては、文句の言いようがなかったようだ。

「鷺沢殿と真木殿、樋口様には、大層お世話になりました」

「うむ」

杯を傾けながら、由岐彦は複雑な顔をした。

「しかし、よく螢太朗が偽者ではないかと思い直してくれたな」

「それは……」

しばし躊躇ったのち、夏野は両手を膝に置き、正面から由岐彦を見つめた。

「……由岐彦殿」

ただならぬ夏野の様子に、由岐彦も杯を置いた。

「うん？」

「螢太朗は……」

声を震わせながら夏野は問うた。

「螢太はもう……この世にはいないのですね？」

「夏野殿」

「殺されたのですね……？」

「む……」

流石の由岐彦も取り繕うことができなかったようだ。

「そのようなことを一体誰が……鷺沢か？」

「いいえ」と、夏野は頭を振った。

こらえきれずに、涙が頰を伝っていく。

「鷺沢殿は何も仰いませんでした。ただ、私には判ったのです……」

――私利私欲のために、子供らを攫った罪科は重いぞ――

そう、恭一郎が言うのを聞いた時、夏野ははっとした。

言うに言われぬ不安が胸に満ちた。

ねじれた愛情と野望のために、いくつもの命を奪ってきた富樫永華。

恭一郎のため、国のためと言いながら……

――随分と都合の良い大義ではないか――

言い捨てた恭一郎のこの一言を聞いて、不安の正体に夏野は気付いた。

五年前の氷頭州で、「大義」のために螢太朗は消されたのだ。

大義とは名ばかりの私利私欲のために……

証拠は何もないが、夏野はただそう確信したのだった。

「……義忠は知らなかったのだ」

夏野をまっすぐ見つめ返して由岐彦は言った。

「知っていれば、あいつは二人を斬ってでも止めただろう……」

夏野が出かけた僅かな隙に螢太朗を攫ったのは、卯月家に仕える用人、山村徳之進と溝口求馬が手配した者だった。下手人は直後に、山村と溝口によって始末されている。

卯月慶介は、齢五十三にして授かった螢太朗を溺愛していた。

その溺愛ぶりを危惧した山村と溝口の二人が、螢太朗暗殺を企てたのだ。

「山村と溝口は、慶介様がいずれ、螢太朗に跡を継がせるのではないかと恐れたのだ」

「莫迦なことを。確かに父上は、螢太朗を非常に可愛がっておられた。だがそれは、老いてから授かった次男なれば」

「次男ではない」

夏野を遮って由岐彦が言った。

「螢太朗は、慶介様の嫡男であった」

「な……」

驚きに夏野は声を失った。

「このことを知る者は、私を含め数人しかおらぬ。あえて言うが他言無用ぞ」

「そんな。兄上が？」

「慶介様の奥方、八重様には御子が生まれなかったのだ。いすゞ様の前にも傍に置いた女性はいたのだが、いずれも御子に恵まれなかった。このままでは、いずれは養子を取らねばなるまいと用人たちが噂し始めた頃に、慶介様の妹、芳野様が懐妊された……」

当時、芳野は二十三歳。

一度は嫁にいったのだが、子供ができる前に夫に死なれて出戻った。それでも卯月家の娘だけあって、次なる縁談はいくらでもあった。芳野が懐妊したのは、そんな縁談の一つがまとまりかけた矢先であった。

「相手は斎佳から来た浪人剣士で、しかも死病を患っていた。卯月家としてはこれを許す訳には参らず、芳野様を別宅へ閉じ込めた。義忠が生まれる前に浪人は亡くなり、先々代の意向のもと、生まれた子供は慶介様と八重様の子として育てられることになった」

「確か、芳野叔母様は……」

「夏野殿が生まれる前にお亡くなりになった。浪人剣士のことを随分深く想っていたようだ。想い人に死なれ、我が子を取り上げられ……表向きは流行病で亡くなったことになっているが、実は自害なされたと聞いた」

「そんな……」

「これらの話は父から聞いた。――私が跡目を継いだ折に、な」

由岐彦の父親の影由は、由岐彦が十九歳で跡を継いだ年に亡くなっている。

「慶介様が、螢太朗を跡継ぎにしようとしたかどうかは、私はしらぬ。慶介様ご自身は否定されていた。義忠とて卯月家の血を引く者。慶介様には甥であると共に、亡き芳野様の忘れ形見でもある。螢太朗が攫われた時、慶介様は義忠を微塵も疑われなかった。ただ、山村と溝口は怪しいと睨んでいたようだ。二人はことあるごとに義忠に取り入ろうと、義忠を甘やかすようなことばかりしていたゆえ」

「その二人の用人は？」

「慶介様の勅命で、私が内々に調べ、始末した」

「由岐彦殿が……」

卯月家と椎名（しいな）家の結びつきは固い。

数ある縁故の中でも、椎名家こそが「右腕」として、この四百年ほど、卯月家と共に氷頭州を治めてきた。ゆえに慶介は家の大事にあたって、由岐彦を頼んだのであろう。

「ずっと……ご存じだったのですね？」

「ああ」

「どうして、教えてくださらなかったのです？」

「夏野殿にはまだ早いと。いずれ折を見て……」

「いずれとは、いつのことですか？　私は――私はもう子供ではありませぬ！」

そう言って由岐彦をなじることがそもそも、己がいまだ子供である証（あかし）だった。

再び溢（あふ）れてきた涙を、夏野は袖（そで）で拭（ぬぐ）った。

「夏野殿……」

「取り乱しまして……申し訳……」

「私をお恨みか？」

頭を振って夏野は応えた。

「……いいえ。由岐彦殿には感謝しております。螢太朗の仇を討ってくださったのですから。ただ、螢太が不憫で……」

赤子だった螢太朗の姿が、永華に殺された赤子たちと重なって見える。

永華の罪状は夏野も聞き及んでいた。

人ならぬ力と己の美貌のために、術師の言いなりに赤子を攫い、その心臓を喰ろうていた女。

人が人を喰らうなど……

眉をひそめた夏野は、恭一郎の言葉を思い出した。

妖かしより人の方がずっと怖いと、以前、恭一郎は言ったではないか。

――妖魔は本能で殺す。動物のように、空腹だから、身を脅かされるから殺すのだ。だが、人は狂気や欲望で殺す。俺には人の方が余程恐ろしい生き物に思えるが……――

†

もう涙すまいと、夏野は畳を見つめてじっとこらえている。その震える肩を、抱き寄せたい衝動と由岐彦は戦った。

抱き寄せれば、夏野は由岐彦の胸で泣き出すだろう。

耳元で温かい慰めの言葉を口にすれば、一時の安らぎが、これからの思慕に変わるやもしれぬ。

だが、それは由岐彦の本意ではない。

夏野の――仮にも己の愛する女の――悲しみにつけ込むような真似は、由岐彦の矜持が許さなかった。

やがて顔を上げた夏野の瞳は、由岐彦が惹かれてやまぬまっすぐな意思を湛えている。

「長々と、大変お世話になりました」

「……氷頭へ戻るのか？」

「はい。由岐彦殿のご厚意に甘えて、長逗留してしまいました」

「それは一向に構わぬが……」

いっそ私と共に晃瑠で暮らさぬか？

そんな言葉をこぼしかけた由岐彦に、夏野は吹っ切れたようにきりっと口を引き結ぶ。

「由岐彦殿」

「うむ」

「――螢太が攫われてから、私はずっと、早く大人になりたいと願ってきました。一人でも螢太を探す旅に出られるよう、強い大人になりたい、と。その夢叶って此度一人で晃瑠へ参りましたが、螢太のことをおいても、己の未熟さを嫌というほど思い知らされましたゆえ……この上は一度帰郷し、己の進むべき道を見極めたく存じます」

「それは……良い心がけだ」

他になんと言えただろう？

何やら舌打ちしたい気持ちを、由岐彦は自分自身に抱いた。

†

吉永家の庭から掘り出された骨は七人分。

どれも四歳足らずと思しき幼子のものである。

子供たちを攫っていたのは湊と一広で、二人とも死しているために身元が判らぬ亡骸もあった。それでも七人の内、四人は身につけていた着物を親が覚えており、高利貸の芦田仁三郎の息子もそんな親の一人だった。

永華が瀬尾に捕えられて七日後には、裁きが下った。

「市中引き廻しの上、獄門」である。

翌日、大八車に乗せられた永華が現れた時、群集はどよめいた。

やつれているとはいえ、かつての美貌が乱れた髪の合間から覗いていたからだ。

永華は誰かを探すように、群集を窺い見ていた。

しばらくして、どこからか投げられた石が一つ、永華の頭を打った。

はっとして、永華は頭に手をやろうとするが、後ろ手に縛られているため上がらない。

一つ、また一つと、群集の間から投げられる石が永華を打つ。

連れ歩く同心もあえて止めようとはしなかった。

「人喰い！」

「けだもの！」

そこここから罵声が飛んだ。

首斬場に着いた時、永華は既に虫の息であった。顔のみならず全身血みどろで、自ら歩くこともままならず、大八車から引きずり降ろされた上で斬首された。

この日、非番だった恭一郎は朝から柿崎道場に向かい、夕刻まで門人に混じって稽古に励んでいた。

ゆえに——村瀬家の屋敷で捕えられてこのかた、それが悲願だったにもかかわらず、一目として恭一郎にまみえることなく富樫永華は死んだ。

†

稽古の汗を井戸水で流し、着流しに着替えた恭一郎を馨が誘った。

「飲まぬか？」

「よいな」

「伊織もそろそろ帰っていよう」

事件がもとでお忍びの帰都が明るみに出て、伊織は今日は渋々要人たちの茶会に呼ばれて行った。

「どこで飲む？」

待ちきれぬのか、足早になって問うた馨に、苦笑しながら恭一郎は応えた。

「富長はどうだ？　伊織に奢らせてやろう」

「よいな」と、馨もにやりとした。

一広に雇われた石黒が泊まっていた宿屋・富長は、飯屋を兼ねていて、なかなか旨いものを出す上、客あしらいもよい。

伊織はまだ戻っていなかったが、宮司（ぐうじ）に言伝を頼むと、手習いを終えた蒼太を連れて二人は志伊（しい）神社を後にした。

「黒川は、今日出立したとか」

「らしいな。昨日、挨拶（あいさつ）に来た」

「む。俺のところには来なかったが」

「お前と伊織には、よろしく伝えてくれと言われている」

「ふん。臆（おく）したか、黒川め。俺と打ち合う前にいなくなるとは」

二人を先導するように前を歩いていた蒼太が、振り返った。

「じ、き」

「うん？」

「そうだ。時機がきたのだ。好むと好まざるとにかかわらず、な」

「なんの話だ？」

「案ずるな、馨。いずれ黒川殿は戻って来ようよ。一回りも二回りも強くなってな」

「む……」

†

大老（たいろう）を務める神月（こうづき）家当主・神月人見（ひとみ）の屋敷から呪具が見つかったのは、永華が獄門になった三日後であった。

見つかったのは、嫡男の一葉の寝間の床下、見つけたのは、ふらりと神月家に立ち寄った伊織――樋口理一位――である。

湊が死した今、どのようにして仕込んだものかは判らぬ。天下の神月家から呪具が見つかるなど醜聞もいいところだが、人見と伊織が尽力して内々に収めた。

恭一郎がそのことを知ったのは更に二日を経てからだ。

「お前には、世話になりっぱなしだな」

「なんの。お前の剣と同じで、俺はこれが売りだ」

相変わらず水のように杯を干しながら、伊織がくすりとする。

恭一郎は、明日には那岐州へ発つという伊織を訪ねて、志伊神社に来ていた。

「一葉様が遠からず身罷られると、あの女が言っていたというのが気になってな」

「恩に着る。一葉には無事家督を継いでもらわねばならんゆえ」

「あの女、お前が安良様に拝謁するのを『見た』そうだな」

「そうだが」

「それは、あの女が湊に会う、ずっと前のことだとな」

「何が言いたい？」

「あの女、邪な欲に嵌まって身を滅ぼしたが、力は本物だったように思う。ああいった力は幼い者の方が強く、成長と共に失う者が多いが、大人になってから目覚める者も、あの女のように時を経て取り戻す者もなくはない」

恭一郎から事のあらましを聞いた伊織が、思案しながら言った。

「そのきっかけがお前だったというのは、しかとは判らぬが、あの女のお前に対する、ひいては神月家の持つ権力への執着心ゆえではなかろうか。ああいう者こそ、塾を目指せばよいのだが――今更、詮無いことか」

つぶやくように言ってから、伊織は恭一郎を見た。

「お前も心せねばなるまい。一葉様はまだ幼い。あの女が『見た』ことがまことになることだって無きにしも非ず、だ」

「そうならないことを、俺は切に祈るのみ、さ」

口角を上げて、恭一郎は慎重な友に笑いかけた。

奏枝が殺された時、西原家は村瀬昌幸の罪を認めながらも「腕を斬り落とされた怨恨による」として、暗に恭一郎の非に言及したものだが、此度は違う。永華の刑罰が決まる前に村瀬家は取り潰しとなり、西原家も一切口を挟まなかった。

いまだ神月家には勘当同然に扱われている恭一郎だが、今後もしも一葉の身に何かあった時は、己が――恭一郎が大老の跡継ぎとなってもおかしくはない。

「その一葉様は、お前に会いたがっておられたが」

「はは。当主様曰く、あれは何やら俺を随分買い被っているようだ」

「うむ。そのようだった」

「おい、少しは否定しろ」

恭一郎は一葉を幾度か見かけたことがある。毎年春に催される花祭りを、物々しい護衛付きだが、親子で見物に出て来るからだ。元服前の一葉は身体は細いものの、聡明な顔立ちをしている。また剣術は今一つらしいが、弓術は得意だと聞いている。

一葉の方は恭一郎を見たことはない。だが、噂（うわさ）は耳にしているようだ。良い噂ばかりとは限らぬが、人見の育て方がよかったのだろう。伊織曰く、一葉は少年ながらも物事を公平に見る目に長（た）けていて、ゆえに母親の亜樹（あき）の、恭一郎への皮肉も特に気にかけていないという。そもそも「安良一の剣士に勝った」というだけで、一葉のような少年にとって恭一郎は、英雄にも等しい存在らしい。己の兄なら尚更（なおさら）に、まだ会ったことのない恭一郎に、一葉は敬慕の念を抱いているとのことである。

「一葉様も十四だ。じきに元服なさろう。さすればもう子供ではない。兄として会ってやってはどうだ？」

「まあ……いずれ。あの家は、俺には敷居が高くていかん」

「ふん」と、伊織は鼻を鳴らした。

庭の椛（もみじ）が赤く染まってきている。

遠くで、竹刀（しない）の打ち合わされる音がする。時折、馨の罵声らしきものも、風に紛れて二人が座る縁側に届いた。

ぱたぱたと軽快な足音と共に、蒼太が現れた。

大事そうに胸の前で合わせていた手を開くと、小さな巻紙が載っている。

「はやて」

氷頭州の州屋敷に、夏野から颯（はやて）が届いたらしい。書簡筒の中に入っていた文は二通。一通は由岐彦、もう一通は志伊神社付けで蒼太に宛（あ）ててあったので、先ほど、遣いの者が届けに来たそうである。

「読めるか？」

恭一郎が問うと、蒼太は巻紙を広げた。

「そう、た。……ひ、す、は、も……や……ま、か、あか、い……」

《そうた
ひずはもう、やまがあかい。
やくそくする。めはいつか、かならずかえす。
またあおう。
なつの》

「……た、あ、う。なつ、の」

「うむ。仮名はもう覚えたようだな。感心だ」

恭一郎が褒めると、口を結んだまま、だがやや誇らしげに蒼太が頷く。

「黒川殿か」

「ああ。無事に氷頭に着いたようだ」

「目はいつか、必ず返す、か……面白い娘だったな」

夏野は伊織の唱えた詞を解したばかりか、伊織でさえ聞き取るのも話すのも難しい妖魔の言葉を——湊に宿っていた山幽の名を——はっきりと違えずに口にしたという。

「うむ。面白い娘であった」

伊織につられて微笑むと、恭一郎は巻紙を丁寧に折り畳んだ。

「大切な借用書だ。仕舞っておけ」

こくっと頷き、蒼太は首元から守り袋を手繰り出し、畳んだ文を中に仕舞った。

「今日は手習いはもう終わりか？」

「ん」

「師匠は他行中だったたな。では行くか」

「ん」

「おい、まだ随分残っているぞ」

伊織が酒瓶を掲げたが、恭一郎は腰を上げた。

「宮司様と空けてくれ。それに、明日は早いのだろう？」

「……うむ」

「次はおそらく年明けだな」

親兄弟や要人たちと相談したのち、諸々の事由から伊織の祝言は年明けに延びていた。

「そうだな。互いに達者で会おうぞ」

「うむ」

頷く恭一郎を見上げて、蒼太が言った。

「や、く、そ……く」

にっこりとして恭一郎は応える。

「ああ、約束だ。黒川殿にも、また会う日がこよう」

†

二月ぶりに帰って来た家はひっそりとしていた。

女中の春江の姉が危篤で、昨日から実家に帰っているという。

夏野が自ら湯を沸かし、旅の垢を落としてさっぱりしたところへ、ひょいと幼馴染みの信児が現れた。早速どこからか、夏野が帰って来たことを聞きつけたらしい。

「……螢太朗は、見つかったのかい？」

夏野の濡れた髪から目をそらし、うつむき加減に信児は問うた。

「いや……見つからなかった」

「そうか」

夏野と同い年の信児は、黒川道場に通いながら家業の刀屋を継ぐべく修業をしている。あの日、肝試しに誘いに来た信児が、夏野と同じく、螢太朗が攫われたことに自責の念を抱いていることを夏野は知っていた。

「螢太はな、どうやら都より……もっと、ずっと遠いところにいってしまったようだ」

無理に笑おうとした夏野を見やって察したのだろう。信児はぶっきらぼうに頷いた。

「そうかい」

東都へ行く前には、ふとした折に異性を感じさせた信児だが、由岐彦や恭一郎、馨、伊織など「大人」の男たちと接した今、信児がやけに子供に見えた。

ついでに刀の手入れを請け負った信児が帰ると、座敷ではいすゞが待っていた。夏野を産んだのが二十歳過ぎだ。三十代のいすゞはまだ若々しく、美しい。背筋のぴんと伸びたところは武家の女らしいが、夏野とは違い、どこか夢うつつのような儚(はかな)さがある。

父上が、愛(め)でずにいられなかった人……

ふと、その昔、己と変わらぬ年頃(としごろ)だった過去の母親を知りたくなった。

「夏野」

「はい」

いすゞの前には白い布に包まれた、三寸ほどのものが置いてある。

いすゞが布を開くと白磁の壺(つぼ)が現れて、夏野ははっとした。

「螢太は……ここにいます」

「母上」

「椎名様がのちに届けてくださったのです」

「由岐彦殿が……」

全ては秘密裏に行われたという。なれば二人の用人を始末する前に、亡骸を埋めた場所を吐かせ、由岐彦自らが掘り起こし、骨を持ち帰ったことは想像に難くない。

「私が逝く時に、抱いていきます」

「母上……」

「そのように、あなたが取り計らってください」

壺を見つめて、いすゞは哀しげに微笑んだ。

父上が、手折らずにおられなかった花……

「承りました」

「頼みましたよ」

「はい、母上」

代々氷頭州司を務めてきた卯月家に縁を持ちながら、祖父の黒川弥一は請われた剣術指南役には就かず、一道場の主として生涯を終えた。その唯一の子供であるいすゞは、十八歳の時に、二十も離れた従兄弟に見初められ、妾となった。

家の佇まいは簡素でも、けして不自由な暮らしはしてこなかった。卯月家からは、今でさえ、春江を含めて三人暮らしに過分な援助を得ている。

父親の卯月慶介がいすゞを溺愛していたのを、夏野は知っている。

だが母上は……

慶介が亡くなった時、いすゞは涙は浮かべたものの、取り乱しはしなかった。時が経つにつれ、それなりの情は育まれていたのだろう。だがそれは、「恋情」ではなかったように夏野は思う。慶介の存命中——正妻の八重が亡くなった後に、卯月家に入ることを拒んだのは、いすゞのささやかな矜持だったに違いない。

いすゞは幼い頃から、夏野にはどことなく一線を引いて接してきた。武家ゆえの厳しさだと思っていたが、年を経て諸事情を知るにつれ、夏野は「一線」の理由を解した。己がけして、母親に初めから望まれて生まれた子供ではなかったということ。暮らしを支えてくれた父親は同時に、母親の自由を奪った者でもあったということ……

螢太朗が攫われた時、号泣するでなく、ただ諦めた様子のいすゞに夏野は失望したものだ。それゆえに今、いすゞが抱いてきた亡き弟への想いを垣間見ることができて、夏野は胸を熱くした。

「私の名に懸けて、約束いたします」

「まあ、大げさな」

ようやく屈託のない笑みを浮かべたいすゞに、夏野も微笑み返す。

「……それにしても、たった二月の間に、随分見違えたこと」

「そうですか？」

「ええ。少し落ち着いて、年頃の娘らしくなってきましたよ。あなたもそろそろ、身の振り方を考えねばならぬでしょう。義忠様とよくご相談なさい」

「そのことですが……」

「まあ。どなたか、心に決めた殿方でも？」

存外に嬉しげに訊ねる母が愛らしく、そう思った自分に夏野は苦笑した。

「いえ、けしてそのような」

応えながら、夏野は何故か恭一郎の顔を思い出した。

もしや……と、ふと思い当たる。

あれが世にいう「初恋」というものだったのだろうか……？

以前の夏野なら、「くだらん」と言下に打ち消しただろうが、今は違う。

顔を思い浮かべただけで、今尚何やら胸が騒ぐ。

初恋は実らぬというが……と、夏野は知ったかぶったことを続けて思った。

母上も——私と似たような年頃に、誰かに想いを寄せたことがあったのではないか？

叶わぬ恋をしたのではないか——？

いつか母上とそんな話を交わすこともあるだろうかと思うと、何やら可笑しい。

「何を笑っているのです？」

拗ねたように言ういすゞが、夏野の笑いに拍車をかける。

「判ったからですよ、母上」

己の道をゆくのに、男も女もない。

帰途に漠然と考えていたことが、形になって見えてきた気がした。

「一体何が判ったというのです？」

「……自分がこんなにも未熟者で、道はまだまだ遠いということが、です」

†

妹の夏野が再び葉双を後にしたのは、雪解け水で川が勢いを増した早春である。

挨拶に上がった夏野を見て、卯月義忠は溜息をついた。

「許してはもらえんか」

螢太朗の死を隠していたことが、夏野に東都行きを決心させたのだろうと、義忠は踏んでいた。

「誤解です、兄上」

面を上げて夏野は義忠を見つめた。

「私はただ、もっと……強くなりたいのです」

「ならば何故、秋吉ではいかんのだ？」

釈然とせずに義忠は問うた。

由岐彦の通う秋吉剣術道場は、東都詰めの氷頭剣士が揃う、晃瑠でも名の通った道場だ。なのに目の前の――実は従妹だが――大切な妹は、柿崎などという小道場への入門を望んでいるのだった。

そもそも、うら若き乙女が剣で身を立てようとすることそのものが、由々しき問題だった。それでも由岐彦との縁組が念頭にあればこそ夏野の東都行きを許した義忠は、前もって州屋敷や秋吉道場へ手配りしていたにもかかわらず、「州屋敷の世話になるつもりはございませぬ」と、きっぱり言った夏野にうろたえた。

「学びたいのは剣だけではないのです。州屋敷に住み、秋吉道場に通えば、つい兄上や由岐彦殿を頼ってしまうことと思います」

頼ればよいではないか。

憮然として義忠は胸中でつぶやいた。

「ですが、それではいつまで経っても強くなれませぬ」

義忠の心を読んだように、夏野は付け足した。

「……しかし由岐彦は——由岐彦から何か聞いておらぬか？」

「いいえ。由岐彦殿にはまだ何もご相談しておりませぬが？」

由岐彦め、と、義忠は幼馴染みの不甲斐なさを呪った。

「そうか。では、その、いすゞ様はなんと……？」

「好きにするがよい、と」

都に出て剣術を磨き、学問を修めたいと望んだ夏野へ、いすゞは迷わず言ったそうだ。

自分や家のことは案ずるな。

あなたは、あなたの思うように生きてみるがよい——と。

「さようか……」

今一度溜息をついて、義忠は夏野を見つめた。

「……許さぬと俺が言ったところで、お前の心は決まっているようだな」

「はい」

まっすぐに義忠を見つめ返して夏野は応える。

その瞳を見て、義忠は説得を諦めた。

「まずは、那岐へ向かうとか？」

「はい」

理一位・樋口伊織のもとで数箇月、術の基礎を学ぶという。勧めたのは伊織自身で、そのことを記した丁寧な文が義忠のもとにも届いていた。

「お前にそのような才があったとは……判らんものだな」

理一位直々の勧めとあっては無下にはできぬ。それどころか、いっそ剣術よりも、伊織のもとで、理術で身を立ててくれぬものかと願わずにいられぬ義忠だった。

「晃瑠で世話になった由、充分にお礼申し上げるのだぞ」

「はい。心得ております」

「晃瑠での住まいはどうするのだ？」

「長屋でも借りようかと」

「莫迦者。お前は長屋がどのようなところか知っておるのか」

「はあ……まあ……」

三度目の溜息を漏らして義忠は、もしもの折にと手配りしていた案を口にした。

「駒木町に指物師の戸越次郎という者がいる。内儀は爺――大野保次の妹だ。弟子が三人いるが、皆通いだ。ちょうど二階の一間が空いているらしい。そこに住め」

「はあ」

「仕送りは州屋敷へ送るゆえ、由岐彦から受け取れ。たまさかには州屋敷から、いすゞ様に颯を飛ばせ。俺が許す。よいか？　よいな？」

「兄上」

「――後はお前の自由だ」

苦々しく口を曲げてみせると、夏野は深く頭を下げた。

「かたじけのうございます」

「よせ」

面を上げた夏野の瞳には、潑溂とした光が宿っている。

羨望に似たものを感じながらも義忠は、兄の威厳を保つように口元を引き締め、一つ、硬く、妹に頷いてみせた。

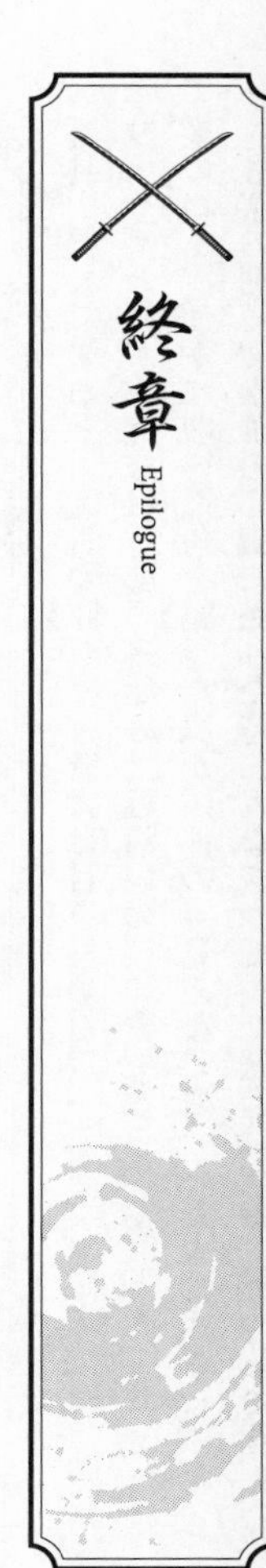

暦の上ではとうに春になったものの、表を吹く風はまだ冷たい。

東都で冬を越してみて、蒼太は己が「さむがり」なのだと知った。如月となった今でも、冬の間に恭一郎が買ってくれた綿入れを羽織っている。

手習いから帰った蒼太は、空の酒瓶を抱いて再び表へ出た。

近頃蒼太は、金の使い方を覚えた。樋口宮司からも易しい算術を学んでいる。

空の酒瓶を満たしておくと、恭一郎が駄賃をくれる。宮司や柿崎が、蒼太の足を見込んで頼む届け文も、蒼太のささやかで大切な実入りであった。

手習いに通い始めてから、都を「探険」する日は減ったが、日中に街を歩いていると稀に伊紗に会うことがある。

恭一郎に弱みを握られているせいか、しばらく東都を出て行く気はないらしい。

伊紗は蒼太を見つけると、どことなく嬉しそうに声をかけてきて、それから決まったように「そこらで甘い物でもどうだい？　馳走するよ」と、蒼太を誘う。蒼太は黙って頷き、近くの茶屋で伊紗と並んで腰かける。

堅気に見えぬ伊紗と、隻眼の蒼太が並んでいると人目を引くらしく、通りすがりの者が興味深げに盗み見て行くが、二人とも意に介さない。蒼太はただ黙々と団子やら饅頭やらを頬張り、そんな蒼太をこれまた黙って見守る伊紗の目は温かい。

伊紗は「蒼太が己の子を殺した」と、夏野に嘘をついて騙したと聞いた。だが、「蒼太が殺した」というのは真っ赤な嘘でも、「己の子を殺された」というのは本当なのではないかと、蒼太は思っている。

隠すことでもないので、伊紗に会ったことは、その都度恭一郎に伝えているが、伊紗の子供については、どう伝えたものか蒼太はまだ迷っていた。

馴染みの酒屋に着くと、主の親爺が蒼太の差し出した酒瓶を黙って受け取った。

この親爺は、蒼太に負けず劣らず口数が少ない。

酒瓶を酒で満たすと、きっちり栓をして、黙ったまま顎をしゃくって蒼太に返した。蒼太も黙って受け取ると、一つ頷き踵を返す。

重くなった酒瓶を抱いて、蒼太は長屋への道を戻って行った。

そろそろ恭一郎が帰る時刻だ。

香具山橋まで来ると、入日が眩しく、蒼太は目を細めた。

ぴゅうっと風が駆け抜け、膨らみ始めた堀沿いの桜の蕾を揺らす。

髪に絡み、僅かに覗いた角を嬲った風が、都の「見えない檻」を蒼太に知らしめた。

村瀬家の別宅で永華の心臓に触れた時にみなぎっていた妖力は、恭一郎の胸で泣いた後には元の通り、晃瑠を護る術に封じ込まれていた。

永華の容姿が衰えていったように、束の間解き放たれた蒼太の妖力も、湊とシダルの死後、僅かな時――二人の魂が身体を離れ、緩やかにこの世から消え去るまでのひとときを経て、もとに戻ったものと思われる。

足を速めた蒼太が橋の真ん中に差しかかると、欄干にもたれていた影が蒼太を呼んだ。

「蒼太」

まだ十二、三歳と思しき、あどけなくも美しい少女が立っていた。

袖から覗く手は白く、入日に透けて見えるほどだ。

腰にも届く長い髪は、白い肌と対をなす漆黒だ。その瞳も、髪と同じく光を通さぬ、深い闇の色をしている。

――黒耀様。

本能で悟ったが、声には出さず、蒼太はただ口を結んで少女を睨んだ。

「蒼太」

再び呼んだ黒耀の声は優しく、生き別れた姉が弟に再会したかのごとく、喜びと懐旧を感じさせた。

戸惑う蒼太を見つめて黒耀は微笑んだ。

「……共にゆかぬか？」

黒耀の真意を量りかねて、蒼太は眉をひそめた。

「森での仕打ちを恨んでおるのか？　ならば謝る。角も目も、もと通りにしてやろう。もう充分愉しませてもらったゆえ」

偽りは感ぜられなかった。

黒耀の言葉を聞いて、蒼太は森を追われてから恭一郎に出会うまでの日々を思い出した。

逃げ回る身体のつらさよりも、毎夜、独りで見上げる空の切なさ。

同じ妖魔に襲われ、傷を負う度に、闇に潜めた身体を丸めて涙をこらえた。

いっそ死して楽になりたいと思いつつも、生にしがみついていたのは何故なのか？

いつか「誰か」に出会えると……

心を通わせることのできる——共にいるだけで安らげる「誰か」に出会うという望みを捨て切れなかったから……

懐にある、蠟梅の蒔絵が施された手鏡を蒼太は意識した。

妻の大切な形見だというのに、蒼太が気に入ったのを見て取って、恭一郎は惜しげもなくそれを蒼太に与えてくれた。

鏡は今も時折、蒼太にしか見えぬ絵を映し出す。

若き日の恭一郎と、今は亡き奏枝が過ごした日々……

鏡を通して蒼太に伝わる奏枝の想い。

奏枝がどれほど恭一郎を愛していたか。どれほど恭一郎から安らぎを得ていたか。

恭一郎に伝えたくとも、言葉が追いつかぬ蒼太だった。

だが、蒼太が伝えずとも、恭一郎は全て承知しているに違いない。
形は違えど、奏枝と同じように、恭一郎を大切に想う蒼太の心も。
蒼太もまた知っている。
友として、家族として、己を愛しんでくれる恭一郎の心を。
……シダル。
血に染まり、眼前で息絶えたかつての仲間へ蒼太は語りかけた。
力が──黒耀様の地位が、なんだと言うのだ。
この者は独りだ。
全ての妖魔から恐れられ、自由で、誰一人敵わぬ力を持つというのに──
「もうよかろう。のう……共にゆかぬか?」
黒耀がおもねるように再び問うた。
「ゆか、ん」
──この者は一体どれほどの年月を、独りで過ごしてきたのだろう?
黒耀の孤独を思いながらも、蒼太はきっぱり断った。
「──あの者がおるからか?」
黒耀が蒼太の肩越しに橋の向こうを見やった
振り向くと、恭一郎がこちらに向かって歩いて来るのが見えた。
「きょう」を殺すつもりなら──

己の目を奪い、角を落とした稲妻のごとき光を思い出す。

いくら剣が強くとも、恭一郎は人間だ。

あの光に打たれたら――

一瞬にして殺気立った蒼太に、黒耀は紅を差さずとも赤い唇の端を上げた。

「案ずるな。都では私も大した力は振るえぬ。それに所詮、あの者は人であろう？」

「……」

「あの者が逝くまで長くとも五、六十年。ほんのひとときだ。人の命など、瞬く間に消えてゆくものだからな。それまでせいぜい考えてみるがよい」

だが、過ぎてみれば一瞬でも、今を生きる者には尊く愛おしい時の連なりだ。

一瞬の光芒が、その先の闇を照らす、永の道しるべにならぬとも限らぬ……

そのようなことをうまく伝える言葉を、蒼太はまだ知らぬ。

口を結んだまま己を見上げるだけの蒼太を、「ふん」と黒耀は鼻で笑った。

「いずれ、また会おうぞ」

黒耀が翻した袂が、蒼太の視界を遮った。

ごうっ。

一際強い風が橋を吹き抜けた。

思わず目を閉じて、酒瓶を抱いたまま蒼太はよろめいた。

「こら」

背中を支えた手が誰のものか、蒼太には確かめるまでもない。

目を開くと、己を覗き込む恭一郎の顔があった。

黒耀の姿は既にない。

「──春一番に巻かれたか。いつまでも綿入れなんぞ着込んでいるから、風にからかわれるのだぞ」

そう言って恭一郎は微笑むと、蒼太から酒瓶を取り上げ、代わりに竹皮に包まれたものを差し出した。

このところ蒼太が贔屓(ひいき)にしている、竹風庵(ちくふうあん)という菓子屋の蒸し饅頭だ。蒸し立てなのか、まだ温かい。

「ぬく、い」

「うむ」

両手で暖を取るように包みを抱いた蒼太を、恭一郎が促した。

「帰るぞ」

「ん」

二人は並んで歩き出し、夕陽に染まる香具山橋を後にした。

解説

細谷正充

嬉(うれ)しい驚きとは、このことか。知野みさきの『妖国の剣士』の全貌(ぜんぼう)が、ついに分かる日が来ようとしている。初めて編集者から話を聞いたときは、「えっ、本当ですか」と聞き返してしまったほどだ。——と、ひとりで興奮していても読者が置いてきぼりになってしまうので、まずは作者の経歴をたどりながら、事情を説明してみよう。

知野みさきは、一九七二年、千葉県に生まれる。ミネソタ大学卒。東京でＷｅｂの仕事に就き、その後、カナダのバンクーバーに移住。カナダの銀行で内部監査員を務めながら、各種新人賞への応募を始める。幼い頃から本に親しみ、幼稚園児のとき図書館で初めて借りた本は、『赤毛のアン』だったとのこと。高校二年の二学期に渡米するまでは、ジャンルを問わず、年間五百冊くらいは読んでいたそうだ。

二〇一〇年、第五回ポプラ社小説大賞に応募した現代ファンタジー『連翹荘綺譚(れんぎょうそうきたん)』が最終選考に残るが、受賞に至らず。しかしポプラ社の編集者に気に入ってもらい、大幅な加筆修正を加えて、二〇一二年七月、『鈴の神さま』のタイトルで刊行された。これが作者のデビュー作となる。さらに同年、和風世界を舞台にしたファンタジー『妖国の剣士』(応募時タイトル「加羅の風」)で、第四回角川春樹小説賞を受賞。銀行勤務を続けながら、本格的に作家活動を開始する。

以後、「妖国の剣士」をシリーズ化し、二〇一五年三月の『西都の陰謀 妖国の剣士4』で、第一部完となる。同年七月には白泉社から文庫書き下ろし時代小説『しろとましろ 神田職人町縁はじめ』を刊行。神田の女職人を主人公にした江戸の市井譚だが、〝しろ〟と〝ましろ〟という不思議な双子の存在に、ファンタジーの匂いがあった。しかし二〇一六年七月に光文社文庫から刊行された『落ち椿 上絵師 律の似面絵帖』はファンタジー要素のない時代小説だ。この作品から始まるシリーズのヒットにより、作者は時代小説の書き手として注目を集めるようになる。「上絵師 律の似面絵帖」シリーズの他に、「深川二幸堂 菓子こよみ」「江戸は浅草」などのシリーズを上梓して、斯界にたしかな地位を築いた。また『しろとましろ 神田職人町縁はじめ』も、二〇二〇年七月、『飛燕の簪 神田職人えにし譚』と改題し、ハルキ文庫でシリーズ化した。

ただし作者は、特定のジャンルに留まる気はないようだ。角川春樹事務所のPR雑誌「ランティエ」二〇二二年十一月号に掲載されたインタビューで作者は、

「SF、現代小説、本格的な時代小説など、ファンタジー系とは異なるジャンルにも挑戦していきたいです。私がいちばん好きな作家は、SFのグレッグ・イーガン。人間の本質をついたSFを書く作家だと思っています。ブラッドベリも好きです。時代小説では、池波正太郎さん、藤沢周平さん、平岩弓枝さんが好きで、『鬼平犯科帳』や『剣客商売』は何度も読み返しています」

といっている。まさかハードSF作家のグレッグ・イーガンが一番好きな作家とは、予想外であった。ただ、イーガンの短篇集『しあわせの理由』や『ひとりっ子』を読むと、先の〝人間の本質をついたSFを書く作家だと思っています〟という指摘も納得できる。そして作者がジャンルを問わず書きたいのも、人間の本質だと感じられるのである。

そうした作者の姿勢を、角川春樹事務所は大切にしている。二〇一七年十二月に刊行された『山手線謎日和』と、それに続く『山手線謎日和 2』は、現代の東京を舞台にしたミステリー・シリーズであった。そして今、知野みさきの作家生活十周年を記念して、「妖国の剣士」シリーズ四冊が新装版として復刊されることになったのである。しかも新たに四冊を書き下ろし、全八巻の完全版になるという。おおお、これは凄いことになってきた。未読の人は当然、既読の人も、あらためて本書から始まる和風ファンタジーの世界を堪能しようではないか。

さて、いささか前振りが長くなってしまった。これから本書の内容に触れていこう。物語の舞台は安良国という、四都と大小二十三の州からなる島国だ。かつては妖魔が跋扈し、人々は怯えて暮らしていた。しかし安良という人物（?）が現れ、人間に「術」と「剣」を与えたことで状況が変わる。理術により人は、身を守れるようになった。剣術により人は、妖魔と戦うことができるようになった。以後、人間は島国に勢力を広げて、現在に至っている。だが妖魔との戦いはなくなったわけではない。都は理術によって妖魔の侵入を阻んでいる（入り込める妖魔もいる）が、旅などには危険がいっぱいだ。

その旅をしている十七歳の女剣士がいた。黒川夏野だ。幼い頃、何者かに弟の螢太郎を攫われた彼女は、ある情報を得て、東都の晃瑠に向かっていた。しかし人間に化けた伊紗という妖魔「仄魅」の頼み事を引き受けたことで、社に封印されていた妖かしの片目を取り込んでしまう。これにより夏野は、妖魔の影を見るようになった。いきなりとんでもないことになったが、夏野の目的には関係ない。晃瑠に到着すると、夏野の兄の幼馴染みで、氷頭の州司代をしている椎名由岐彦の家で世話になりながら、弟を捜そうとする。

それとは別に、晃瑠に住む、ふたりがいた。安良国最強の剣士といわれる鷺沢恭一郎と、片言しか喋れない片目の少年・蒼太だ。蒼太は妖魔「山幽」である。妖かしに取りつかれた目の影響もあり、出会い頭に蒼太を斬ってしまった夏野。しかし恭一郎と蒼太は、あまり気にすることなく、夏野を受け入れる。とまどいつつも見知らぬ都で、夏野は新たな人間（と妖魔）との関係を築いていく。だが都では、幼児の誘拐事件が頻発していた。そして螢太朗を発見したと思った夏野も、この一件に深くかかわっていくのだった。

本書の主要人物は、夏野・恭一郎・蒼太の三人だ。その他に、恭一郎の友人で、晃瑠に来たばかりの夏野と知り合う剣士の真木馨。恭一郎の友人で、元都師（理術師）の樋口伊織。嶌田屋という茶屋で瑪瑙という名で働いている伊紗。幾人もの人物が絡まり、ストーリーは進行していく。注目すべきは三人の主要人物が、それぞれ重い過去を背負っていることだろう。友人らと遊んでいたときに、弟を何者かに攫われた夏野。以後の彼女の人生は、その悔いに突き動かされている。彼女にとっては、弟を取り戻すことがすべてだ。

の人生は、とにかくヘヴィーだ。妖魔である蒼太を連れてきて、一緒に暮らしているのも、過去を知れば納得である。まだ少年に見える蒼太も、その理由を知れば、粛然とせざるを得ない。

さらに誘拐事件を引き起こした人物を始め、物語には人間と妖魔の欲望が渦巻いている。しかも人間の方が強烈かもしれない。本書の中で恭一郎が、

「妖魔は本能で殺す。動物のように、空腹だから、身を脅かされるから殺すのだ。だが、人は狂気や欲望で殺す。俺には人の方が余程恐ろしい生き物に思えるが……」

と、語っているではないか。実際、誘拐事件の真相を通じて明らかになる、過去から現在を繋ぐ妄執には戦慄した。人間ほど怖ろしいものはないのかもしれない。とはいえ蒼太に関係する、ある妖魔の妄執も凄まじいものがあった。知恵と感情を持つ生き物は、それゆえに歪む。悲しいことである。

だが、どんな事実に対面しようが、夏野・恭一郎・蒼太の三人が蹲ることはない。弟を捜すという一念に凝り固まり、視野が狭くなっていた夏野は、恭一郎や蒼太との交誼を経て、少しずつ変わっていく。一連の騒動によって、自分の剣も心も未熟だったことを悟る。本書のラストで弟が攫われた一件の真実が明らかになるが、夏野はそれを受け入れることができた。彼女が人間として成長したからである。

これは蒼太にもいえる。幾人かの人間と親しくなり、地獄の選択ともいうべき事態を乗

り越えた彼は、やはりラストで自分の生き方を、ある妖魔（えええ、そんな姿だったのか！）に示す。彼もまた、成長したのである。そして壮絶な過去を抱える恭一郎は、すでに成長した人間であり、何があろうと自分の生き方を変えようとはしない。そんな三人の活躍に夢中になりながら、作者の創り出した人間と妖魔のドラマに、深い感動を覚えるのである。この解説のために、久しぶりに再読してあらためて思った。素晴らしい作品だ。

最後に余談。安良国は、滑空する燕のような形をしており、「飛燕の国」と呼ばれている。『しろとましろ 神田職人町縁はじめ』が『飛燕の簪 神田職人えにし譚』に改題されてハルキ文庫から出たとき、もしかしたらこの「飛燕の国」を意識したのかと思った。いやまあ、考え過ぎだと分かっている。だが、もしそうだとしたら、作者は『妖国の剣士』のことを忘れていないことを、それとなく読者や関係者に知らしめたのではないか。そんな強い想いがあったのではないかと、妄想してしまうのである。

なお、銀行勤務と作家の二足の草鞋を履いていた作者だが、コロナ禍の影響もあり銀行を退職。日本に戻って、筆一本の生活に入ったそうだ。『妖国の剣士』の完結を待つと同時に、さらに旺盛になるであろう執筆活動から、どれだけの新たな作品が生まれるか、今から楽しみにしているのである。

（ほそや・まさみつ／書評家）

本書は、二〇一三年八月にハルキ文庫として刊行された
『妖国の剣士』に、加筆修正を加えた新装版です。

ハルキ文庫

ち 2-11

妖国の剣士 新装版

著者　知野みさき

2013年　8月18日第一刷発行
2022年 10月18日 新装版 第一刷発行

発行者　角川春樹

発行所　株式会社角川春樹事務所
〒102-0074 東京都千代田区九段南2-1-30 イタリア文化会館

電話　03(3263)5247(編集)
03(3263)5881(営業)

印刷・製本　中央精版印刷株式会社

フォーマット・デザイン　芦澤泰偉
表紙イラストレーション　門坂 流

ISBN978-4-7584-4520-7 C0193 ©2022 Chino Misaki Printed in Japan
http://www.kadokawaharuki.co.jp/[営業]
fanmail@kadokawaharuki.co.jp[編集]　ご意見・ご感想をお寄せください。